행복의 조건

황 성 하 지음

행복의 조건

초판 1쇄 인쇄   2008년 3월 5일
초판 1쇄 발행   2008년 3월 10일

지 은 이   황성하
펴 낸 이   손형국
펴 낸 곳   (주)에세이
출판등록   2004. 12. 1(제395-2004-00099호)

주   소   412-791 경기도 고양시 화전동200-1 한국항공대학교
           중소벤처육성지원센터 409호
홈페이지   www.essay.co.kr
전화번호   (02)3159-9638~40
팩   스   (02)3159-9637

ISBN 978-89-6023-158-0 03810

행복의 조건

황성하 지음

글머리에

산에 오르느라 숨이 턱밑까지 차올라 잠깐 휴식을 취하려 바위에 올라앉아 한동안 멍하니 하늘을 바라보았다. 겨울이지만 마치 가을처럼 하늘은 높고 푸르렀다. 얼음 밑으로 흐르는 시냇물 소리가 봄을 재촉하고 있었다. 우연히 발견한 산 속 안내 표지판에 큼직하게 새겨진 '산이 아름다운 것은 당신이 아름답기 때문입니다.'라는 문구가 들어온다. 한결 마음이 가벼워지고 즐거워진다. 손을 흔드는 나뭇가지가 아름답고 새들의 노래 소리와 바람 소리까지 아름답게 느껴지니 순간 내 입가에 미소가 번진다. 내가 정말 아름다운가. 그 글귀 위로, 당신이 행복한 것은 당신이 행복하다고 여기기 때문입니다, 라는 생각이 확 겹쳐진다.

행복, 우리가 무척이나 갈망하며 찾아 헤매고 꼭 붙들어 두고 싶은 고귀한 가치 중의 하나임에는 틀림없다. 그래서 그것을 고이 간직하려 우리는 삶의 거친 파도를 넘고, 쉴 새 없이 닥쳐오는 시련과 고난에 맞서 싸워야 했다. 때로는 이웃의 애정 어린 눈빛, 심지어는 가족의 따뜻한 사랑이 뭔지조차 모른 채, 내 행복은 분명 다를 것이라 여기며 나만의 행복을 채우기 위해 앞만 보고 뛰어 왔지 않았는가.

그러나 행복을 채워가는 우리들은 그것을 채울수록 더 허허롭고 가슴 한쪽에서는 불만이 꿈틀거리며 자꾸 더 많은 것을 요구하며 스스로를 부끄럽게 하고 추하게 하고 때로는 다른 사람들로부터 차가운 눈길을 받지는 않았는지. 단지 내 행복을 가꾸기 위해 힘들여 쌓은 탑 속에 다른 사람의 미움과 뼈아픔이 소용돌이친다면, 그 행복은 아름다운 행복이라 할 수 있는가. 이것은 혹시 행복의 탈을 쓴 욕심이 심술을 부리는 것은 아닌가.

정상을 향하여 올라가면 갈수록 다리는 아프지만 마음은 한결 더 가벼워지는 느낌이다. 텅 빈 충만, 마음은 비워지는데 자꾸 행복의 햇

황성하 수필집

살이 마음 곳곳을 비추고 있었다. 배낭에 넣어 온 따뜻한 물, 사과 조각들, 컵라면, 김밥 한 줄이 전부일지라도 내 마음은 자꾸 풍요로워지고 입가에 미소가 번지고, 든든한 행복이 세찬 바람을 막아주고 있었다. 오랜만에 오른 산, 맑은 공기를 깊숙이 들이마시곤, 후우, 하고 내뱉는다. 자연과 내가 하나가 된 느낌이다. 참 행복한 순간이다.

행복은 정말 멀리 있는 것이 아니구나. 바로 옆에 있는, 평소에 아무렇지도 않고 아무런 감흥을 줄 수 없다고 느껴졌던 것들이 이렇게 기쁨으로, 즐거움으로, 아니 편안한 행복으로 나를 감싼다. 그것은 아마도 치열한 삶을 살짝 비켜나 마음과 육체에 잠깐의 휴식과 정지의 단비를 뿌려줄 때, 행복의 미소를 머금고 슬며시 고개를 내민 해님과 같은 것이리라.

여유로움과 작은 것들이라고 여기는 것들에 스스로 만든 만족의 양념을 한 움큼 넣어 줄때 삶의 행복은 살며시 찾아와 그대 품에 안겨 주리라. 그냥 지나치고 버림받아 서럽게 울고 있었을지도 모르는 사소하고 초라한 것들로부터 출발한 작은 행복 덩어리, 바로 내 앞에서 그리고 그대 앞에서, 사람들과의 사이에서 건져 올린, 이 소중한 행복이야말로 향기롭고 감칠맛 나는, 진정한 행복이 아니고 무엇이겠는가.

이제 네 번째 수필집 〈행복의 조건〉으로 여러분을 찾아뵙고자 한다. 삶이 덧없고 건조하며 울적하다고 느껴질 때, 갈팡질팡 마음이 흔들릴 때, 내 한편의 글이 독자 여러분의 가슴에 희망과 기쁨과 행복의 햇살이 되어 부챗살처럼 퍼져나가길 진심으로 소망한다.

2008. 3
황성하

Contents

제 2 부 사랑이 필요한 자리

제 3 부 마음의 문 생각의 문

Contents

제 4 부 그리움은 밀물처럼

제 1 부
행복의 조건

행복의 조건

요즘 자꾸 뒤를 돌아보게 된다. 어렸을 적 친구들도 떠올리고, 고향 마을의 시냇가에 핀 조팝꽃도 그려보고, 아름드리나무의 숲속에 꼭꼭 숨어 여름 내내 노래하던 수많은 매미들의 사연은 또 무엇이었을까, 음미해 본다. 그리고 평소 아무것도 아닌 일이라 여겨 무심결에 지나치고 얼음처럼 차갑게 대했던 일에도 자꾸 감사하게 되고, 감격하고 감동한다. 마구잡이로 사용했던 물건들도 한 번 더 그윽하게 바라보고, 늘 드러눕고 단잠을 청했던 안방, 그리고 거실, 베란다에 놓여 있는 작은 화분들, 그 몇 줌의 흙에서도 강한 생명력을 자랑하는 아름다운 꽃들, 이 모든 것들이 나를 평화롭게 그리고 작은 설렘의 물결로 감싼다.

난 그러고 보면, 정말 행복한 사람이다. 교실에서는 아이들과 함께 독일의 표현주의 작가, '안톤슈나크'의 섬세한 필치의 산문을 따뜻한 가슴으로 대할 수 있고, 김소월의 진달래꽃의 시어에 담긴, 이별이 주는 쓸쓸함과 안타까움으로 여고생들의 눈물샘을 자극하며, 헤어지는 사람들의 아픔을 대변하기도 한다. 유리창 너머에는 꿈 많은 아이들의 살아 있는 재잘거림과 율동, 그리고 계절 따라 화사한 꽃으로 다가오는 저 자연의 향연, 폭포수처럼 들리는 자연의 소리, 이 모든 것들이 늘 나의 친구이고 마음을 든든하게 하고, 정신을 살찌워준다.

며칠 전에는 식탁에 앉아 밥을 먹다가 아내에게 한 마디 툭 던졌다. 당신이 끓여 준, 이 된장찌개는 내가 열한 살 적에 어머니께서 만들어 준 바로 그 된장 맛이야, 라고 말이다. 아내는 빙긋이 웃으며, 조금은 실없다는 표정을 지으며, 아니, 어떻게 나이까지 기억을 해요? 이렇게 말하면서도 은연중에는 흐뭇하고 좀 으쓱하는 표정을 짓고 있었다.

그런데 내가 문득 아내에게 그런 말을 하기까지, 나에게도 어떤, 말할 수 없는 생각이 넘칠 듯, 넘칠 듯 했다. 늘 이 자리에 늘 이 모습으로 나를 지켜줄 것으로 믿어왔던 나의 아내, 나의 사랑하는 아들딸들, 이 금쪽같은 가족들은 도대체 나에게 어떤 의미일까. 한번만 더 다른 쪽에서 생각하고, 한번만 더 가족들에게 감사한 마음만 갖는다면, 내 몸 안에서 소리치며 돋아나는 행복의 싹을 눈으로 확인할 것만 같다. 아내는 늘 같은 조건으로 사랑과 겸손과 남편에 대한 존경심을 갖고 있을 거라고 믿는 나도 한번쯤은 그렇지 않을 수도 있다는 생각을 해 보게 된다.

그 순간 가슴이 뜨끔하며 나의 아내에게 한 없이 고맙게만 여겨지는 것이다. 나는 늘 당연한 것으로 생각했다. 식탁에 앉아, 마치 골목길 어느 이름 모를 식당에서, 아주머니가 밥상을 차려주는 것처럼, 내가 음식 값을 냈으니, 당신은 나에게 정성을 다하여 밥을 제공해야 할 의무가 있다는, 그런 견고하고 메마른 공식을 머리에 이고 가슴에 담고, 그리고 음식의 맛을 평가하고⋯⋯.

장롱을 열어보면 깔끔하게 다려진 와이셔츠와 갖가지 옷들, 그리고 두부처럼 정연하게 자른 모양으로 정리 정돈되어 있는 양말과 속옷까지, 이 모든 것들을 기계처럼 늘 그 자리에 있는 것으로 생각했다. 어찌 보면 내가 잔인할 만큼, 그리고 속이 확실하게 빈 고목처럼 아무 감정 없이 일상을 지내왔다는 증거가 되면서 마음 한 구석에서 때늦은 참회와 반성의 번갯불이 반짝하고 머리를 스쳐지나갔다.

그런, 때 아닌 반성을 하고 나니 모든 게 다 감사해졌다. 내가 건강한 몸으로 단풍구경을 가고, 짬짬이 근처 공원의 밤나무 밑에 떨어진

알밤을 줍는 것도, 우리 학생들을 데리고 거제도 수학여행에서 파란 바다 물결과, 포로수용소에서 50년 전에 이념의 대립에서 쓸쓸하고 고독하게 방황해야했던 옛 우리의 선조들의 쓰라린 삶의 발자취를 더듬는 일도 새삼스러워졌다. 걷지 못하고 말하지 못하고, 듣지 못하는 사람들이 얼마나 많은가. 내가 일상에서 무심코 지나쳤던, 그리고 당연시했던 일들이, 그 순간순간마다 행복을 안고 있었다는 사실조차 모르고, 흘러 보낸 세월이 아까울 뿐이다.

행복은 멀리 있는 것이 아니라 가까이 있는 것이고, 누가 만들어 주는 것이 아니라, 내가 만들어 나가는 것이라는 것을 잘 알면서도 우리는 그런 사실을 깜박깜박 잊고 살아간다. 그저 거대한 인생의 경연장에서 하늘 한번 바라볼 새도 없이, 그리고 부드럽게 불어오는 바람의 살가움도 느끼지 못한 채, 헤아릴 수 없이 많은 세월을 보낸 것은 아닐까. 나의 호주머니 안에서 꼼지락거리는 작은 행복들을 무시한 채, 그저 남의 것이 커 보이고, 화려하고, 내 것보다 다 옹골차고 알토란 같다고 믿어버린 내 잘못에, 갑작스레 아내의 향기가 확 덮쳐버린다. 아내의 향기, 나의 와이셔츠에서, 자주 닦아주던 나의 구두에서, 출근할 때 뒷머리가 섰다고 머리를 빗어 넘겨주던 그 아름다운 손에서, 보랏빛 향기가 묻어난다.

아침에 눈을 뜨고, 저녁에 잠자리에서 눈을 감을 때까지 우리는 참으로 많은 것을 보고 느끼고, 행동으로 옮기고, 남을 비판하기도 하고, 격렬한 토론의 장에서 등에 땀이 나도록 맞서 싸우는 경우도 경험한다. 그러나 그런 치열하고 처절한 삶 속에서 우리는 아름다운 인생을 논하고, 행복의 씨앗을 무수히도 뿌려가는 위대한 힘을 갖고 있다.

그런 아름다운 빛깔들을, 그런 소중하고 고귀한 노력들을 행복으로 승화하지 못하는, 간발의 차이를 극복하지 못할 때 인생이 무미건조하다는 자괴감의 구렁텅이로 빠져드는 것은 아닐까.

지금부터라도 더 감사한 마음 갖고 싶다. 지금부터라도 더 부드러운 눈길로 아내를 바라보고 나의 아들딸을 대하고, 조금은 더 겸손한 자세로 직장 동료의 마음을 헤아리고……. 바로 이런 나의 모습과 생각들이 모이고 모여 거대한 평화의 물결을 만들어내어 행복의 파도를 몰고 오고, 마음과 몸을 따뜻하고 풍요롭게 만들 게 아닌가. 진정 내 마음의 평화와 행복은 바로 내 마음에서 우러나오고 내 발길에서 우러나오고 나의 손짓 하나하나에 달려 있다는 것을 왜 미처 깨닫지 못했을까.

아내가 끓여 준, 그 된장찌개의 맛은, 나의 혀끝에서만 맴도는 것이 아니라, 그저 가슴 따뜻한 사랑과 행복의 씨앗이라는 것을, 저 눈부신 햇살을 바라보며 다시 한 번 되새겨 본다.

살며 배우며

사람이 죽을 때까지 배우고 깨친다 해도 그 양을 계산한다면 존재하는 지식의 양 또는 지혜의 양에 어느 정도의 비율을 차지할까. 아마도 태평양 바다에 모래알 하나 정도 빠뜨린 격이나 될까. 이런 정도의 작은 것이라면 우리가 알고 있는 지식이나 정보들이 얼마나 미천한가를 알 수 있다. 이것은 아마도 우리가 무지 속에 살면서 마치 다 알고 있는 것처럼 으스대고 자만하는 오만 불손의 행동에 경각심을 주는지도 모른다.

조용히 보내는 명절, 설날 아침에 들려오는 어두운 소식들이 자꾸 마음 한 구석을 어지럽히고 정신을 혼란스럽게 한다. 엽총 살해 사건, 아파트 투신자살 사건, 가슴이 철렁 내려 앉고 답답해진다. 무엇이 우리를 이토록 비참하게 하고 격렬한 행동을 낳게 했는가. 우리는 무엇을 위해 사는가. 또 어떻게 사는 것이 잘 사는 길인가. 수없이 많은 질문을 놓고 스스로 답을 해보지만 명확한 결론을 얻기가 쉽지 않다. 이것은 득도를 향해서 평생 수행 중인 깊은 산속의 스님도 알지 못하리라.

우리의 삶은 복잡다단하고 미묘한 감정으로 얽혀 있다. 즐겁고 신나고 재미있을 때는 누군가를 찾지 않아도, 누군가의 도움을 받지 않아도 자연스럽게 시간은 흘러가지만, 슬픔과 괴로움과 분노를 동반할 때는 도움을 청하고 해결점을 찾기 위해 수 없이 많은 사람을 향해 자문을 하기도 한다. 인간의 감정을 양분한다면 즐거움 계열과, 괴로움 또는 분노 계열로 구분할 수 있는데, 즐거움에 속하는 감정들은 누구나 그 기쁨에 빠져들어 시간의 속도감 같은 것조차 잃기 쉽다. 그러나 괴로움, 슬픔, 분노로 가득 채워진 가슴은 거친 파도처럼 무섭고 두렵기도 하다. 어느 날 문득 다가온 이 험난한 파도 앞에 우리는 좌절하

황성하 수필집

고 때로는 낯선 감정들이 충돌하고 급기야는 회복할 수 없는 파탄의 경지에 도달하기도 한다.

인간의 감정들이 마음 또는 정신을 지배하면서 가치관의 차이로 변화되어 갈등을 일으키고 싸움을 불러오기도 한다. 그래서 정말 지혜롭고 슬기로운 사람은 불쑥불쑥 솟아오르는 분노와 억울함과 괴로운 감정들을 잘 다스리고 잠재우며 평상심을 유지하는 나름대로의 기법이 있는 것만 같다. 그 감정이 제대로 통제되지 않을 때 극단적 행동이 돌출되어 자살을 선택하고, 어떤 이는 가족을 칼로 찔러 그 동안 쌓아 왔던 돈독한 정을 한꺼번에 날려 버리는 우를 범하기도 한다. 얼마나 서글픈 일인가.

즐거워야할 명절에 가정이 풍비박산되고 피를 나눈 형제가 갈기갈기 찢겨 되돌릴 수 없는 파탄의 늪으로 빠져들었을 때, 삶의 허무함을 느낀다. 우리가 지향해야 할 가치관은 무엇인가. 산다는 것은 무언가. 아주 근본적인 질문을 던지게 된다.

그래서 나는 자꾸 이 감정을 다스리는 법을 알아야 한다고 주장한다. 좋은 감정이든 그렇지 않든, 감정을 잘못 다스리면 화약고가 폭발한 것처럼 그 결과를 예측하기 어려울 정도의 파괴와 파멸의 길로 치닫는 과정을 고통스럽게 지켜봐야 한다.

체에다 모래를 잔뜩 놓고 흔들면 고운 모래들은 밑으로 빠져나가지만, 울퉁불퉁하고 크기가 고르지 못하고 모난 것들은 체 위에 그대로 남아 있다. 이것은 우리의 감정에 비유하면 사그라지지 않는 분노와 미움과 증오 같은 것이 아닐까. 이런 것들을 체에 다시 넣어 밑으로 빠지게 하려면 잘게 부스든지 아니면 아예 버리든지 해야 하는데, 우

리의 가슴 속에 담고 있는 괴로움 계열의 감정들도 잘게 부수고 다듬으면 고운 모래처럼 될 수 있는 것이 아닐까.

우리 주변에서 제 삼자가 보면 아주 사소하게 여겨지는 것들도 주관적 감정이 개입하면 큰 싸움으로 변질되고 끔찍한 사건으로 종지부를 찍는 어처구니없는 일로 확대되는 사건들이 얼마나 많은가. 최고의 가치관이라고 여기는 것들도 보통의 사람들이 보통의 눈으로 봤을 때는 치졸하고 유치하기 그지없는 경우가 많다. 그럼에도 잘못된 가치관, 잘못된 판단으로, 엽기적인 가학행위로, 세상을 놀라게 하는 사람들에게 삶의 안내자 같은 역할을 해야 하는 임무가 보통사람들에게도 있다는 것을 인식해야 하지 않을까. 왜냐하면 우리는 사회적 동물이고 함께 가는 구성원으로 일말의 사회적 책임을 져야 하는 위치에 있기에 말이다.

요즘 들어 부쩍 삶의 법칙이라도 있는 것은 아닐까 자꾸 주변을 두리번거리게 된다. 그래서 나보다 더 힘들고 괴롭고 힘든 세파를 이겨낸 경험자들의 말을 경청하고 음미하고 면밀히 관찰하는 습관을 가지려 노력한다. 나이 칠십을 넘긴 노부부가 꼿꼿한 자세로 지팡이도 없이 산이 떠나갈 듯 큰 웃음을 지으며 등산로를 유유히 걸어 내려올 때, 허물어질 듯한 토담집 안방에서 하얀 미소를 잔뜩 머금고 얼굴을 맞대고 이야기꽃을 피울 때, 거친 손마디를 아랑곳하지 않고 넘어진 아이의 머리를 쓰다듬어 줄때에도 나는 그분들의 삶의 역정을 생각하고 건강한 모습에 존경심을 표하게 된다. 그 분들은 바로 살아 있는 인생의 교과서요, 분노와 괴로움과 슬픔을 극복한 아름다운 인생의 등불 같은 존재라고 하면 지나친 비약이라도 되는 걸까.

마음 수양은 곧 정심(正心)과 정행(正行)이라고 생각하면 어떨까. 옳은 마음가짐과 올바른 행동, 올바른 가치관이 무엇인가 끊임없이 갈구하면서 보다 낮은 자세로 삶에 임할 때, 그토록 우리를 쉼 없이 괴롭혀왔던 나쁜 감정들이 서서히 우리의 몸 밖으로 빠져나갈지도 모른다.

설날 명절 끝에 조용히 드러누워 천장을 바라본다. 한동안 천장을 멍하니 바라보니 내 삶의 여정이 파노라마처럼 펼쳐지는 것 같다. 또한 지난 세월이 주마등처럼 스쳐 지나간다. 그곳을 응시하면서 인생이 재미있고 즐거운 일만 있다면 그게 또 무슨 재미가 있을까 하는 방정맞은 생각도 해 본다. 힘들고 어렵고 거친 일에 매달려 머리를 조아리고 마음을 졸이고, 가까스로 문제가 해결 되었을 때, 용솟음치는 기쁨을 그 무엇으로 대신할 수 있을까.

천장에 그려지는 숱한 생각들, 삶의 편린들, 이런 것들을 체 위에 올려놓고 힘차게 흔든다. 모든 것들이 소리 없이 빠져나가는 기분이다. 마음이 한결 가볍다.

햇살과 할머니

　오후 한나절 집 앞 근처에 공원 나들이를 했다. 뭐 거창하게 나들이라고까지 할 것도 없다. 소풍 온 것처럼 정성들여 싼 김밥을 먹지 않아도, 하루 종일 자연의 품에서 호흡하지 않아도 잠깐 잠깐 틈나는 대로 운동 삼아 가벼운 복장으로 드나드는 곳이 공원이다. 이 공원은 나무도 많이 들어섰고 숲도 제법 울창하여 사람들이 많이 모여든다. 치열하고 격한 삶에서 벗어난 시민들이 조금은 여유롭고 포근한 마음으로 자연과 함께 하는 모습이 참 좋다. 우리가 조금만 일상에서 벗어나도 이렇게 마음이 푸근하고 행복감을 얻는데도 자연의 품에 안기기가 그렇게 쉽지가 않다.

　이날은 유난히 할머니 몇 분이 눈에 들어왔다. 평소에도 삼삼오오 모여 앉아 저물어가는 삶의 끝자락에서 서로를 위로하고 의지하며 등 기댄 채 살아가는 그 분들의 모습을 보아 온 터라 그렇게 낯설지 않았지만 이날따라 할머니들의 모습에는 좀 다른 데가 있었다. 한겨울 추위가 다소 누그러지고 오후의 햇살은 마음까지 얼어 붙은 우리들에게 따사로움을 선물하고 있었다. 두툼한 옷차림에 목도리까지 휘휘 감은 할머니 몇 분은 빗살 촘촘한 햇살을 등에 지고 서로 마주 앉아 도란도란 무언가를 이야기하고 있었다. 참 평화로워 보였다.

　그러면서도 한편으로는 왜 그리 측은한 마음이 드는지. 이 할머니 또래보다 조금 젊은 사람들은 여름 날 울창한 숲속에 모여 설운도, 현철의 노래를 부르며 있는 힘을 다해 손뼉을 치고 몸을 흔들고 건강 체조도 하고, 역동적인 움직임으로 건강을 다지는 모습을 보이는데, 지금 이 할머니들은 그런 핏기조차 보이질 않고 그야말로 꺼져가는 촛불처럼 인생의 황혼에서 햇살을 친구삼아 그렇게 모여 앉아 있었던

것이다.

공원 동산을 빙빙 돌며 운동을 하던 나는 할머니들의 주름진 얼굴과 생기라고는 찾아 볼 수 없는 손등을 바라보며 왠지 모를 어떤 연민과 죄송함과 죄책감, 그리고 의기소침에 내 자신이 자꾸 작아지는 것을 느꼈다. 어쩌면 무슨 죄를 짓고 살금살금 뒷걸음질 치는 전과자의 심정으로 어딘가에 숨어버리고 싶었다.

저분들도 한때는 탱글탱글한 피부를 자랑하는 아가씨였고, 남자들이 흠모했던 직장인이었으며, 화려한 경력의 여성 지도자이기도 했을 터이다. 남편을 만나 자식을 낳고 그 자식만이 잘 되기를 바라는 마음에 청춘을 불살랐지만 이제 타다 남은 재처럼 힘 한번 못 쓰는 뒷방마님으로 물러나 앉은 꼴이지 뭔가. 젊음과 사랑과 정열이 넘쳤던 시대에는 그들은 남편을 위해서 자식을 위해서, 눈앞의 시련도 숙명으로 받아들이며 한 시대를 살아오신 분들이다. 그것은 그 분들의 주름진 이마가 말하고 있었고, 굽은 허리와 두 어깨가 오그라들 것 같은 초라한 모습에서도 읽어 내릴 수 있었다.

이제 인생의 무대에서 물러나야 하는, 삶이 얼마 남지 않은 할머니들에게 왠지 손이라도 잡아주고 싶었다. 저 할머니들이 계셨기에 우리들이 존재했고, 젊은 시절에는 따뜻하고 풍만한 가슴을 지닌 어머니였기에 그 품에 안겨 우리들은 재롱을 피우고 더 없는 행복에 겨워 얼굴 가득 미소를 머금고 자랐다. 그 푸짐하고 향긋한 사랑의 쌀독에서 사랑의 원기를 조금씩 꺼내어 위로를 삼고 재기의 힘으로 삼았는데, 정작 저분들이 저렇게 외롭고 쓸쓸하게 햇살을 등에 지고, 흐르는 시간에 운명을 맡기고 있을 때, 나는 그들을 위해 무엇을 했는가, 하

는 생각도 들었다.

톡톡 튀는 능력과 재치와 힘이 아니면 발붙일 데 없는 칼날 같은 세상의 중심에서 조금은 멀어진 듯한 저 어르신들도 한때는 우리들을 이만큼 키워주고 밀어주고 힘을 보태준 힘의 원산지이고 발산지가 아니었는가. 그럼에도 때로는 힘없다고 얕보고, 가정 살림에 보탬이 안 된다고 손가락질하고 거치적거리는 퇴물 취급을 하지 않았는가 하는 자기반성과 함께 어른들에 대한 경외심 사이에서 운동 내내 마음은 찜찜했다. 내 어머니 역시 저분들처럼 햇살을 친구삼아 그 어디선가에서 외로움을 달래고 있는 것은 아닌지, 괜히 마음이 불편해진다.

그 따뜻한 햇살은 할머니들의 등을 비추며 이렇게 속삭이는 것 같았다. 할머니들, 오래 오래 사세요. 그리고 건강하기 바랍니다. 할머니들은 우리들의 희망입니다. 할머니들이 계셨기에 우리가 존재하고 할머니들이 계셨기에 이만큼 우리들이 윤택한 삶을 살아가는 것 아니겠습니다. 제가 주는 이 햇살은 영원토록 무료입니다. 마음껏 쬐시고 힘을 얻으세요. 실의에 빠졌다면 희망을, 자식에게 소외당했다면 저에게 의지하고 여생을 맘껏 즐겨보세요, 이 자연이 얼마나 아름답고 힘차 보입니까.

늘 연말연시면 소란스럽게 여기저기서 외쳐대는 불우이웃돕기, 사랑의 전화 모금을 권하고 따뜻한 겨울을 나게 하자고 목소리를 높인다. 그런데도 우리는 무감각하게 그냥 지나쳐 버리고 귀찮아하며 강건너 불 보듯 할 때가 많다. 내가 배불리 밥을 먹고 등이 따습고 아무 걱정 없으면 이 사회의 복지가 탄탄한가. 내가 아무 불편 없고 건강하고 행복하면 우리나라가 정녕 행복한 복지국가인가. 나 혼자만이 세

상을 온전히 차지할 수 있는 걸까.

텔레비전을 보고 있는 아이들을 향해 한 마디 던진다. 얘들아, 우리 사랑의 전화 한통 하자. 천 원 이천 원이 모여 나중에 큰돈이 되고 그래서 어렵고 힘들고 절망의 나락에서 헤어나지 못한 사람들에게 한줄기 희망을 줄 수 있는 것 아니냐, 전화를 하자, 지금 하자.

우리 집 막내둥이는 무슨 뜻인지 모르고 눈만 끔벅거린다. 아주 거창한 돈은 아니지만, 이렇게 모이고 모인 성금이 희망의 싹을 틔우고 울창한 기쁨의 숲으로 변하고, 의지할 데 없는, 외로운 노인들에게 작은 희망을 되살릴 수 있다면 이보다 값지고 참된 일이 어디 있는가. 할머니들이 등에 햇살을 등지고 있던 것처럼 우리들의 사랑을 등에 업고 우리들의 작은 노력을 가슴에 안는다면 사람과 사람의 어울림에서 나오는 따뜻한 체온을 머금고 그 핏기마저 말라붙은 손마디에 조금이나마 혈기가 돌지 않을까. 우리가 만든 포근한 햇살을 비추어 줄 때, 인생의 황혼에서 쓸쓸함을 친구삼아 아무도 모르는 어둔 곳에서 가슴만 태우는 그 할머니들이 햇살처럼 활짝 웃으리라.

쓸쓸한 가을

그 동안 별로 느끼지 못하고 살아온 나에게, 올가을은 마냥 쓸쓸하다. 뭐 가을이면 남자의 계절이니 독서의 계절이니, 아니면 수확의 계절이라고 떠들썩하며 제법 우리들의 마음을 들뜨게 만든다. 이에 가을 단풍에 너나할 것 없이 산으로 들로 모두 쏟아져 나와 시끌벅적한 게 가을의 모습이기도 하다.

내가 자꾸 이번 가을을 쓸쓸하게 여기는 데는 나이가 사십 중반에 이른 탓도 있지만, 여기저기서 그토록 잉꼬부부로 소문난 사람들이 하나 둘씩 헤어지고 이혼 서류에 도장을 찍었다는 안타까운 소식이 들려오고서부터다. 그들은 하나같이 부부간의 금슬을 자랑하며 슬하에 아이들도 하나 둘씩은 다 두고 10년 혹은 20년 넘게 한 이불에서 살을 맞대고 살아오면서 이제 평생을 같이 갈 사람으로 주변 사람들도 믿고 본인들도 그렇게 생각해 왔는지도 모른다.

한때는 이렇게 헤어지는 사람들을 놓고 의견이 분분하면서 배우자 중의 한쪽을 심하게 질타하기도 하고 그야말로 여론의 뭇매를 맞아 만신창이가 되기도 했다. 이혼은 절대해서는 안 되는 절대 금기사항처럼 여겼던 시절도 있었지만, 중년이혼 더 나아가 황혼이혼이 점차 늘어나 그것이 방송 매체에 자주 오르내리면서 이제 이혼을 그냥 틀어막고만 있을 문제가 아닌 더 나은 삶, 지금보다 더 화려한 삶의 날개를 달기 위한 하나의 본능처럼 치부해 버리는 경향이 있어 사람들의 결혼관이나 부부관이 많이도 바뀌었구나 하는 생각이 절로 든다.

나 역시 애를 네 명이나 두고 사는 마당에 저렇게 헤어지는 부부들의 모습을 보고 심한 심리적 충격과 정신적 불안을 느끼는 것도 사실이다. 15년을 아내와 함께 살아오면서 참으로 무수히 많은 일도 겪고

황성하 수필집

고통스런 순간도 많았다. 어디 기분 좋은 날만 있었겠는가. 정말 치열하다 못해 격렬하게 살아 온 나의 삶이 때로는 가족에게 그리고 나 자신에게도 숱한 상처가 나고 아물기를 수 없이 반복했다는 것이 진실이다. 말이 그렇지 요즘 같은 시대에 애를 네 명씩 키운다는 것은 경제적 환경이나 사회적 환경에서 참 부담스럽기까지 하다. 그럼에도 이렇게 대가족을 만들어 행복의 싹을 키워가려는 나의 아내에 대한 고마움과 미안함은 이루 말로 다 표현할 수 없다.

이런 상황에서, 문득 사회 분위기, 특히 상대방에 대한 배려와 이해심보다는, 철저한 자기중심적 사고방식이 낳은 새로운 사회 풍조가 높은 이혼율로 이어지는 것은 아닌지 생각하면 서글프기도 하고 뒷맛이 씁쓸하기도 하다. 특히 대중적 인기를 먹고 우리의 우상처럼 여겨졌던 인기연예들이 하룻밤의 꿈처럼 뒤도 돌아보지 않고 도장을 찍는 상황에서 덧없는 사회적 우울감이 우리 안방까지 밀어 닥치는 것을 실감하고 있다.

어쩌면 나 자신도, 나의 아내도 이런 어수선한 사회 분위기에 조금이라도 동요되거나 아니면 부부의 삶에 수 없이 돋아나는 시련과 역경의 물결을 무턱대고 걷어만 낼 것이 아니라 저렇게 헤어지는 부부처럼 과감한 결단을 내리지 못하는 것은 아닐까 하는 어떤 막연한 자기 자신에 대한 불안감이나 뒤떨어짐으로 여겨질지도 모른다는 불필요한 자괴감, 그리고 뒤틀린 허탈감에 괜히 속이 불편해지기도 한다.

그런데 한 가지 내가 내세우고 싶은 것은 부부로서의 삶이 아닐지라도 우리는 스스로의 내적 갈등이나 가족 갈등 그리고 세대 갈등에 순간순간마다 이는 분노와 헷갈림을 풀어가면서 살아가는 존재라는

점이다. 부부가 서로를 구속하고 자유를 억압하는 존재로 생각하기까지는 그들 나름대로 말 못하는 어려움도 있겠지만, 부부의 끈을 풀어헤쳐 안방 문을 열고 세상 밖으로 나온다고 해도 우리는 거대한 사회의 울타리 안에서 적어도 인간으로서의 품위를 지키기 위한 최소한의 도덕과 윤리의 사회적 구속의 영향권을 완전히 벗어나기는 어렵다는 것이다.

그러니 부부간의 구속을 어떤 자율권, 아니면 사회생활을 하는 데 필요한 아주 기본적인 것을 극도로 제약하고 억압하는 단계의 수준이 아니라면 우리는 정말 신중하고 조심스러운 판단을 해야 한다는 것이다. 이를테면 우리가 된장찌개를 먹기 위해 콩을 삶고 메주를 쑤는 행위에 곰팡이 냄새가 진동하는 메주의 얄미운 향기를 내내 맡은 다음에야 뚝배기 된장을 먹으며 즐겁고 신나는 식사에 건강을 챙기게 된다. 적어도 이 된장을 먹기 위해 우리가 콩을 생산하고 그 이후에 겪어야할 여러 수고로움이 있듯이 부부로서의 행복이 충만한 삶을 유지하기 위하여 최소한의 구속이 필연적으로 뒤따를 수밖에 없다는 점을 혹시나 간과하지나 않나 조심스럽게 묻고 싶은 것이다.

너도 나도 행복한 삶을 추구하기 위하여 처절히 몸부림치며, 지금 이 순간에도 우리는 끊임없이 머리를 그 쪽으로 향하고 계속해서 걸어가고 있다. 단지, 우리가 부부간에 누가 더 행복을 위해 분투했는지 손익계산서를 따져 본다면 거의 한쪽으로 기울 확률이 높다. 그 차이를 어떻게 극복하느냐, 즉 방법상의 문제 그리고 이해의 수준이나 정도의 문제에 이견을 보이면 그때부터 부부간의 금이 갈 가능성은 그만큼 높아진다.

정확히 말하면, 행복 만들기의 인자가 되는 고충이나 기여도에서 부등호 방향이 한쪽으로 기울지 않고 수평으로 되는 부부를 찾기는 매우 어렵다는 것이다. 이러한 불균형 앞에 어떤 부부는 울분을 참지 못하고 그 부당성과 억울함을 주저 없이 표출하기도 할 것이고, 또 어떤 부부는 그것을 가족을 위한 또 다른 사랑으로 받아들일 수도 있다. 주목할 것은 사회적 분위기나 결혼관이 이제 서서히 가정을 위한 기여도가 같지 않으면 철저한 손익계산과 그에 따른 응분의 책임으로 이어진다는 점에서 부부 중 어느 한쪽도 긴장을 늦춰서는 안 되는, 그런 칼날 같은 시대에 우리가 살고 있다는 점을 말하고 싶다. 여기에 우리는 남의 가정에 함부로 돌팔매질 하지 못하는 상황에서 헤어짐에 따른 사회적 손실이나 고통의 분위기가 그들뿐만 아니라 우리 모두에게 이입된다는 점에서 더욱 가슴이 아리고 아프다.

단풍이 곱게 물들어 가는 이 계절에, 우리는 쓸쓸하고 고독한 헤어짐보다는 어떻게 하면 행복의 그릇을 깨지 않고 온전히 간직할까, 그 사랑의 기술과 그것이 주는 기쁨을 더 떠올리게 된다.

개발 바람을 피해서

　그렇지 않아도 생각의 속도가 느린 나에게 출퇴근길은 심란함이 가슴을 짓누른다. 언제부턴가 개발 바람이 불어 아침에 있던 집이 퇴근길에는 없어지고, 쌩쌩 달리던 도로에 하나둘씩 거추장스럽게 신호등이 생기게 된 것은 거대한 아파트 숲의 물결이 덮치고부터이다. 몸과 마음을 시원스레 달래주고 토닥여주던 퇴근길의 그 산뜻한 바람은 이제 그 어디에서도 찾아 볼 수 없다. 대신에 꽉 막힌 도로에서 언제나 집에 도착할지 전전긍긍하는 내 모습이 딱할 따름이다.

　학교까지 출퇴근하는 주요 도로는 교하 신도시이다. 예전에 넓은 들판에 누런 벼들이 익어가고 농부들이 논갈이 하던 모습에서 잠깐씩이나마 들녘에 함께 있다는 포근한 느낌과 고향 산천의 어머니 품 같은 안락한 살 냄새를 그 농부들을 통해서, 그리고 여기저기서 익어가는 곡식들의 향기에서 찾곤 했다. 정말 아쉽다. 발전이라는 아름다운 이름 뒤에는 이렇게 하나둘씩 잃어가는 것들도 있다. 특히 나처럼 변화에 둔감하고 그에 적응하는 데 시간이 걸리는 사람에게는 더더욱 변화는 두려움과 부담으로 다가오는 것이 현실이다.

　이제는 솔직히 정확한 수치 계산으로 일정한 수익이나 성과가 나오지 않으면 부수고 무너뜨리고 새롭게 건설하는 것이 자연스런 일로 받아들여지고 있다. 한 평의 땅이라도 수확이 제대로 나오지 않으면 공터로 놔두질 않는다. 소득이 적어도 수지가 맞지 않아도 그저 내가 했던 일이거니 생각하고 관습처럼 지어오던 농사도 이 사람 저 사람의 영악한 계산 아래, 아니면 광풍처럼 몰아닥친 개발 바람에 힘 한번 쓰지 못하고 모든 걸 다 내주고 있다. 빈 터에서 어린이들이 공차기할 때 다른 한쪽에서는 동네 어른들이 얼굴을 맞대고 앉아 막걸리 잔을

나누던 그 느긋함과 정겨운 풍경들이 추억 속의 그림으로만 남아 있다. 개발 덕분에 돈깨나 챙겨 살기 좋은 곳으로 떠난 이들도 있지만, 대대손손 살아온 고향을 저버리지 못하고 방황하는 이들도 적지 않은 모양이다.

사실, 이제 겁이 좀 난다. 어디 하나 마음의 휴식처로 생각하고 지낼 만한 곳이 없다. 또 편리한 기계들이 속속히 출현하는 세상에 빨리 빨리 적응하지 못하면 그야말로 낙오자 신세가 되고 만다. 좀 게을러도, 좀 지각능력이 떨어져도 함께 걸어갈 수 있던 세상이 날카로운 흉기처럼 변해 잘못하다가는 마음을 베고 손을 베고, 남들로부터 따돌림 받기 십상이다. 그야말로 군중 속의 고독을 느끼는, 번개처럼 빠르게 변화하는 물결 속에 사람들도 그만큼 민첩해 있다.

그래도 나는 마지막 보루라고 여기며 위안을 삼고 있는 근무지 학교를 최고의 곳으로 꼽고 있다. 산자락에 자리하고 있는 우리 학교는 영원히 그대로이었으면 한다. 봄부터 늦은 가을까지 꽃들이 쉴 새 없이 피고 지고, 이름 모를 새들이 교정의 나뭇가지에서 흥겹게 노래를 하고, 늘 친구처럼 버티고 있는 교실 앞 늙은 소나무는 내 어렸을 적 할머니의 포근한 젖가슴을 연상케 한다. 내가 더 나이가 들어 지금보다 훨씬 기력이 떨어져도, 아이들 등쌀에 못 이겨 허둥댈 때도 말없이 서 있는 그 소나무는 든든한 나의 친구가 될 것이 분명하다.

교실에 들어서는 진입로에는 언제나 밤나무 숲이 정답게 손짓하며 비탈진 언덕에서는 아카시아 향이 코를 찌른다. 가을에는 밤나무에서 잘 익은 밤톨이 뚝뚝 떨어져 아이들이나 선생님들이 환호성을 지른다. 월롱산이 병풍처럼 둘러싸고 있는 우리 학교의 산자락에는 철따

라 꽃이 피고 지고를 쉼 없이 반복하면서, 보는 이로 하여금 탄성과 감탄을 끊임없이 자아내게 한다. 봄에는 연분홍 진달래와 노란 개나리가 언덕을 휘감고, 교실 유리창 너머에 핀 목련은 아이들의 속살처럼 부드럽고 하얗다. 하얀 목련은 열 마디의 가르침보다도 더 강렬한 교훈을 준다. 세상을 저렇게 깨끗하고 하얀 마음으로 살아가길 말이다. 또한 늦가을에 손을 쭉 뻗으면 교실에서조차 잡힐 듯한 단풍나무 행렬에서 설악산의 단풍과 시냇물소리가 부럽지 않다는 것을 금방 느낀다.

우리 학교의 자랑에 빼 놓을 수 없는 것은 수십 그루의 자두나무 행렬이다. 학교 건물 바로 뒤에 위치한 자두나무에서 자두가 빨강 물감을 칠한 듯 탐스럽게 익어 가면, 우리 학생들은 자연스럽게 영양식으로도 즐긴다. 패스트푸드가 난무하는 요즘에, 우리 학생들은 조금이나마 자두로 군것질을 대신할 수 있다는 게 퍽 행복해 보인다. 또한 건물 옆, 텃밭에서 재배되는 아욱, 무, 상추, 배추, 고추 등 갖가지 푸성귀는 아이들과 선생님들에게도 좋은 먹을거리로 등장한다. 동아리에서 혹은 학급단위에서 상추를 뜯고 고기를 구워 시원한 나무 그늘에서 정답게 밥을 먹으면, 푸근한 행복감에 빠져든다. 그래서 도시락에 고추장과 된장만 준비해도 점심 반찬으로는 그만이다. 이거야 말로 우리 학교만이 갖고 있는 자랑이다.

또, 학교 뒷산에 위치한 고풍스러운, 기왓장을 촘촘히 얹어 지은 팔각정은 공부에 몸과 마음이 지친 우리 학생들에게 최고의 마음의 휴식처로 손꼽힌다. 지친 마음을 달래며 정자에 앉아 미래를 다짐하고, 꿈을 새기면 그 꿈이 현실이 된다는 스스로의 마법을 거는 학생들이

많아졌다. 그래서인지, 시험 때만 되면 정자에 오르는 아이들로 붐벼난다. 소슬바람 불어오는 산책로에 위치한 정자 마루에 앉으면 어느덧 한두 시간은 훌쩍 지나간다. 저 멀리에는 서울의 북한산 정상이 훤히 보이고, 정각 근처에는 다람쥐, 뻐꾸기, 까치들도 소풍을 나와 즐거운 한때를 보낸다.

발걸음을 옮겨 학교 뒷산의 등산로에 들어서면 금방 신선이 되는 느낌을 받는다. 울창한 숲 속에서 새들이 앞 다투어 노래하고, 여기저기 피어난 들꽃들이 항상 우리들을 기쁜 마음으로 들뜨게 한다. 여기에 약수터에서 쉬지 않고 흘러내리는 물소리는 쉼 없이 나의 머리를 깨끗이 헹구어준다.

개발 바람에 상전벽해가 되어가는 출퇴근길에서 잊어버린 모든 것들을 아이들을 가르치고 배우며 자연의 아름다움을 가슴으로 접할 수 있는 이곳이 어쩌면 나의 몸과 마음을 일으켜 세우고 정신을 새롭게 하는 안락한 휴식처가 되고 있는지도 모른다.

한쪽에서는 그토록 땀 흘리며 개발의 기치를 올릴 때, 다른 한 쪽에서는 이렇게 전혀 다른 세상에서 아이들을 가르치고 보람을 찾는 나의 일상이 행복을 부르고 기쁨을 불러 모은다.

흔들리는 수학여행

"수학여행을 왜 안 가려고 하는데?"

"그냥요."

"그냥이라니, 무슨 이유가 있을 것 아냐?"

"그냥 가기 싫다니까요."

수학여행, 말만 들어도 가슴이 설레고 들뜬 마음에 여행 날짜를 손꼽아 기다리던 추억이 학창시절을 겪은 사람에게는 누구에게나 있을 법하다. 그 수학여행은 짧은 기간이었지만, 아주 오래도록 지워지지 않거니와 그 시절을 함께 했던 동창생들을 만나면 추억에 겨워 모두들 입가에 미소가 지어진다. 설악산으로 동해바다로, 아니면 저 멀리 제주도로 떠났던 학창시절의 아름다운 추억들이 마음속에서 파도처럼 물결칠 때면 빙긋이 웃으며 그 시절을 회상하곤 한다.

팍팍한 삶 속에서 지칠 대로 지친 몸과 마음을 추스르고 활력을 쌓고, 새로운 결심의 기회로 삼는 것이 여행이고 그 중에 빼놓을 수 없는 게 학창시절의 수학여행이었다. 그러나 요즘 수학여행의 맛이 예전만 못하다는 소리가 들린다. 그도 그럴 것이 풍족한 삶에 경제적 여유가 생긴 학생들의 가정에서 마음만 먹으면 쉬 떠날 수 있는 게 여행이고, 자연히 전국 곳곳을 가보지 않은 곳이 드물 정도이다. 편리한 자가용 시대에 군이 시간과 장소를 따질 것도 없이 내 형편만 맞으면 언제라도 떠날 수 있는 게 여행의 추세이고, 한 발 더 나아가 국내 여행도 모자라 이제 비행기에 몸을 싣고 세계를 안방 나들듯 하는 사람도 많아졌다. 점차 가족단위의 여행이 늘다 보니, 요즘 아이들도 여행에 아주 이골이 난 표정들이다.

아이들에게 수학여행의 맛이 크게 떨어진 데에는 여러 가지 이유가 있겠지만, 그 중의 하나가 단체생활을 지독히도 싫어 한다는 것이다. 어깨동무를 하고 함께 어울리려하기보다는 내 몸 하나만 편하면 그만이라는 식이다. 도통 남을 의식하지 않는다. 내가 조금만 불편하면 그것을 참고 기다리질 못한다. 더워도 땀 한 방울 흘리려 하지 않는 아이들에게는 군데군데 걷고 또 걸어야 하는 여행 코스가 달갑지도 않으려니와 좋은 경치를 봐도 흥미로워하거나 신비롭게 생각지 않는다. 영상매체가 발달된 시대에 태어난 아이들은 기성세대들이 보지 못한 비경들을 더 많이 보고 있는지도 모른다. 그러니 모든 게 식상해 보이고, 감흥이 떨어진다.

단체생활의 중요성에 대한 인식도 낮은 데다, 함께 어울리지 않아도 될 삶의 환경이 아이들을 그렇게 몰아가고 있다는 증거가 확실하게 눈에 띈다. 이제 아이들은 혼자 있어도 결코 심심하거나 외롭지 않다. 그렇게 되기까지에는 문명의 이기라고 하는 컴퓨터가 친구가 되고, 휴대폰을 통해 음악을 들을 수 있는 갖가지 요소가 있다. 실례로, 핸드폰 하나만 갖고 있어도 음악은 물론 친구와의 문자 교신, 그리고 이제 한 단계 더 나아가 영상으로 즐길 수 있는 것들이 한두 가지가 아니다. 고개를 숙이고 꿈쩍도 하지 않고, 몇 시간씩 즐길 수 있는, 아주 작은 기계 덩어리인 휴대폰, 아이들에게는 필수품이 되어버렸지만, 이것이 이렇게 단체 생활의 교육적 효과를 빼앗아갈 줄은 몰랐다.

아마도 이런 상황을 짐작하여 아이들의 단체의식이나 공동생활의 규범을 길러주려는 의도로 교육부에서는 단체생활을 권장하고 제한된 교실수업에만 치중하는 것보다는 야외활동이나 체험 학습의 중요

성을 강조하고 그것을 실천하려는 노력을 꾸준히 보여주고 있다. 고운 품성을 지닌 성숙한 사회인을 길러내려는 뜻 깊은 의도로 보인다. 그런데도 이렇게 아이들은 정 반대 방향으로 가고 있으니, 이런 추세라면 아마도 수학여행의 취지가 크게 흔들릴 게 분명하다.

돈이 없어서, 아니면 시간이 없어서도 아닌, 단순히 단체 생활이 귀찮아 참여하기 싫어하는 아이들, 정말 어떻게 설득하고 이끌어가야 할지 난감할 때가 많다. 그렇다고 수학여행을 없앨 수도 없는 상황에서 그 해법을 찾기란 쉬운 일이 아니다.

그래서 수학여행철만 다가오면 특별히 긴장을 하게 된다. 여행에 등 돌리려 하는 아이들에게 어떻게 하면 수학여행의 참뜻을 알려주고 교육적 기회로 삼아야 할까 진지한 고민을 하게 된다. 아이들이 싫어하는 여행이라고 해서 그냥 방치하고 넘어가기에는 너무나도 아쉽고 아까운 수학여행, 그래서 동참을 꺼려하는 아이들을 일일이 면담하며 수학여행만이 갖고 있는 매력과 아름다운 추억의 짜릿함을 보여주듯 낮은 목소리로 그들을 향해 설득의 고삐를 늦추지 않는다. 처음에는 고개를 좌우로 흔들던 아이들도 수학여행을 다녀와서는 손에 잡힐 듯 한 빼어난 경관을 배경으로 찍은 사진을 돌려보며 환한 웃음을 짓는다. 그럴 땐, 그들도 오랜 세월이 흐른 뒤에 담임선생님이 왜 그토록 여행을 함께 하려 했는지 알 수 있을지도 모른다는 소박한 기대에 덩달아 내 얼굴이 환해진다.

우리 학생들에게 고전적 수학여행의 모습은 아닐지라도 새로운 시대의 흐름에 맞는 수학여행은 지속되었으면 한다. 수학여행에서 파생되는 문제점을 보완해서라도 아이들에게 산교육의 참뜻을 보여주고

싶고 알려주고 싶다. 교실에서의 교육과 여행에서 이루어지는 교육의 값어치는 분명 다를뿐더러 수학여행은 정서의 샘물 같은 존재이다.

권력과 명예와 초연

아무것도 가진 것이 없는 자들은 어떤 것을 지키려고 할 필요도 없다. 물질적 재산이나 권력으로부터 자유로워 그것을 지키려 안간힘을 쓸 건더기가 없는 셈이다. 그들은 하루하루 살아가는 모습이 초연하고 느긋할 때가 있다. 따지고 보면 그들이 아무것도 가진 게 없는 것이 아니라, 그들은 작은 것에 감사해하고, 남들이 스쳐지나가는 것들에 의미를 부여하고, 탁자 위에 커피 한잔을 놓고, 두 세 시간씩은 족히 정담을 나눈다.

계절에 따라 달라지는 자연의 모습에 순응하고, 그 자연을 온몸으로 느끼고 그것을 품에 안으려는 자연과의 물아일체(物我一體)적 모습을 지니기도 하는데 그런 삶에 익숙한 사람들에게 가끔은 신경을 거슬리게 하고, 초연한 삶에 재를 뿌리는 느낌을 받아 불쾌감을 가질 때가 있는 것 같다.

권력은 정말 아름다운 것인가. 그 물음에 정답을 내 놓을 사람이 몇이나 될까. 풀이 과정도 각각일 것이고, 주장하는 바도 달라 어떤 것이 올바르다고 정확히 짚어줄 수도 없는 권력의 정의에 대해, 보통 사람들에게는 권력이 사람과 사람 사이에 오묘한 올가미를 씌우는 것으로 보일 때가 있다. 그 권력을 가지려는 자들의 몸에 자꾸 더러움으로 색칠되고 치사함으로 물들어가는 것을 지켜보면서 어떤 허무와 인생무상에 힘없이 무너질 때가 있다. 그 권력을 지키기 위해 자기를 속이고, 때로는 동료를 짓밟고, 아부와 아첨을 밥 먹듯 하고 그렇게 해서 가진 권력을 행사하기 위해 오늘의 동지와 맞서 싸워야 하는, 수준 낮은 삶도 마다하지 않은 경우도 있다.

국회의원 선거나 대통령 선거 때마다 사람들이 상대방 후보의 치부

를 들춰내고 그들의 행적을 평가절하 하는 데 목소리를 높여 유권자들의 눈을 흐리게 할 때도 있지만, 그들의 주장이 일부는 사실로 드러나는 경우도 있다. 명예와 권력을 한 손에 쥐고 달콤함을 맛보기 위해 그들은 그렇게 처절한 싸움을 하면서 도덕과 윤리와 사회의 상식을 뛰어 넘어 하얀 대낮에도 짓궂은 술수를 벌이고 있다. 또 그렇게 해서 가진 권력 앞에 모여든 사람들을 보면서 그들은 권력은 바로 이런 것이구나, 과정이나 순서가 다소 문제가 있다 할지라도 얻어낸 권력 앞에 많은 사람들이 아첨과 아부로 보답해 줄때, 자기 자신의 도덕성을 팔아먹고 얻은 권력이지만, 구린내 나는 보람을 흔들의자에서 느끼고 있는지도 모른다.

권력은 그들에게 참 아름답고 환상적으로 여겨질지도 모른다. 보통 사람들의 앞날을 손에 쥐고 흔들 수 있다고 여기는 그들이 그 권력을 가로채기 위해 얼마나 머리를 싸매고 지금까지 걸어 왔는가. 어렵게 얻은 권력이니 쉽게 내놓으려 하지도 않겠지만, 권력을 지키기 위한 숱한 노력과 험난한 여정을 들여다보면 상처투성이로 점철될 때도 있다. 참 애처롭기 짝이 없다.

현실에 초연하고 의연한 삶을 지향하는 사람들은 도리어 그들의 그런 위장된 옷을 입고 다니는 것을 못마땅하게 생각한다. 작은 바람결에도, 길가의 꽃 한 송이에도 그들은 삶을 느끼고, 관조하고 즐거움을 찾으려 노력한다. 그리고 자꾸 행복이라는 것을, 그리고 기쁨이라는 것을 아주 낮은 곳에서, 때로는 햇빛도 들지 않는 음지에서조차 그들은 행복을 건져내고 오래오래 간직하려 한다.

권력을 가진 사람들을 모두 다 한꺼번에 매도할 생각은 없다. 그들

도 순수한 열정과 노력으로 얻어내 일종의 자아실현의 한 축에서 그런 권력을 자연스럽게 손에 쥘 수 있었는지도 모른다. 또 권력을 제대로 사용할 줄 알고, 권력의 특성을 잘 이해하여 주변사람들을 잘 다스려 도덕적 품성과 기품을 자랑하는 사람도 많이 있다. 이런 이들은 참 존경받을 만한 사람들이다.

그런데 권력을 잘못알고 영원불멸의 사유 재산으로 착각하는 사람들이 문제다. 이 세상의 모든 권력들은 알고 보면 일정한 유효기간이 있는 셈이다. 유권자들이 주는 권력은 4년에서 5년 정도이고, 다시 평가를 받아, 다시 권력을 줄 수도 있고, 그렇지 않을 수도 있다. 그런데도 늘 입고 다니는 옷처럼 영원히 자기 몸을 따뜻하게 보호해 줄 것으로 알고, 순수의 눈으로 세상을 바라보는 사람들의 가슴에 비수를 꽂고도 참 태연한 척하고 있으니 그게 문제이다.

권력을 가질 수 있는 능력과 품성과 교양과 지혜가 원재료가 되어 일정한 상품, 즉 진정한 권력으로의 상품이 나오려면 권력의 속성을 어느 정도 파악하고 이해해, 그 권력이 제대로 발현될 때, 높은 점수와 평가를 얻을 수 있다. 권력은 누구에게나 쉽게 언제든지 내려온 것이 아니라, 일정한 교양과 지도력과 포용력과 판단력, 추진력, 수 없이 많은 평가요소에 상당한 점수를 받고서야 주어지는 고난도 게임과 같은 것이다. 이럴 때의 권력은 참으로 아름답고 숭고하고 이슬방울처럼 투명하고 깨끗하며 보석처럼 빛나는 것이다. 어쩌면 이런 권력을 지향하는 것이야말로 초연한 삶의 연장이 아닌가 생각한다. 초연하다는 것은 이처럼 아무런 욕심을 갖지 않고 명예로움을 스스로 거부하는 것이 아니라, 내 자신을 먼저 갈고 닦고 뼈아픈 자성을 기초로

해 얻은 자연발생물이 아닌가 생각한다.

초연은 이처럼 아름답고 숭고하다. 숭고하다 못해 눈부시게 온 누리를 비추어주는 삶의 태양이고, 겸양지덕적인 삶의 자세의 발로이다. 초연은 누가 함부로 삿대질하고 주먹질하고, 비난하지 못하는 성스러운 영역인지도 모른다. 총이나 화살로도 뚫지 못하는 심신으로 다져진 성역인 것이다. 더 나아가 스스로 자기 자신을 가꾸고 인내하고, 채찍해서 얻어낸 '사리' 같은 영물인지도 모른다. 그냥 아무렇게나, 내 마음대로, 그리고 기분이 흘러가는 대로가 아닌, 철저한 자기 신념과 품격 높은 고뇌가 숙성된 초연의 삶이야말로 우리가 그토록 바라는 이상적인 삶이 아닌지 감히 목소리가 높여진다.

오늘도 여지없이 해님은 웃고 있다. 그리고 변함없이 서 있는 저 소나무, 추억으로 가는 돌담길, 잔잔한 물결의 호숫가, 내 곁에서 웃음을 자아내는 숫진 청소년 학생들, 이것만 해도 우리는 충분히 초연해질 수 있는 무한한 영적 재산을 가지고 있다. 크게 한번 웃어볼 일이다. 초연한 마음으로.

부모의 유산

　반드시 물질적인 것만을 유산이라고 생각하지 않는다면, 부모로부터 받은 유산은 여기저기 깔려 있고, 마음 속 깊은 곳에, 아니 영혼을 흔들어 깨우는 그 무엇인가에 항상 존재하고 있다. 그 영혼을 깨우는 것들이 작은 것이든 아니면 큰 것이든, 삶을 영위하는 것에 긍정적으로 혹은 부정적으로 영향을 미치는 것은 사실이다.

　수십 억대의 재산을, 그것도 모자라 헤아리기 어려울 정도의 많은 재산을 물려받은 사람이라면 그 재산을 지키고 불리기 위한 나름대로의 처절한 노력과 지치지 않는 분발이 뒤따라야 할 것이고, 돈 한 푼 물려받지 않았지만 부모로부터 지울 수 없는 따뜻한 사랑을 물려받은 사람은 재산을 물려받은 것 못지않은 정신적 자양분으로서의 유산으로 받아들이기에 역시 그 사랑을 지키고 되돌려 주기 위하여 남다른 열정을 쏟으려 할 것이다.

　그런데 우리는 한 가지 놓치지 말아야할 것이 있다. 그 물려받은 유산이 정신적이든 물질적이든 부모와 자식이 그 가치를 어떻게 생각하느냐에 따라 세상을 활기차고 적극적으로 살아갈 수 있는 에너지가 되기도 하고, 영영 벗기 어려운 굴레가 되기도 한다는 사실을 말이다. 부모가 돌아가신 후에도 그 유산은 형제간의 치열한 다툼으로 이어지기도 하고, 보이지 않는 무형의 사랑은 자식의 입장에서 평생 내면적 갈등을 일으키는 뜻밖의 원인으로도 작용한다. 물려받은 사랑이라고 해서 무조건 자식이 그것을 긍정의 힘으로 바꾸어 나가고, 좋은 추억으로만 간직하기에는 자식 된 자의 성격이나 행동반경 그리고 성장 배경이 도사리고 있고, 그에 따라 엉뚱한 결과를 낳기도 한다. 때로는 재산이든 사랑이든 자식에게는 늘 마음의 빚처럼 따라다니기도 한다.

가장 놀랍고 충격을 주는 사례가 바로 자식이 죄의식을 갖고 살아가게 되는 형태이다. 부모에게 효를 다 하지 못하여 그 후회감에 삶의 영역이 극소화되어 운신의 폭을 스스로 좁혀 사는 사람이 있는가 하면, 너무 일방적인 사랑을 받아 그 사랑만큼 부모에게 다하지 못한 것이 죄의식으로 발전하여 한발도 움직이지 못하고 엉거주춤한 세월을 죄의식의 멍에를 뒤집어 쓴 채 살아가는 사람도 있다. 특히, 어떤 경우에는 돌아가신 부모가 살아생전에, 너를 위해 이렇게 희생을 하고 있다는 것을 계획적이고도 의도적으로 보여줌으로써 자식으로 하여금 스스로 죄의식의 싹을 틔우게 하는 경우도 있다. 그런 상황에서는 돌아가신 부모의 고달픈 삶이 살아 있는 자식에게 고통의 무게로 다가와, 감당하기 어려운 죄의식으로 발전하여 발목을 잡고 원만한, 그리고 건강한 사회생활을 하는데 큰 장애요소로 등장한다.

　부모의 사랑에도 절제의 미덕이 있어야 하는 것은 아닐까. 오로지 자식밖에 없다는 신앙에 가까운 일념으로 비바람에 깎이고 세찬 눈보라에 휩쓸려 자기 자신은 낭떠러지로 구르고 진흙 밭에서 온몸이 더럽혀져도 자식 사랑에 대한 끈을 놓지 않는 부모들이 많다. 이렇게 되면 부모로서의 삶은 온데간데없고, 자식은 부모의 조종대로 움직여야만 하는, 마치 로봇 같은 삶으로 변질될 우려도 있지 않은가. 기대한 만큼 실망이 따르고, 실망과 허망함에 분노와 좌절의 먹구름이 몰려와 부모의 가슴에 대못으로 변형되는 경우가 얼마나 많은가. 부모가 자식을 향해 무조건적 사랑을 하는 것은 거의 본능에 가깝다고는 하지만, 사랑이라는 것도 그 사랑을 먹고 자랄 수 있는 정도의 선을 넘어 설 때는 오히려 부족함만 못할 수도 있다. 오히려 사랑이 부족하면

지금 당장은 어렵고 힘들더라도 스스로 일어서려는 독립심이 생겨날 수도 있다.

그리고 보면 지난번에 〈세상에 이런 일이〉 프로그램에서 방영된 마흔 여섯 살의 자식이 3년에 가까운 세월 동안 머리도 깎지 않고, 어머니의 유품을 그대로 간직한 채 바깥활동마저 접고 은둔 생활을 하는 것은 자식 된 입장에서 큰 충격이 아닐 수 없었다. 하나밖에 없는 자식을 위해 희생의 수준을 넘어선 거의 고통에 가까운 사랑을 쏟은 노모의 죽음 앞에서 자식은 삶의 방향을 잃은 채 방황에 가까운 모습이었다. 오로지 죽은 어머니의 생각에 한 발도 전진할 수 없는, 아니 어머니와 함께 했던 지난날의 추억에 젖어 슬픔의 수렁에서 빠져나오질 못하는 모습이었다.

만약 그 어머니가 살아계셨다면, 자식의 그런 모습을 효심이라는 아름다운 말로 대신하기는 어려울 것 같았다. 효심이라는 것도 자식의 삶이 제대로 서고 제 역할을 다 해나갈 때 그 뜻이 빛을 발하고 진정한 효로써의 자리매김이 될 텐데, 프로그램 속에서의 자식은 현재의 그런 모습이 그나마 돌아가신 노모를 위하는 길이라고 생각하는 것 같았다. 먹는 것조차 건강을 유지하기 어려운 형편없는 식단에 남루한 옷차림은 보는 이로 하여금 안타까움을 자아냈다.

이 세상의 부모와 자식, 피로써 연결된 끊을 수 없는 인륜과 천륜의 법칙이 모든 사람에게 똑같은 모습으로 적용된다면 얼마나 좋을까. 자식은 부모에게 부모는 자식에게 서로 실망하지 않고 든든한 버팀목이 되는 그런 관계의 수준에서 모두 만족하는, 천륜과 인륜의 법칙이 성립한다면 그 아무도 부모와 자식 사이에 실망하고 다투고 좌절하

는, 살을 도려내는 듯한 아픔은 없을 텐데 말이다.

분명한 것은 부모의 유산이 유형이든 무형이든 자식의 입장에서 어떻게 받아들이느냐가 상당히 중요한 것 같다. 아무리 높고 넓은 사랑을 퍼부어도 그것을 사랑으로 받아들이지 않는 자식이 있는가 하면, 부모의 입장에서 안타깝게도 능력 밖의 일이 되어 사랑다운 사랑을 해주지 못한, 그런 가정의 자식이 오히려 더 부모를 안쓰럽게 여기고 극진한 효심으로 가슴을 찡하게 하는 사연도 참으로 많다. 주고받는 것의 물질의 양이나 재산의 많고 적음이 자식을 감동시키고 부모의 가슴을 기쁨으로 충만 시킬 수 있는 것은 아니다. 가족관계, 특히 부모자식 사이의 오가는 정은 객관성보다는 주관적 판단이 더 앞설 확률이 높기 때문이다.

적어도 부모의 유산이 자식이 살아가는 데에 죄의식으로 발전하거나 족쇄가 되어 사회활동에 크나큰 걸림돌로 변화되지 않기를 진정으로 기도해 본다. 또 자식의 입장에서도 부모로부터 물려받은 물질적 재산이나 마음속의 사랑을 효와 불효의 이분법적 잣대의 결과물에 의존하기보다는 좀 더 건실한 삶의 방향으로 이끌어 갈 수 있는 방법은 무엇인가에 더 진중한 자세를 보였으면 한다.

초월적 자아 세속적 자아

우리의 몸 안에, 아니 우리의 생각 안에는 항상 이중적 자아가 서로 충돌하는 양상이다. 어쩌면 이게 내적 갈등의 또 다른 표출이고 평범한 사람들이 걸어가는 길은 아닐는지.

거나하게 술을 먹고 취기가 오르고 석양의 노을이 손짓할 때면 우리는 너나할 것 없이 초월적 자아를 지닌 사람이 된다.

아, 글쎄. 그 정도 가지고 왜 그래, 사는 것이 다 그런 거지. 나는 이미 마음을 비웠다니까. 아, 그리고 친구야, 이제 우리도 나이 먹고 그랬으니 훌훌 털어버리고 새털처럼 가벼운 마음으로 살아보자. 마음을 비우니 이렇게 좋은 걸. 아등바등 살면 뭐해. 세월이 좀 먹는 것도 아닌데, 왜들 난리야. 얌전치 못하게······.

그러나 그런 초연한 자세가 얼마나 지속될까. 아침에 자고 일어나면 하룻밤 꿈처럼 모든 것은 허사가 된다. 다시 허리띠를 졸라매고, 머리를 조아리며 출근길 버스에 오르고, 발 디딜 틈 없는 사람들 사이를 거침없이 헤집고 다니고, 온 몸은 쇳뭉치처럼 무거워져 있다. 허영과 탐욕과 눈속임이 난무하는 세상의 중심에서 나의 초월적 자아는 그렇게 무참히 짓밟히고 만다.

어쩌다 산에 오르면 우리는 또 다시 신비로운 초월적 존재의 체험 속의 블랙홀에 빨려 든다. 신선이 바위 위에서 선녀들과 술판을 벌이고 춤을 추고 시냇물을 친구 삼아 놀다 지쳐 하늘로 올라가버렸다는, 조금은 식상한 전설을 떠올리며 우리는 자연의 품에서 그렇게 한없이 작아지며 겸손해하며 눈에 보이는 것들을 껴안으려 한다. 온 몸에서는 즐거움이 듬뿍 듬뿍 묻어나 들불처럼 번져가고, 그윽한 미소의 얼굴은 싱그러운 햇살처럼, 보는 이를 기쁨에 빠져들게 한다.

그때는 마음으로부터 작은 싸움도 물거품이 된다. 주려고만 한다. 경쟁도 없다. 있는 그대로를 받아들이고, 거북스러운 마음의 작은 씨앗 하나라도 남김없이 토해 내려 한다. 그 순간에 그 누가 행복의 기준을 이야기하고 조건을 이야기 할 수 있을까. 있는 그대로가 행복이고 함께 나누는 이야기가 울림이 되어 그렇게 가슴 저리게 하는데……

가끔 아내에게 이렇게 말한다.

나는 아주 산세 깊은 산방에서 가부좌 틀고 수행하는 스님이 될 수 있을 것 같아. 일 년 삼백육십오일 혼자 수행하고 그러다 머릿속에 샘물처럼 뭐가 차오르면 쉴 새 없이 하얀 종이 위에 감정을 우르르 쏟아내고. 이런 생활태도라면 금강경을 외고 목탁을 두드리며 관음보살을 체화할 수 있지. 난 자신 있어. 이렇게 외로운 고행을 자연스럽게 받아들일 수 있다는 게 스스로 경외스러워. 참 재미없는 사람이지? 미안해.

물론 세속을 떠난 산사의 스님들도 어떤 자리를 놓고 종파 간에 멱살을 쥐고 불을 지르고 포악한 욕설을 퍼붓고 난동을 부린 경우도 있었다. 이와 같은 인간의 숨겨진 비밀이 허물 벗겨지듯 온 천하에 드러났을 때, 보통 사람의 영역을 벗어나 그들만이 갈고 닦은 숭고함의 창고가 한꺼번에 불에 타 없어지는 듯한 실망감을 갖게 한다. 허영과 탐욕의 세찬 바람이 불교의 공(空)사상과 윤회사상의 깊은 진리마저 집어삼키고 만 것일까.

정말 세상살이가 힘들어지고, 마음이 우울해지고 지나간 세월이 통탄스러워 가슴을 칠 때, 우리는 잠깐만이라도 세속에서 벗어나려 안간힘을 쓰다가도 현실로 돌아왔을 때의 낭패감과 쓸쓸한 실망감을 맛

보게 된다. 현실에서의 팽팽한 긴장감, 소용돌이치고 상처 주는 무수한 말들이 상대방의 가슴을 도려내는 아픔과 절망을 주고, 원망과 분통의 돌팔매질을 분출시키고.

그래서 일까, 이 세속적 환경을 벗어나려 그렇게 몸부림치며 향락의 언덕에서 마술처럼 혼을 빼앗아 가는 술잔을 돌리고, 잠시라도 정상적인 뇌의 움직임마저 마비시켜 또 다른 자아의 환상에 빠져들게 하고, 또 그런 것들이 되풀이되면서 우리는 세월의 나이테를 새기고, 시간의 무게를 짊어지고, 점점 시들어가는 육신과 영혼 앞에 절규하고. 그와 같은 잦은 자아 충돌로 깊은 슬픔에 잠기고 분노하고, 괴로움을 표출하고, 활화산처럼 타오르는 격정을 억누르려 소리치고 몸서리친 세월이 쌓이고 쌓여 오늘의 우리를 만들었는지도 모른다.

아마도 우리의 삶은 이 두 개의 자아 충돌의 연속선상에서 끝을 맺을지도 모른다. 현실과 이상의 쉼 없는 갈등에서 어느 한쪽이 침몰하고 물러설 때까지 세속과 탈속의 격렬한 줄다리기는 끊임없이 계속되지 않을까. 그 갈등의 편린들이 모아져 좀 더 성숙한 삶으로 화려하게 부활하도록 우리는 스스로를 채찍질해나가는지 모른다.

속세를 떠나려는 자아와 현실에 안주하려는 자아가 끊임없이 경쟁하면서 우리의 마음을 괴롭힐 때, 그 틈바구니에서 잠깐씩 주는 기쁨과 행복, 환희를 놓치고 싶지는 않다. 그 짧은 햇살은 인생의 긴 여정을 환히 비추라는 신의 선물일지도 모른다. 그것은 아마도 마음속에서 치른 전쟁 뒤에 오는, 찰나를 영겁의 세월로 만드는 비범한 햇살이요, 끝없이 펼쳐진 광활한 사막에서 갈증을 풀어주는 한 방울의 생명수와 같은 것은 아닐는지.

황성하 수필집

진정, 우리가 신의 영역에 들어설 수 없다면, 지금 이대로의 모습에서 스스로를 갈고 닦고, 조금씩 나아지리라는 희망으로 갈등을 잠재워가려는 순수한 의지가 필요한 것은 아닐까. 우리는 여전히 보통 사람이기에 말이다.

나무들은 알고 있다

　방학 마지막 날, 무더운 여름의 끝 가장자리에서 일산 고봉산에 올랐다. 올망졸망한 아이들 넷을 앞세우고 아내와 함께한 산행이 퍽 즐겁기만 하다. 아직 유아 티를 벗어나지 못한 다섯 살 막내 놈은 자꾸 찬물을 찾는다. 넉넉히 챙겨는 왔지만, 금방 동이 나고 만다. 막내아들의 앙증맞은 배낭이 너울너울 나비처럼 춤을 추는 것 같다.

　고봉산은 그다지 높지 않은 산이지만, 중간에는 향불 냄새 나는 영천사가 고즈넉이 자리 잡고 있다. 사찰 앞마당에서 잠시 땀을 식히고, 스님들의 목탁 소리와 어우러져 흘러내리는 의미심장한 물로 한 모금씩 입안을 적시면 모든 시름이 사라진다. 사찰 마루 끝에 우리 여섯 식구가 엉덩이를 걸치고 일렬로 줄맞춰 앉으니 사람들이 눈을 크게 뜨고 바라본다. 아니, 요즘 세상에 아이가 넷이나 되네, 하는 표정으로 말이다. 한 중년 여성은 출생 순서대로 앉은 우리 아이들을 향에 좌에서 우로 시선을 옮기더니 눈을 동그랗게 뜨고 막내에게 시선을 멈춘다. 아이고, 성공했네요. 딸 셋에 아들하나. 같은 일행 아줌마가, 이 친구는 딸만 셋을 낳았어요, 하고 정보를 슬쩍 흘린다. 얼마나 아들이 부러웠는지 얼마동안 말을 잊은 채, 넋을 잃고 바라본다. 산행 동료들이 발걸음을 옮기는지도 모르고, 우리 막내아들과 눈을 맞추며 자꾸, 몇 살 몇 살, 하며 대답을 기다리지만 쑥스러움을 많이 타는 이 녀석은 그 아줌마의 갈증을 풀어줄 기미가 없다.

　보통사람들의 기준으로는 고봉산을 산으로 여기지 않을 성싶다. 높지도 않고 단단히 마음만 먹으면 어른 걸음으로 이십여 분이면 족히 정상에서 심호흡을 할 수 있으니 말이다. 건강을 우선으로 하는 일산 시민들에게 고봉산은 어머니의 품속 같다.

오늘은 장사바위 건너 쪽에서 옹기종기 여섯 식구가 둘러 앉아 바리바리 싸들고 온 도시락을 풀어 헤치고, 내기라도 하듯 젓가락에 속도를 낸다. 참 평화로운 시간이다. 고개를 돌려 무심코 바라본 시야에 아주 큰 아름드리나무 몇 그루가 들어온다. 당장 고향마을 입구에 늘 그렇게 서 있던 느티나무가 그려진다. 동네의 모든 전설과 마을 사람들의 애환을 가슴으로 품고 살아왔을 그 나무를 연상하면서 지금 이곳의 나무와 대화를 나누며 공감의 표시로 마음의 고개를 끄덕이고 있다. 차라리 나무에게 경건한 마음을 갖게 되었다는 게 옳은 말이다. 평소에도 그렇게 생각했지만, 오늘은 왜 그리 나무가 우러러보이고 경외심마저 들게 하는지 모른다.

나무는 길게는 천년을 산다고 하니, 너무나도 짧은 우리네 인생을 반추해 보게 된다. 바삐 움직이고 땀을 더 흘려야만 할 것 같다. 그래야 저 나무만큼 생각도 깊어지고 마음도 넓어질 게 아닌가. 저 나무가 천년을 살아왔다고 추산을 해 본다면, 고려 말부터 조선시대를 거쳐 대한제국, 일제강점기를 지나 오늘에 이르렀으니 우리 인간은 한낱 미물에 불과하다는 생각이 든다. 길어야 백년도 넘기기 힘든 우리네 삶을, 나무는 모든 것을 알고 있다는 듯 이파리를 펄럭이며 자꾸 손짓을 한다.

좀 더 생각을 확대해 보면 우리 앞에 놓여 있는 이 나무는 임진왜란 당시 이순신 장군의 피비린내 나는 해전에서의 승전보에 한없는 기쁨을, 조선시대 말 일제의 만행으로 시해된 명성황후의 슬픔은 물론 6·25 민족 동란의 소용돌이 속에서 소리 없이 스러져 간 영령들의 아픔을 달래며 쉬지 않고 내달아 온 역사 앞에서 고통의 눈물도 많이 흘

렸으리라.

철부지 우리 아이들은 그저 나무에 올라타고 막대기 끝으로 잎을 톡톡 치며 장난기를 유감없이 발휘한다. 이런 순간순간을 지켜보면서 필요할 때면, 특별히 무더운 여름날 더위를 쫓기 위해 나무 그늘에서 늘어지게 낮잠을 즐기다가도 발길질하고 되돌아서는 우리가 얼마나 허영심과 자기기만에 빠져 있는가를 생각해 본다. 그런 우리에게도 넓은 마음으로 포용하고 감싸 안으며 언제라도 마음의 휴식처를 제공하는 나무에게 죄스러울 뿐이다.

사실, 인간관계에서 온갖 권모술수로 신뢰를 잃고, 속임수로 뒤통수를 쳐 많은 사람을 비탄에 빠지게 했던 망나니들에게 나무는 숨죽이며 그들을 지켜보며 얼마나 가슴앓이를 했을까 하는 조바심마저 든다. 말을 하지 않을 뿐, 나무는 속으로 둥그런 나이테를 그리면서 세월만큼의 초연한 자세로 거미줄처럼 얽힌 인간사의 허실을 끌어안는다는 사실이 새삼 가슴을 찡하게 한다.

약간의 유리함을, 때로는 엄청난 불로소득을 얻기 위해 선량한 사람들을 기만하고도 목소리 높이는 그들에게 나무는 무슨 말을 하고 있을까. 36년간 일제 치하에서 친일을 하고도, 그것도 모자라 독립운동가 행세하는 파렴치범들뿐만 아니라 남의 행복한 가정을 한순간에 파괴하고도 세상을 활보하는 범죄자들을 모아 이 나무 앞에 세워 둔다면, 아마도 이 나무는 그들에게만은 시원한 그늘을 거두어들이려 할지도 모른다. 나무는 분명 모든 걸 알고 있다.

점심을 다 먹고 나니, 가족들과 함께 했다는 기분보다 숙연한 마음으로 나무와 어울렸다는 느낌이 더 든다. 나무가 자꾸 웃는 것처럼 보

인다. 속이 후련하다는 듯. 아내는, 산에 와서 무슨 생각을 그렇게 해요, 하고 묻는다. 나는 빙그레 웃으며, 아니야, 하며 고개를 좌우로 흔들고는 서산 쪽으로 기운 태양을 슬쩍 바라본다.

　찰나와 같은 우리네 인생, 더더욱 이 나무 앞에서만은 자꾸 작아지는 내 모습을 발견한다. 수백 년 아니 천년을 살고도 내색하지 않는 나무의 눈부신 성숙함과 호수같이 깊은 마음을 우리가 되새기게 된다면 진정 우리의 삶을 아끼고 소중하게 여기지 않을 사람이 또 어디 있겠는가.

　오늘 하루 나무 그늘 아래서 삶에 찌든 나의 영혼을 말끔히 헹구고 내려온다. 철부지 내 아들도 신이 난 듯 빈 도시락 통을 딸랑거리며 빠른 발걸음으로 뿌연 먼지를 일군다. 붉게 물든 해질녘 태양과 사찰 뒤편의 저 나무 하나하나가 또 다른 삶의 역사로 나를 지켜보고 있는 것만 같다. 진정 저 나무는 다 알고 있으리라.

인간 극장 사람들

일상에서 나와 똑같지 아니한 상황을 거리낌 없이 그대로 받아들일 사람이 얼마나 될까. 신체조건이 다르다는 이유로, 재산가치의 많고 적음에 따라, 보편적 가치관을 허물기 어려워 우리는 상대방을 수용하고 동료의식을 갖는 것에 꽤나 거리감을 두는 경향이 있다. 그래서 상대방과 똑같아지기 위해 수술을 해서라도 키를 맞추고 몸매를 가다듬고, 명품 옷을 입고, 내 자식의 명문대학 진학을 위해 사교육비를 아낌없이 쏟아 붓는다.

이러한 상황에서 어느 프로그램에 등장하는 인간 극장 사람들의 삶의 모습은 가히 충격적이라 할 수 있는데, 자식을 열 명씩 두고 소박하고 아기자기한 모습으로 살아가는 사람, 부모님을 모두 잃고 어린 세 자매가 경영 일선에서 혼신의 힘을 다하는 모습, 평생을 결혼하지 않고 노부모와 함께 살아가는 효자, 세속을 떠나 산 속 깊은 곳에서 흙을 일구며 움막집에서 홀로 평생을 지내는 사람, 그 사연도 가지각색이다.

'인간극장' 이라는 말 그대로 우리가 사는 세상은 하나의 연극무대이다. 각본 없는 드라마이고, 우리는 알게 모르게 주인공 또는 조연으로 등장할 수도 있다. 사람들이 거대한 무대에서 제각기 자기의 개성과 독특한 환경에서 열연하는 것으로 의미 부여를 한다면, 그 극본의 무대를 화려하게 빛낼 책임도 우리에게 있다. 한 사람 한 사람의 삶의 자취나 방정식이 다르기에 4천만이 넘는 우리 대한민국의 사람 수만큼 다양한 각본의 연극이 펼쳐지고 있는 셈이다. '인간극장' 이라는 이름 자체가 무척 인상적이다. 우리의 삶을 연극적 요소로 본 것에 매력과 호감을 갖게 된다.

이번 주 등장인물은 다음과 같다. 이혼을 한 30대 중반의 젊은 남성이 열 살 먹은 남자 아이를 두고 있으며, 팔십을 넘긴 할머니와 셋이서 살아가고 있다. 할머니는 당뇨에다 정신까지 혼미해져 불안한 모습을 보이고 있고, 이 젊은 남성의 아버지는 최근에 돌아가셨다. 무슨 이유로 이혼을 했는지는 모르지만, 열 살 먹은 아이를 혼자 키우는데, 할머니의 노고가 이만저만이 아니었다. 이게 주인공을 둘러싼 대략의 가정환경이다. 그런데 문제는 이 남성에게 애인이 생겼다. 처녀이다. 둘이 사랑하고 결혼을 약속한 사이이다. 처녀의 가정에서는 일단 반대이다. 그러나 이 여자는 무척 적극적으로 남자에게 진한 사랑으로 다가서며 결혼에 반대하는 자기 부모님을 끊질 긴 노력 끝에 간신히 결혼 승낙을 받아낸다.

시청자 입장에서 처음에 나도 결혼을 반대했다. 지금은 사랑이라는 뜨거운 열정에 험난한 장벽들을 이겨 낼 거라 믿지만, 전처소생의 아이가 사춘기에 접어들면서 벌어질 예기치 않은 갈등, 결혼하고 자식을 낳게 되면 이복형제간의 보이지 않은 갈등, 사회의 편견, 결혼 생활이 힘들어졌을 때의 때늦은 후회, 뭐 대략 이런 것들이 스치면서 내 얼굴은 뜨겁게 달아오르고 나도 모르게 마음속으로, 그 결혼은 안 돼, 하고 소리를 질렀다.

그러나 오랜 시간이 지나지 않아 이 두 젊은이의 연극 같은 삶을 바라보며, 사회의 고정관념의 높은 벽을 허물려는 노력과 투지가 대단하다는 것에 감동을 받았다. 이런 가정환경이라면 대부분의 딸을 둔 부모는 결혼을 반대하는 것이 인지상정일 게다. 애까지 달린 이혼남에게 내가 애지중지 키운 딸을 쉽게 준다는 게 여간 어려운 것이 아닐

텐데, 이 두 젊은이의 노력으로 단단한 벽을 허물어뜨렸다.

생각보다 보편적 관념의 벽은 두껍다. 하다못해 친구지간에 신체조건만 달라도, 때로는 학습 성취도가 달라도 이른 바 '왕따'를 시키는 세상에서 그런 개척과 도전 정신으로 정정당당하게 삶에 도전해 가는 그 젊은이들을 보며 참 대단한 사람이라는 것을 느꼈다. 사랑이 시공을 초월한다고는 하지만 유부남에게 사랑이라는 이름으로 다가서기가 그리 쉬운 일일까. 이 두 사람에게 보통 사람 이상의 의미를 부여하는 까닭은 사회의 통념과 확고한 자기 세계에서 좀처럼 변화를 주기 싫어하는 사람들이 생각보다 많기 때문이다. 나 역시 변화를 두려워하는 사람이기에 더욱 그렇다.

그럼에도 4천만 국민이 시청하는 텔레비전에 자기 자신을 스스럼없이 파헤쳐 드러내며 결혼을 감행하는 용기와 결단력에 놀라움을 금치 못했다. 단순히 젊고 사랑에 눈이 멀어 무모한 짓을 하는 것일까. 그것은 아닌 것 같다. 설령 그럴지라도 이들의 삶에 뜨거운 박수를 보내고 싶은 것은 왜일까. 이들은 결혼과 이혼, 재혼을 당당하게 바라보고 삶을 자기 주도적으로 이끌어가는 희망적 의지를 보여 준 셈이다.

이 세상은 보기보다 아주 두터운 고정 관념의 벽으로 가로 놓여 있다. 그래서 결혼을 할 때에도 약간의 차이만 나도 그것을 문제 삼고 다투고, 심지어는 약혼 자체를 없었던 일로 파혼하고, 양가 부모의 이념적 갈등까지 개입해서 집안싸움으로 번지고 결혼을 둘러싼 잡음이 끊이지 않는 것도 우리나라 결혼 풍속의 생생한 현주소이다.

그야말로 뻔뻔함이 아닌 정정당당함으로 세상의 중심으로 힘차게 걸어 나오는 이 젊은 부부를 바라보며 내 자신이야말로 전통적 고정

관념에서 빨리 벗어나야겠다는 생각을 했다. 많은 사람들이 남의 눈이 두려워서, 체면 때문에, 자기가 하고 싶은 일을 뒤로 미루고 망설이다 나중에 후회한 적이 얼마나 많은가.

앞에서 말한 두 젊은 부부가 새로운 삶의 모형을 보여주는 것은 아닐까. 요즘처럼 이혼 부부가 많아지는 상황에서 내 자식이 아닌 남의 자식을 가슴으로 받아들이고 행복한 가정을 꾸려나가는 그들이 본보기가 되어 거대한 연극의 무대에 확산되었으면 한다. 다양한 삶 속에서 옹기종기 모여 살아가는 우리들의 모습이 더 아름답지 않을까.

남이 가지 않는 길을 처음으로 걸어가는 것이야말로 얼마나 힘든 일인가. 그럼에도 이 두 부부가 그런 것에 굴하지 않고, 좀 더 멋지고 미래 지향적인 삶을 목표로 활기차고 호기롭게 꿈을 맞추어가는 것이 보기도 좋았다. 우리의 삶은 다양한 가치관 속에서 펼쳐져야 한다. 획일화한 사고방식 속에서는 공동체적 어울림이 존재하기 어렵다. 왜냐하면 나는 옳고 다른 사람은 그르다는 옹졸하고 편협한 사고방식을 안고 있기 때문이다. 오천만 국민들에게 우리는 이런 모습으로 결혼한다는 것을 알리고 다짐을 하는 그들이야말로 험난한 가시밭길을 헤쳐 나가기 위한 출발점에, 같은 상황에 놓여 있는 사람에게도 용기를 주는 것은 아닐는지.

장학금 단상(斷想)

내가 고등학교에 다니던 시절 한 학년의 학급수가 16개 학급으로 전체 학년의 학급 수는 48개, 학급당 정원은 60명을 웃돌았으니 대략 3000 여 명이 한 장소에서 푸른 꿈을 키워가는 큰 학교였다. 운동장에서 체육대회라도 한번 할라치면 그야말로 개미떼가 바글바글 기어 다니는 꼴이었다. 그래도 체육대회는 기다려졌고, 우렁찬 함성은 학교 뒷산을 집어삼킬 듯 했다.

하루는 전체 조회시간에 전교생이 모였고, 두 명의 학생이 교장선생님 앞으로 불려 나갔다. 다름 아닌 장학증서 및 장학금 수여식이었다. 우리는 놀란 토끼 눈처럼 잔뜩 긴장을 하고 그 학생들이 교장선생님으로부터 장학금을 받는 것을 부러움과 경외심으로 지켜봐야 했다. 아니, 무엇을 어떻게 했기에 그런 장학금을 받는지 참으로 궁금하기도 하고 그 학생들이 신적인 존재로까지 여겨졌다. 그들은 성적 우수자였고, 그 많은 학생들 중에 1등에게만 주어지는 장학금은 마치 주택복권이나 요즘 유행하는 로또복권 당첨확률과도 같은 것이었으리라.

이런 부러움은 내가 조금 더 어렸을 때로 거슬러 올라간다. 우리 마을 어느 선배가 고향의 한 고등학교에 장학생으로 입학했다는 소문이 돌았고, 그 소문은 날개를 단 듯 고개 넘어 면소재지까지 순식간에 퍼져나갔다. 당시 검정 교복에 학생의 상징처럼 여겼던 학교의 배지가 달린 검은 모자를 쓰고 그 선배가 동네 골목에 나타나면 마치 이마에 선명하게, 장. 학. 생, 이라고 새겨진 환영이 섬광처럼 번쩍이고, 그 선배의 일거수일투족이 보통 아이들에게는 움직이는 우상이었다. 여기에 그 선배의 집 마당에 들어서서 마루쯤에 다가서면 방문 위 흙벽에 그 선배의 부모님 사진과 나란히 액자에 끼워져 그 위용을 뽐내던

황성하 수필집

것이 바로 장학증서였고, 동네 주민들은 그것을 볼 때마다 입이 마르도록 칭찬을 늘어놓았다. 어쩌면 그 장학증서가 재주가 많은 특별한 가정임을 알리는 자랑스러운 족보에 버금가는 것 같았다. 장난기가 심했던 내가 그 선배와 어울리기만 하면 약간의 소란을 피우고 뒤가 구린 일을 저질러도 그냥 넘어가는 면책특권을 주었으니, 장학생의 이름으로 살아간다는 것이 금전적 혜택 외에 얼마나 행복한 일인가 짐작이 가리라.

그 선배는 졸업할 때까지 3년 내내 장학생의 고상한 상표가 따라 다녔고, 지금 나이 오십이 되었는데도 과거에 장학생으로 누렸던 보이지 않는 비밀까지 털어놓아 술자리의 안주거리로 삼곤 한다. 퍽 자긍심이 충만해 보였다.

이렇게 오늘 장학금에 대한 편린들을 자꾸 쏟아내는 데에는 특별한 이유가 생겼다. 우리 반에 한 학생을 장학생으로 추천을 했고, 내가 교직생활 20년을 통하여 추천한 아이들 수만큼 장학 혜택이 주어졌지만, 장학금의 본질이 뭔가 그다지 진지한 고민을 해 본적이 없는 내 자신의 반성의 소산이기도 하다.

일단 장학금을 주고 싶어 하는 사람은 가정형편이 어려워 공부하는데 심한 걸림돌이 되거나 꿈을 포기해야하는 학생들을 먼저 머릿속에 떠올렸을지도 모른다. 그래서 그들에게 햇살 같은 웃음을 찾아주고 잠시만이라도 행복감에 젖어 보길 바랄 테고, 환한 모습으로 등교하는 그 아이의 뒷모습을 상상하는 것만으로도 부자가 된 기분을 느끼고 싶었을지도 모른다.

그런데 장학금을 주겠다는 뜻있는 분들이 내세우는 장학조건이 현

실과 동떨어진 부분을 굳이 들추자면, 공부는 잘하지만 가정형편이 곤란한 자, 의 규정이 그것인데, 옛날처럼 연필과 노트 몇 권을 가지고 머리로만 학력의 승부가 갈리던 시대와 달리, 지금은 최첨단의 교육장비와 가계비의 상당부분을 사교육비에 투자하는 현실에서 공부를 잘할 수 있는 조건과 환경이 바뀌었다는 점이다. 다시 말하면 가난한 가정의 학생이 남보다 학력이 우위에 있을 확률은 극히 적어졌다는 점을 일러주고 싶은 것이다. 오늘 내가 추천한 학생도 바로 여기에 해당한다. 가정의 빈부 격차가 학력차로 이어진다는 소리가 괜히 나온 것은 아니다. 현실이 그렇다. 사교육에 아낌없이 투자하는 가정을 둔 학생의 학력 향상이 유리한 위치에 있을 가능성은 얼마든지 있다.

화제를 잠깐 돌려 본다. 요즘 이러저러한 이유로 장학금 수혜 학생의 수가 부쩍 늘다보니 정작 그 혜택을 받고 있는 학생들이 진심으로 감사한 마음을 갖고 있는지를 따져 보게 된다. 당장 회의감이 들 때가 있다. 아주 옛날처럼 장학금을 받는 학생이 한두 명에 그칠 때는 그들 자신도 특별한 혜택을 받고 있다는 자부심 내지는 긍지, 또 나중에 보답이라도 해야겠다는 일말의 감사함을 지녀봄 직했을 것이다. 이제 상황은 많이 달라져 있다. 사회의 뜻있는 사람들이 내 놓는 장학금의 수가 우후죽순처럼 늘어났고, 저소득층 자녀에 대한 정부의 정책도 장학금 수혜 학생을 더욱 늘려 놓는데 한몫을 한 것이다.

상황이 이렇게 되다보니, 너도 받고 나도 받는데, 웬 감사함인가 하고 생각할 여지가 충분히 있다는 맹점을 발견한다. 물론 아직 어린 학생들에게 지금 당장 어떤 결과나 감사함을 기대하는 것도 성급한 요구일지 모르지만, 그들의 눈빛이나 마음가짐 행동거지를 볼 때, 먼 훗

날에 어려움과 고난의 무게를 덜어 주었던 그 장학금으로 사회에 우뚝 섰다는 보람과 긍지로 옛날 내가 받은 혜택을 사회에 다시 환원이라도 해야겠다는 의지를 그들이 과연 보여 줄 것인가에 강한 회의를 갖고 있는 게 현재로서의 솔직한 심정이다. 그러나 그런 아이들을 애정의 눈빛으로 감싸주고 길러내 감사한 마음을 갖도록 유도하는 것도 선생님들의 책무이고 열의 하나라도 장학 혜택의 진정성에 걸맞은 결과를 보였다면 장학제도는 존속되어야 한다고 생각한다. 설령 그들이 장학혜택을 받고도 감사함을 모르고 있다할지라도 성장기에 있는 아이들에게 어른들이 보여준 따뜻한 성원은 얼마나 이 사회를 아름답게 하고, 학교라는 곳을 인정 넘치는 진리의 전당으로 인식시키고 있는가.

어떤 목적으로든 장학금 명목의 돈이 학교로 흘러 들어오는 것은 좋은 일이라 생각한다. 아직까지 힘들고 그늘진 곳에서 허덕이는 학부모님들이 계시고, 자기의 의지와 상관없이 만난 가정환경으로 순수와 이성으로 꿈을 키워가야 하는 아이들의 싹이 잘려나가고 짓밟히는 경우가 있기에 말이다.

아이들은 부모를 선택할 권리가 없다. 인륜이고 숙명으로 받아들여야 하는 고정된 삶이다. 일단 학창시절에서만큼은 말이다. 짜임새 있는 생활계획을 세우지 못하고 이리저리 방황하고 방탕한 생활에 살림은 거덜 나고, 잘못된 만남으로 부부가 등 돌리고 이혼하고 그 험난한 과정에서 아이들은 몸서리치고 살점이 찢겨나가는 듯한 마음의 상처를 입고, 어두운 가난의 그림자가 죄 없는 아이들의 어깨를 짓눌러 멍에가 되어 웃음마저 빼앗아간 현실에서 장학금은 사막의 오아시스요, 긴 가뭄 끝에 대지를 촉촉이 적시는 단비가 아닐 수 없다. 차라리 온

전한 삶을 영위하지 못한 어른들이 미워질 때가 있다.

진정, 이 땅에 가난의 이름으로 장학혜택을 받는 아이들이 하나도 없는, 바로 그 날을 꿈꾸어 본다.

편리함의 그늘

가끔은 불편하고 느리게 행동할 때를 생각한다. 불편하다는 것은 편리함의 유용성을 애타게 찾게 되고, 느리다는 것은 빠를 때의 속 시원함을 떠올리게 되겠지만, 불편 속에서 또는 느림 속에서 우리는 삶의 또 다른 묘미를 맛 볼 수 있다.

학생들을 지도하면서 다양한 광경을 목격하게 된다. 복도에는 정수기가 설치되어 있고, 교실에서는 언제든지 버튼만 누르면 금방 따뜻한 바람이 나오는 온풍기, 배고프면 언제든지 들를 수 있는 매점의 음식들, 한 걸음만 힘차게 뻗으면 화장실, 이제 아이들은 불편함을 호소할 만한 어떤 환경도 찾기 힘들어졌다. 스피드 시대이고 편리함의 포근한 이불 속에서 성장하는 연약한 아이들을 떠올리게 된다. 손 하나까닥하지 않는 부잣집 아이들의 종손들만 모여 있는 집단이라는 생각이 들 때도 있다.

아이들은 도통 참을성이 없어졌다. 적어도 두어 시간은 참을 수 있는 사람의 생체리듬에도 아이들의 끈기 부족으로 맥을 못 춘 채 무너지고, 화장실마저 가깝다 보니 아무 때나 드나들게 된다. 심지어는 수업시간도 습관처럼 화장실을 찾는 아이도 있다. 배탈이 나거나 특별한 상황이 아니고서야, 그곳을 그렇게 드나드는 것은 문제가 있는 것 아닌가.

아침을 거르고 오는 아이들은 학교 매점에서 언제든지 배고픔을 면할 수 있지만, 그 음식들이라는 게 영양 면이나 청결 면에서 집에서 엄마들이 정성들여 해준 음식과 비교를 할 수 있을까. 그 음식을 먹고 때로는 배앓이를 하고, 또 즉석 음식에 맛 들여 있는 아이들은 비만으로 이어져 이래저래 건강을 위협받고 있다.

학교에서의 이런 최신식 편의시설은 아이들을 상당히 나태하게 만드는 데 일조하는 면이 있다. 조금만 부지런하면 아침에 머리를 감고 말리고 올 수 있는 아이들조차도 교실의 온풍기나 에어컨 밑에서 머리 손질을 자주 한다. 건강한 생활습관을 가졌던 아이들마저 점차 편리함의 유혹에 빠져드는 것이다. 때와 장소를 가리지 않는 아이들의 편리성 추구는 긴장된 학습활동을 요하는 학교현장까지 이어져 학습시간과 쉬는 시간이 잘 구분이 안 되고, 지켜야 할 예의범절까지도 뒤뚱거리게 한다.

집에 들어와서도 마찬가지이다. 시간을 절약해준다는 편리성을 띤 기계들은 우리들의 움직임을 최소화하고 둔화시키는 역할에 충실히 하고 있다. 그저 텔레비전 앞의 채널을 돌리기 귀찮아 의자에 앉아 리모컨으로 조정을 하고 발가락 하나 까닥하기 싫어하는 현대인들의 생활습관이 장차 어떤 결과를 가져올지는 뻔한 이치다. 일상생활에서 육체적 움직임을 조금만 하게 되면 일부러 시간 내어 운동을 하지 않아도 우리 몸에서 필요한 운동량을 채울 수 있다.

차라리 불편함이 우리의 인간관계를 돈독히 할 때가 있다. 경제적 측면에서나 합리성만을 추구하지 않는다면, 우리의 인간관계는 훨씬 좋아질 수 있다. 기계가 대신하지 않는 것들에서 사람들은 뭉쳐야 하고 힘을 합쳐야 하는 것들이 참 많다. 그런 것들을 기계가 하나 둘씩 빼앗아가고 우리들은 기계 앞에서 힘없이 무너지고 나약한 존재로 전락하면서 사람들의 끈끈한 정도 함께 함몰되고 말았다. 기계는 우리들의 일상 대화마저도 많이 앗아간 측면이 있다. 편리함과 경제성 추구의 유혹을 조금만 멀리한다면 우리는 자꾸 사람들과 접촉을 해야

하고 쉼 없이 대화를 나누어야 할 일이 많아진다. 그런 대화 속에서 상대방을 알게 되고 내 자신을 똑바로 바라볼 수 있는 계기가 되는데, 그런 기회들을 잃어가고 있다는 것에 아쉬움이 커져간다.

편리함이란 어떻게 보면 모든 이익이나 대화의 채널이 자기 자신의 내면과 깊숙이 접속되어 있음을 알 수 있다. 그런 자기 내면화된 것은 쉽게 타인을 향하는 기제들을 꺾어버리고 외부와의 단절을 불러오게 마련이다. 그러다 보니 조금만 불편해도 자주 짜증을 내고, 고함을 치고 인상을 찌푸린다. 이게 현대인들의 삶의 모습이기도 하다. 기다리지 않고, 참지 못하는 습성 뒤에 마찰과 갈등과 분쟁의 씨앗은 늘 자라고 있다. 그래서 내 뜻대로 되지 않을 때 고집을 피우고 상대방을 헐뜯는 최악의 상황으로 치닫게 되는 것이다.

학교의 아이들은 외형적으로는 단체학습을 하고 있는지 모르지만 안타깝게도 마음속에서는 개인의식이 지나칠 만큼 팽배해져 있다. 편리한 기계들과 시설물들은 그들이 함께 어우러질 수 있는, 기다리고 참아내는 삶의 아름다운 빛깔들을 자꾸 검고 칙칙한 색으로 물들이는 같아 못내 아쉽다.

제 2 부
사랑이 필요한 자리

사랑이 필요한 자리

5층에 살던 이웃 주민 한 분이 이사하면서 주고 간 벤자민 나무 한 그루가 거실에 있다. 이 나무는 사실상 생을 다하여 나뭇잎이 시들시들하고 가지도 꺼칠꺼칠해져 생명력이라곤 찾아볼 수 없어, 꼭 깊어가는 병환에 죽을 날짜를 받아놓은 듯한 사람처럼 보였다. 이 나무를 선물로 받았다기보다는 처치하기 곤란하여 고민하던 차에 가까스로 우리 집으로 옮겨졌다 해도 과언이 아니다.

화분 가꾸기를 좋아하는 아내는 지극정성으로 그 나무를 보살폈다. 분갈이도 하고 화훼단지에 가서 영양분이 듬뿍 들어있다는 거름이며 큰 화분그릇을 얻어 새롭게 나무를 이식하고 틈만 나면 잎을 닦아주고 집안에 햇빛이 들면, 그 햇빛의 이동방향에 따라 그 화분을 이리저리 옮겨가며 꽤 정성어린 간호를 성실히 해내고 있었다.

"이 사람아, 차라리 애를 하나 더 낳아서 키우는 게 낫겠어. 힘들지 않아? 시간도 많이 들고 말이야. 곧 죽을 것 같은데, 괜한 고생만 하는 것 아냐?"

평소 엉덩이가 방바닥에 붙어 있을 시간이 없을 정도로 바쁘기도 하지만 부지런함이 몸에 밴 아내에게는 살려 내겠다는 의지에 오히려 즐거워하며 신나는 표정이었다.

그런데 머리가 듬성듬성 빠진 것처럼 나뭇잎이 시들어 거의 떨어져 버린 이 나무에게 특별한 반응이 나타나기 시작했다. 생명력의 놀라움은 시간이 지날수록 우리 식구들에게 환한 웃음으로 다가온 것이다. 까칠해진 가지에는 새순이 돋아나고 이파리가 점차 무성해지더니 한 달 두 달을 지나, 해를 넘기자 이젠 벤자민의 키가 내 키를 훌쩍 넘기더니 잎줄기는 거실의 많은 부분을 차지해 이제는 식구들이 몸을

황성하 수필집

움직이기 위해서는 넓게 차지한 벤자민을 피해 다녀야 할 정도로 융성해졌다. 가끔은 나도 이 벤자민 잎을 쓰다듬기도 하고 먼지 묻은 잎을 걸레로 살살 닦아내며 이렇게 새롭게 태어난 것에 감탄을 연발하고 있다.

이제 벤자민은 없어서는 안 될 우리 집의 새 식구로 자리매김 되었고, 공기를 깨끗하게 정화하고 수분을 적절히 만들어 내면서 쾌적한 주거환경을 만들어주는 고마운 친구로도 환영받고 있다. 저녁에 거실에 누워 있으면 마치 울창한 숲 속으로 나들이를 온 느낌을 받아 평화롭고 안락하기 그지없다.

이 벤자민을 보니 문득 떠오른 것이 담임을 하고 있는 우리 반 상황이다. 교직생활 20년 동안 숱하게 담임을 하고 셀 수 없을 정도로 많은 제자를 길러낸다고는 했지만, 마음 한 구석에는 왠지 공허함과 허전함이 꿈틀거리며 어딘가 모르게 어설프고 서투른 가르침으로 그들의 희망에 찬물을 끼얹고 도리어 진로를 방해하지는 않았는지 조용히 되돌아보게 되는 것이다.

올해도 어김없이 담임을 하고 있다. 나는 이 아이들에게 참으로 정성을 들여 타이르고 희망의 씨앗을 뿌려 그들로 하여금 학교라는 곳은 참 좋은 곳이고 삶의 의미를 찾을 수 있는, 그래서 그들에게서 진리와 지혜와 미래에 대한 벅찬 꿈이 온몸에서 이글거리고 타오르는 것을 직접 보고 싶었다. 아마도 이런 것들은 교직생활을 하면서 뭔가 허술하기도 하고 섣부른 가르침으로, 보이지 않는 상실감을 주었을지도 모르는 졸업생 제자들에 대한 미안함에 현재의 아이들에게 사랑을 주고 그 결실을 보고 싶어 하는 것으로 표출되고 있는지도 모른다.

최고의 선, 최고의 가르침, 최고의 지도력이라고 스스로 자만에 빠진 세월들, 그 속에서 희망을 찾지 못하고, 실망과 좌절과 낙망 속에서 상심의 세월로 마음의 상처를 입었을지도 모르는 어린 새싹들을 생각한다. 학교라는 믿음과 진리와 지혜의 샘터에서 마음껏 마시고 살찌우며 그런 것들로 온몸의 피를 만들어내고 뼈대가 형성되는 청소년 시절에 교사라는 위치에서 절대적으로 필요한 사랑과 미래의 지침을 잘 접목하고 키워냈을까 스스로를 판단하고 들여다보면 고개가 좌우로 흔들어질 때가 더 많다.

　　가끔 아이들한테 지독하게도 꿈의 싹을 싹둑 잘라버리지 않았나 하는 생각을 하면 소름이 끼친다. 간접적이든 직접적이든 아이들은 교사의 영향을 받고, 교사가 만들어내고 비추는 햇볕을 쬐고 그것을 자양분 삼아 성장하고 성숙하고 미래의 꿈을 펼쳐나가는, 무한한 잠재력 덩어리 아닌가.

　　이를테면 나의 잘못은 완벽주의에 있었다. 완벽한 학생, 완벽한 공부 방법, 완벽한 학교생활, 그러나 그 어디에도 그런 학생을 찾을 수는 없었다. 그런 학생이 있다면, 그것도 문제다. 실수 없는 완벽한 사람이 이 지구상에 있을까. 완벽한 존재들만 모였다면 교사가 왜 필요한가. 빈틈없는 학생들만 모였다면 학교라는 곳이 그렇게 존재의 가치를 안고 있는가. 이미 다 갖추어졌는데, 이미 모든 것을 다 알아버렸는데, 무슨 가르침이 필요하고 무슨 학교가 필요하단 말인가.

　　나의 가장 큰 착각과 실수는 바로 이 '완벽증'에 있었다. 실수를 많이 하고 꿈을 키워가는 데 절실한 도움이 필요한 아이들, 가정형편이 어려워 고민하고, 이성 친구 문제로 성적이 뚝뚝 떨어지고, 미래에 대

한 불안에 안절부절못하는 학생들이 사랑의 손길을 기다리고, 관심과 애정 어린, 간절한 눈빛을 원하고 있을 때, 과연 그들을 위해 무엇을 어떻게 했는가를 생각한다. 생각할수록 고개가 숙여진다.

뿌리지도 않고 가꾸지도 않고 탐스럽게 익은 열매만 따 먹으려고 나무 밑에서 서성거렸던 교직 생활 20년은 아니었는지 심하게 내 자신을 자책하고 질책한다. 관심과 애정으로 다져진 따뜻한 손길로 아이들의 아픈 곳을 어루만져주고 다독여 주는 그 아름다운 향기를 내가 진정으로 낼 수 있었는지 스스로에게 물어 보는 것이다.

지금 나는 우리 반 어느 학생의 '선행상장'을 손에 쥐고 있다. 이 학생을 처음 만난 3월에는 속된 말로 '형편없는 아이'였다. 이른 바 주먹깨나 쓴다는 아이들의 뒤를 봐 주고 그들과 의기투합하고, 성적은 곤두박질치고, 교과 선생님들의 진실된 가르침에 말대꾸나 하고, 그야말로 문제아의 전형이었다. 이 학생에 대해 모든 선생님들이 고개를 절레절레 흔들었다. 담임을 하면서 내가 이 아이에게 할 수 있는 것이 무엇인가를 찾는 데는 시간이 많이 걸렸다. 포기하고 싶었다. 체념이냐, 그들이 간섭으로 받아들이는 관심이냐를 놓고 꽤나 긴 고민에 빠졌다.

처음 이 아이에게 1년 동안 학급의 쓰레기 분리 배출을 시켰을 때 그 누구도 이 학생이 그런 '고상한 일'을 하리란 생각을 못했다. 쉼 없이 타이르고, 할 수 있다는 자신감을 심어주고, 학급의 아이들을 위해 봉사하고 선행하는 것이 얼마나 아름다운 일인가를 깨닫게 하는 데는 많은 시간과 어려움이 뒤따랐다.

그러나 이제 이 아이가 어느 순간부터 많은 아이들로부터 모범생으

로 바뀌었고, 스스로도 썩 괜찮은 아이라고 여기고 있다. 척박한 땅에서 씨앗을 뿌리고 결실을 거두는 농부의 기쁨이 바로 이런 기분이 아닐까. 사랑은 이처럼 꺼져가는 생명에도 희망의 불씨를 살릴 수 있고, 미래의 꿈이 꺾이지 않게 똑바로 세울 수 있는 억세고, 강한 힘을 가지고 있는 것을 느끼게 한다.

다시, 거실의 벤자민을 떠올리고 우리 반 아이의 상장을 어루만진다.

재는 사람들

산술적 크기로 행복의 기준을 삼는다면, 운동장처럼 드넓은 아파트에서 사는 사람은 늘 행복해야 하고, 지하 단칸방에서 사는 사람은 항상 우울증에 시달릴 만큼 괴로움에 지쳐 있어야 하는 걸까.

험난한 세상이지만, 또 벼랑 끝에 서 있는 기분이지만, 그런 숨 막히는 고통과 역경을 아름다움으로 승화하고 자기 자신의 열정을 분수처럼 뽑아내며 활기찬 나날을 보내는 사람도 주변에 많다.

자기 자신은 아무런 노력을 들이지 않고, 넉넉하게 살아가는 사람들을 헐뜯고 질투어린 시선으로 보는 것은 옳지 못하다. 그럼에도 심심치 않게 모든 것을 물질적 크기나, 값어치로 따지려 들고 자기보다 상대방이 물량을 많이 소유하고 있거나 돈으로 환산하여 돈의 양이 많다 싶을 경우 심통을 부리고 트집을 잡고 괜한 시비를 걸려고 하는 사람도 있다. 그래서 자기 자신보다 잘 사는 사람은 무슨 부정이나 저질러 재산을 쌓은 사람처럼, 아니면 요행을 부려 뜻하지 않는 재산을 축적이나 한 사람으로 깎아 내리고 평가 절하하는 못된 습성을 지닌 사람을 발견한다. 이와 같은 입장에서 행복을 이야기하려는 것은 결코 아니다.

아마도 물질적 크기나 양으로 행복을 찾으려 한다면, 대기업체의 회장이나 사장님들은 집안 가득히 행복이 넘쳐나고 웃음이 끊이지 않을 테지만, 정반대의 입장에서 가난에 쪼들리고 허덕이는 사람은 행복이라는 단어조차 사치이고, 그 행복을 갈구하는 희망조차 버려야 할지도 모른다. 그렇지만, 현실은 꼭 그렇지 않은 게 퍽 다행이다. 내 자신의 마음속에, 아니면 내 머릿속에 어떤 상상을 하고 어떤 의지를 갖고, 어떤 자세로 삶에 임하느냐에 따라 우리는 얼마든지 행복해질

수 있고, 기쁨을 찾을 수 있으며, 가벼운 마음으로 하늘을 나는 새들처럼 하루하루를 즐겁고 신나게 지낼 수 있는 것이다.

불행하게도 내가 아는 사람 중에는 유독 돈을 사랑하는 사람이 있다. 돈의 노예가 된 셈이다. 상당한 재력가이지만, 마음은 사탕 한 봉지 살 정도의 여유조차 없는 가난뱅이다. 그 사람은 어떻게 해서라도 돈 한 푼 아껴 쓰려다 보니, 점심 굶는 것은 다반사이고, 몸은 쇠약해지면서도 아파트 평수는 늘려만 가려고 한다. 주변에서 그런 행위를 수군거리고 흉을 보지만, 들은 척도 않을뿐더러 돈의 노예가 되어 커피 한잔 사는 것조차 망설이고 애써 외면한다. 이렇다 보니 얼굴은 나이에 비해 많이 상해 있다. 근심은 보통의 사람보다 더 많다.

아마도 이 사람의 눈에는 높은 빌딩은 부러움의 대상으로만 눈에 들어오지, 오막살이 같은 집에서 쓸쓸하게 지내는 어느 노인의 애달픈 삶의 모습은 보이지 않을 터이다. 또한, 천진난만한 아이의 웃음소리는 들리지 않아도, 행운으로 복권당첨에 기뻐하는 사람들의 목소리는 천둥 번개처럼 고막을 뒤흔들 것이다. 모든 기준은 돈에 있고, 모든 가치판단에는 물질만이 끼어들 뿐, 돈이 되는 것 이외에는 별 관심이 없어 보인다.

돈은 우리의 삶을 윤택하게 하는 수단에 불과하다. 돈이 모든 것을 해결하는 것이 아니다. 백만장자의 집 담장 너머에서 들려오는 다툼 소리는 무엇을 의미하는가. 지하 셋방에서 흘러나오는 웃음소리는 무엇을 의미하는가. 추운 겨울날 호빵 한 조각에도 흐뭇한 미소를 짓고, 군고구마 하나에 행복해하는 사람을 어떻게 바라볼 것인가.

이제부터 삶의 방식, 물질에 고정된 사고의 전환이 필요하다. 자기

집보다 큰 동료의 집들이를 갔다 와서 한숨만 쉬는 한, 친구의 고급승용차에 기가 꺾이는 한, 어느 여인의 호화 고급 시계와 휘황찬란한 모피 옷에 웃음조차 빼앗긴다면, 우리의 삶은 무미건조해질 가능성이 높다. 고급시계를 차고 다닌다고 해서, 시간이 절약되는 것도 아니다. 고급 승용차를 탄다고 해서 막힌 도로를 싱싱 혼자 달리는 것은 더더욱 아니다. 문제는 마음가짐이다.

그렇다고 해서 나보다 부자로 사는 사람들이 다 불행한 것도 아니다. 또한, 노력하지 않은 결과로 나타난 빈한함을 남의 탓으로만 돌리고, 가난을 일부러 자랑하는 것은 더 우스운 꼴이다. 그저 정정당당한 삶을 유지하고 건전한 사고방식과 생활태도를 유지하는 것이 무엇보다 중요하다. 그런 건강한 삶에서 자연스럽게 행복이 쌓이고 삶의 의미를 느낄 확률이 그 만큼 높아지는 것이다.

행복은 참 묘한, 수수께끼와도 같다. 행복을 다스릴 줄 아는 사람에게만 주어지는, 노력하고 스스로 만족할 줄 아는, 삶의 법칙을 아는 사람에게 살며시 찾아오는 소중한 손님과도 같은 존재이다. 그래서 지금 이 순간에도 행복이 곁에 있는 줄도 모르고 무지개를 잡듯 발버둥치고 허둥대는 사람이 있고, 유리창 너머로 들어온 따사로운 한 줄기 햇살에도, 따끈따끈한 커피 한잔에도 만면의 웃음을 지으며 행복하다는 생각을 수십 번 마음속으로 읊조리는 사람도 있다. 또한 행복은 누가 만들어 주는 것도 아니고 스스로 만들어 스스로 챙겨야 하는, 보이지도 않고 만져 볼 수도 없는 무한대의 부가가치인 셈이다.

행복은 스스로 만들어 가야 한다. 멀리 있는 것도 아니다. 바로 앞에 있고, 옆에 있으며, 우리가 생활하는 안방에 있다. 그 행복을 옥구

슬 꿰듯 정성들여 하나씩 하나씩 맞추어 나가야 한다. 공든 탑을 쌓듯 마음을 가다듬고 심혈을 기울이면 나도 남들처럼 행복해질 수 있다. 분명 행복은 내가 만드는 것이다.

주변에 자꾸 물질로 재는 사람이 있거들랑, 조용히 타일러 주었으면 한다. 그래도 변화가 없다면, 심리적 거리감은 날이 갈수록 멀어질 수밖에 없고, 언젠가는 그 사람과 단절되는 아픔을 겪을지도 모른다. 아니, 물량적 크기로만 접근하는 사람과 교류가 중단되었다고 너무 슬퍼할 필요까지는 없을 듯싶다.

얼마나 큰 아파트에 살고, 얼마만큼의 돈을 갖고 있으며, 자기보다 비싼 자동차를 굴리는지가 궁금하다면, 차라리 그 시간에 어떤 책을 더 읽고, 어떻게 하면 풍족한 마음을 가질 수 있는지 심신 수련의 기술을 터득하는 방법부터 배우라고 권하고 싶다. 행복은 마음먹기에 달려있다. 그것은 아주 평범한 진리이다.

아름다운 권력을 위하여

　자기합리화에 능하고, 변명이 탁월한 사람일수록 소극적이고 폐쇄적인 사고방식과 행동방식을 지니고 있는 사람이 있다. 이런 사람은 본인이 어떤 일을 추진하고 개척하며 새로운 일에 도전하기보다는 다른 사람들이 땀 흘리고 애써 가꾸어 놓은 것을 비평하고 비난하며 평가절하 하는 습관을 갖고 있기도 한데, 정작 본인이 책임져야 할 부분에서는 남의 탓으로 돌리고 헐뜯는 경향이 있어 주변사람을 곤혹스럽게 한다.

　행동으로 옮기고 발 벗고 나서지 않아도, 화려한 입담과 노련한 화술로 상대방을 사로잡게 만드는 특별한 재주를 갖고 있다고 생각하는 사람들이 권좌에 앉으면 정말 피곤한 일이다. 흔들의자에 가만히 앉아 권력을 만끽하고 즐기면서도, 얼마든지 상대방에게 화술의 칼을 힘차게 휘두를 수 있기에 마음을 놓고 있는지도 모른다. 언제든지 상대방을 몰아 부칠 재주 아닌 재주가 있으니 말이다.

　직장 생활이나 단체 생활에서는, 선도적 역할을 해 나가는 사람이 반드시 필요하다. 둘 이상이 모이면 자연스레 집단이 형성되는 셈이고 의견이 모아지면 그 의견에 따라 일이 추진되는데, 그 중의 누군가는 먼저 제안하는 사람이 생길 것이고, 다른 사람은 제안한 사람의 의견에 동조를 하거나 반대 입장에 서게 된다. 이러한 형태에서 사람이 많이 모이면 지도자를 뽑게 되고 거대한 조직 속에서 권한은 필연적으로 생겨나게 마련이다.

　우리를 가장 힘들게 하고 곤궁에 빠뜨리며 분노케 하는 것 중의 하나가 권한만 행사하고 책임을 지지 않으려는 풍토이다. 조직에서 특히, 큰 조직에서는 구성원도 많고, 그 조직을 이끌어 가는 사람은 권

한도 그만큼 커져 책임져야 할 일도 많다. 그럼에도 권력의 꿀단지를 끌어안고 달콤한 시간을 보내면서도, 무슨 일이 생겼을 때는 해법을 찾고 조직의 고민을 해결해야 함에도, 그것에 미온적으로 대처하며 나중에 책임져야 할 문제가 생기면 다른 사람의 탓으로 돌리니 이것처럼 황당한 일이 있을까.

권한에 맞춰 균등하게 책임을 지지 않으려는 사람은, 누군가 밥상을 차려오면 먹기만 할 뿐 설거지나 뒷정리하는 일은 아예 생각지도 않은 것과 똑같다. 거기에다 설거지하는 사람이 깨끗이 그릇을 닦으려다 접시라도 깨게 되는 날이면, 깨진 접시를 놓고 책임만 따지는 꼴이지 뭔가. 아예 부엌에서 설거지를 하지 않으면 그릇을 깰 일도 없으니 책임질 이유도 없는 것 아니겠는가. 접시를 깨뜨린 것보다는 그 과정에서 얼마나 충실했는지를 먼저 따져 보는 것이 어떻는지.

이렇게 부하 직원에게 책임만 몰아붙일 줄 알았지, 어떻게 하면 그런 실수를 하지 않도록 할 것인가를 가르쳐 준다든지, 아니면 직접 하든지 둘 중의 하나는 해야 할 게 분명하다. 가르쳐 준 일도 없고, 책임도 지지 않고, 책임의 화살만 밑에 사람에게 자꾸 쏘아대면 버텨 낼 사람이 얼마나 되겠는가.

책임을 지지 않으면서도 권한을 행사할 수 있다면, 분명 여기에는 피해자가 나오게 마련이다. 책임져야 할 부분을 엉뚱한 사람이 억울하게 누명을 쓴다면 진리와 정의 차원에서 보아도 말이 되질 않는다. 그러나 현재의 막강한 권력과 권좌에서 부하 직원에게 책임을 돌리며 억지 주장을 늘어놓으면서 책임에서 벗어나려 안간힘을 쓰는 몰염치한 사람들을 보면 연민의 정마저 갖게 한다.

황성하 수필집

상대방을 논리로 제압하고, 합리적 진술로 순간을 이길지는 몰라도 시간이 지나고 진실이 밝혀지면 그 책임은 눈덩이처럼 커져 부메랑이 되어 되돌아오기 마련인데도, 지금 당장의 창피함을 피하고 자존심을 지키기 위하여 부하 직원의 명예에 상처를 입히는 행위는 보이지 않은 양심의 도둑 행위요, 절도 행각과 무엇이 다른가. 권한을 행사한 만큼 책임지려는 지도자에게는 마음을 내 놓고 그를 돕고자 하는 사람들로 들끓게 마련이다. 소신껏 일할 수 있고, 마음껏 자기의 포부를 펴서 눈부신 업무의 결과를 얻어 낼 수 있는 환경이 조성되기 때문이다. 그러나 정반대의 경우에는 부하 직원이 열심히 일하지 않고 복지부동의 자세에서 윗사람 눈치 보기에 급급하다. 불을 보듯 일의 능률은 떨어지고 조직의 유기성은 사라지며 직원 간에 불신만 쌓일 게 분명하다.

오히려 이것은 내 탓이오, 하고 스스로의 책임으로 돌리고 조직원들에게 사기를 앙양시키려는 강한 의지와 결단력을 갖고 있는 지도자를 둔 조직에 몸담고 있는 사람들은 행복한 직장인이다. 꿈을 펼 수 있기 때문이다. 지금 당장의 명예와 자존심을 지키기 위하여 자기 자신을 속이고 다른 사람의 명예에 먹칠을 하는 잘못된 관행과 관습을 가진 자가 지도자가 되지 않도록 조직원도 경계를 늦추어서는 안 된다.

그런데 무척 재미있는 관찰을 한 적이 있다. 자기변명에 능한 사람일수록 표정연기가 정말 그럴듯하다는 것이다. 눈도 깜빡거리지 않고, 심각한 변명으로 상대방을 압도하는 파렴치한 버릇은 여기저기서 나타나는데, 당하는 사람은 그것을 알고도 대처할 방안을 찾지도 못하고 현재 처해 있는 어려운 입장 때문에 과감하게 잘못됨을 지적하

지 못하는 경우도 있다. 그저 울며 겨자 먹기 식으로 모든 것을 참아내고 그것이 마음의 병으로 키워져 한동안 먼 산만 바라보는 사람을 지켜보는 것은 힘든 일이다.

작은 권력이든 큰 권력이든 누리는 권한의 양만큼 균등하게 책임지는 자세가 필요하다. 권력의 단물만 배불리 빨아먹고, 그 뒤치다꺼리는 밑에 사람이 해야 하는 것으로 여기는 자세가 문제이다.

권력은 달콤하다. 권력은 많은 사람을 유혹하고 때로는 부패의 늪으로 빠지게 하고, 건강한 정신을 멍들게 하기도 한다. 권력의 양면성이다. 권력을 잘 사용하면, 많은 사람들로부터 추앙을 받지만, 권력을 잘못 사용하면 그 후유증에 많은 사람들이 시달린다. 권력은 아름다운 것처럼 보이고 영원할 것처럼 보이지만, 생각보다 그 권력을 유지하기 위하여 감당하기 어려운 내면적 고통도 뒤따른다. 권력은 많은 사람들로부터 심한 도전도 받는다는 사실도 알아야 한다. 그 권력을 좇아아 불철주야 분주히 움직이는 사람들이 어디 한둘이랴. 그래서 역사는 밤에 이루어진다고 했을까. 하룻밤 사이에 권력의 지형이 바뀌고, 권좌에서 행복한 미소를 짓던 사람이 바로 그 다음 날 상대의 저항에 투항하고 찬바람을 맞으며 거리로 내몰리는 경우도 있지 않은가.

그야말로 권력의 꿀 단지에 빠져 세상 가는 줄 모르고 있다가, 어느 순간 그 단지가 깨지면 그때야 땅을 치며 후회하는 사람도 있지 않은가. 그래서 그 권력의 꿀단지를 지키기 위하여 철옹성 같은 방어벽을 쌓고 온갖 추한 짓을 다하다, 나자빠지는 꼴이 여간 꼴불견이 아니다.

권력이나 권한 같은 것은 스스로 만들어지는 것이 아니라 밑으로부

황성하 수필집

터 얻어지는, 어찌 보면 한시적으로 위임 받은 것이나 다름없다. 대통령도 국민으로부터 권한을 위임 받고 국정 책임자로서 일정기간 책임과 의무를 다하겠다고 국민 앞에 엄숙히 선서하지 않는가. 임시로 국민한테 권력을 빌려 쓰는 것이나 다름이 없다. 그런데도 어떤 이는 조직의 권력을 잘못 이해하고 영구적으로 취득한 자기만의 것으로 착각하고 자아도취에 빠져 허우적거리는 것을 보면 참 딱할 노릇이다.

권력과 권한의 올바른 사용법에 대해 지도자가 될 사람들은 미리미리 공부했으면 한다. 그 사용법을 잘 몰라서 당하는 사람도 있지만, 그것을 알면서도 악용하는 사람은 더 큰 재앙을 초래하기도 한다. 권력을 제대로 알고, 올바르게 사용하지 못한 대가는 상상을 초월할 만큼 엄청난 화를 불러일으킨다. 또한 권력은 생각보다 오래가지 못한다는 사실을 알아야 하고, 참다운 권력을 오랫동안 유지하기 위해서는 민주적인 여론의 수렴을 거쳐 의사결정을 해야 하며, 권좌에서 물러났을 때 그 후유증을 최소화하려는 노력과 성실성을 갖추어야 한다.

권력의 달콤함 뒤에 숨어 있는 어두운 그림자도 있다는 사실을 모두가 알았으면 한다.

학급 반장과 대통령

 학급 반장과 대통령은 모두 선출직이라는 데 공통점이 있다. 그래서 선거를 하는 과정에서 과열조짐도 보이고, 피를 말리는 검증절차를 거치고, 그 직책을 얻으려는 사람은 나름대로 가지고 있는 계획과 포부를 유권자들을 향하여 드러내어 평가를 받고 심판을 받는다.

 교직생활에 필연적으로 많은 반장을 맞이하게 되는데, 아직 미성년자인 학생들의 판단의 눈과 교사들의 인식과는 사뭇 다른 점이 있어 일대 혼란을 가져 오기도 한다. 학생들이 반장으로 생각하는 밑그림이 마치 부모님의 허락 없이 일시적인 감정에 치우쳐 결혼 상대자를 불쑥 안방까지 데리고 와 억지로 승낙을 받는 격과 똑 같다. 이런 때는 정말 난감하다.

 어떤 때는 객관적로도 반장 감이 되지 않는데도 장난기가 발동하거나, 아니면 어영부영 일하지 않고 놀기만 좋아하는 아이를 뽑아 일 년 동안 애를 먹이고 학급 분위기를 망치기도 한다. 이럴 때면, 과거의 임명제를 슬그머니 떠올리게 되는데, 민주적인 방식이 아니라는 점에서 적용하기가 어렵다. 분명, 학급의 반장은 아이들을 대표해서 한번이라도 더 움직이고, 학급의 상황을 빨리 판단하여 스스로 하기 어려울 때에는 아이들에게 지지를 얻어내고, 담임선생님과 긴밀히 협조하여 슬기롭게 대처해야 한다. 특정 학생의 감투로 끝나서는 안 된다.

 오늘 반장 이야기를 꺼내는 이유에는 사실 고해성사와 같은, 아니면 내 자신의 교직생활의 뼈아픈 실책과 반성이 밀물처럼 밀려오기에 그 감정을 주체하지 못하고 술회하고픈 마음에서다. 교직 초년기에 학급 반장에게 거는 기대가 너무나 컸다고 생각한다. 학급의 일을 모두 알아서 해 주기를 바라고, 학급 반장은 적어도 이래야 한다는, 담

임으로서의 틀에 박힌 생각에 학급 반장이 괴로워하고 견디기 힘들어하지는 않았을까 조심스럽게 생각해 본다. 학급 반장도 다른 아이들과 나이가 같고, 일처리 방식도 비슷하고, 생각하는 수준이나 의식도 크게 다를 바가 없을 텐데, 반장에 대한 지나친 기대로, 그에게는 무거운 짐을, 담임인 스스로에게는 실망을 불러온 것도 사실이다.

흔히 반장을 뽑아 놓고 수개 월 지나다 보면 반장으로서 능력 밖의 일이 발생할 수 있다. 또 공동체 생활이 반장 혼자의 힘으로 되는 것도 아니고, 그 아이 혼자의 힘으로 해결된다면, 그것도 독불장군식의 일처리 방식은 아닌지 모르겠다. 학급반장이 스스로 처리하기 어렵고 까다로운 것을 담임이 도와주고 안내하여 건강한 리더십을 발휘하게끔 했어야 함에도 미리 완벽한 반장을 뽑아 놓고, 모든 것을 해결해 주기를 바라는 마음을 가졌지 않았나, 퍽 슬픈 후회가 따른다. 아직 어린 아이들인데도 어른의 시각으로 맞추어 강렬한 요구를 하고, 그에 부응하지 못하면 표정이 굳어지고, 얼굴을 붉히고, 이런 일들이 부지불식간에 불거져 그 시절의 아이들에게 마음의 상처는 주지 않았나, 되돌아본다.

어떤 아이가 학급의 반장이 되면, 이 학생의 장점도 많은데 단점이 자꾸 드러나게 되고, 차라리 다른 아이가 반장이 되었으면 학급이 더 잘 운영되었을 텐데, 하는 아쉬움을 갖는다. 물론 그럴 수도 있다. 그렇지만 교육 현장에서는 완전한 사람보다, 그렇지 못한 사람을 정성으로 보살펴 새로운 사람으로 변화시키는 데 교육의 목적과 순수성이 있다고 본다. 그게 보람이고 그게 교사로서 해야 할 일이라고 생각한다. 이런 평범한 진리를 20년이 넘은 세월이 지나서야 어렴풋이 깨달

는다면, 뼈아픈 각성을 하지 않을 수 없다. 나 역시 교사로서 부족하고 더 배울 점이 많기에, 이제라도 하나씩 고쳐나가고 생각을 바꾸어 아이들의 눈높이에 맞는 부드럽고 조화로운 지도를 하고 싶은 게다. 그래서인지 경력이 쌓일수록 아이들을 다루는 기술도 노련해지고, 아이들이 힘에 부쳐 힘들어 할 때 도와주고 싶은 마음도 더 우러나온다.

우리나라 사람은 칭찬에 인색하다고 한다. 남녀노소 할 것 없이 상대방의 좋은 점보다는 그가 힘들어하고 약해 보이는 것을 들추어 맹렬히 비난하고 성토하는 좋지 못한 습관도 있다. 정말 잘못했을 때는 잘할 수 있도록 도와주는 것이 더 지혜롭고 자비로운 사람이라고 생각한다. 돕는 모습처럼 아름다운 게 또 어디 있는가.

나라를 이끌어 가는 대통령도 마찬가지이다. 우리가 뽑았으니, 최대한 협조를 해야 한다. 그리고 국민의 한 사람으로서 자기의 역할에도 얼마나 충실했는지 되돌아보아야 한다. 대통령이 한 가정의 경제까지 책임지는 것은 아니지 않은가. 게으름 피우고 펑펑 놀면서 대통령에게 손가락질 할 수는 없지 않은가.

대통령의 잘못된 정책에는 비판도 하고, 대안도 제시해야 하지만, 잘하고 있는 분야에 대해서는 칭찬과 격려를 아낌없이 주어야 한다. 좋은 대통령을 만들어 가는 것도 유권자인 우리 국민의 몫이라고 생각한다. 또한 대통령도 신의 영역에 포함되지 않는 한, 사람으로서의 한계점을 지닐 수 있고, 보다 잘 하려고 하는 과정에서 발생하는 실수를 줄일 수 있도록 국민들이 뜻을 모아주는 아량과 관용도 필요하지 않을까.

완벽한 인간은 없다. 하늘에서 뚝딱 초능력의 대통령이 내려와 국

민들을 보살펴 주고, 나라의 안위를 책임지는 사람은 없다. 대통령도 학급 반장도 만들어지는 인간의 한 과정이라고 생각한다. 처음부터 대통령이, 처음부터 학급 반장은 없다. 보다 훌륭한 리더를 만들어 가는 역할에 국민이 있다. 여기에는 학교의 학급 반장도 마찬가지다. 나라와 같은 거대한 사회적 조직망의 축소판이 학급이고, 이런 신성한 교육의 현장에서 올바른 시민의식과 민주의식, 그리고 자율과 책임, 강한 리더십을 키워갈 수 있도록 노련한 조련사 역할에 우리 선생님들이 중심이 되어야 하므로, 무거운 책임감을 갖게 된다.

지금 이 순간에 내가 최선을 다하고 있고, 완벽한 일처리를 하고 있다고 스스로 믿고 싶지만, 먼 훗날 나는 또 미약하고 어수룩한 판단으로 아이들에게 또 다시 마음의 상처를 주었다고 후회를 할지 모른다. 왜냐하면 우리는 미숙한 사람으로 태어나, 죽는 날까지 허점과 실수를 최소화하려는 노력을 하다가 생을 마감해야하는 인간의 숙명을 지니고 있기에 그렇다.

단체 기합에 숨겨진 비밀

　새삼스럽게 단체 기합 이야기를 꺼내는 것에는 학급경영에서 그와 관련된 나름대로의 소회가 있기 때문이다. 군사적 영향을 많이 받아 왔던 시절에는 기합의 횟수와 기합을 주고받는 종류도 다양했고, 학교 현장에서도 비일비재하게 그것이 사용되어왔다. 이른바 '얼차려'라고 부르는 단체 기합에는 학생들의 흐트러진 학습태도와 생활상의 불성실을 바로잡으려는 하나의 정신 차림의 교육으로 활용되어 왔는데, 최근에는 그런 기합이 모두 사라졌다.

　숙제를 하지 않았거나 학급에서 불미스러운 일이 발생했을 때, 담임의 입장에서 아이들에게 벌을 주고, 훈계를 하고, 심지어는 밖으로 나가 운동장을 뛰게 하여 흐트러진 마음을 다잡아 주고, 흔들리는 정신자세를 틀어잡는 것이 자연스럽게 이루어졌고, 또 그와 같은 것을 큰 불만 없이 학생들도 받아들이는 상황이었다. 그러나 개인주의가 팽배해진 지금에는 상상도 못할 일이거니와, 단체의 벌을 주면 핏대를 세우며 따지고 드는 학생도 많다.

　그 시절의 기합이 좋다는 것은 아니지만, 그래도 단체생활에 활력을 불어 넣는 데에 일부 긍정적 작용을 했다. 옆에 친구가 결석 혹은 지각을 했거나, 아니면 숙제를 해 오지 않으면 공동체적 의식이 강해서 그렇게 못하도록 서로가 마음을 잡아주고 끌어주면서 함께 걸어가는 아름다운 모습이 있었기에 말이다.

　이제 잘못한 사람만 별도로 불러 혼내주고 타이르다 보니, 다른 학생이 엄청난 일을 저질러도 특정 학생과 담임과의 문제로 치부해 버리고 강 건너 불 보듯 눈만 깜박거릴 때도 있다. 자연히 나만 잘하면 그만이라는 개인주의 팽배의식에 휘발유를 붓고 불을 붙이는 격이 되

어 그 가속도가 더해 가는 것 같다. 학급 운영이 예전보다 못하다는 말이 나오는 것은 바로 이런 데 있다. 끈끈함이 없고, 모래알처럼 흩어지는 느낌을 받으면서도, 뭐 하나 힘 있게 적용하지 못할 때 심한 무력감에 빠진다.

어제까지만 해도 옆에 친구와 그렇게 다정하게 지내던 아이들이 그 이튿날 바로 옆 짝꿍이 결석을 해도 걱정을 하거나 전화할 생각도 하지 않고, 담임에게 알리려 하지도 않는다. 오지 않으면 그만이고 옆에 있으면 상대하고, 이건 무슨 인력시장에서 잠깐 만나 막노동판으로 끌려가는 사람집단과 뭐가 다른가. 그 처연한 모습에 분개를 하고 하루는 아이들에게

"야, 이놈들아, 친구가 안 나오면 전화라도 해봐야지. 핸드폰 하나씩 갖고 있는 놈들이, 전화 한통도 없니? 담임선생님께 알리던지, 아니면 직접 전화를 해 보든지 해야지. 담임선생님이 교실에 계시는 것도 한계가 있는 것 아니니. 이건 너무 무관심이야 정말, 그렇지 않아?"

아이들의 반응은 시큰둥하다.

우리의 어울림에 대한 아름다운 풍속은 이제 학교현장에서도 많이 사라졌다. 그저 일 년에 한번 열리는 축제 행사에 대동제라는 이름으로 어깨동무 한번 하고, 춤 한 번 추면 그게 일 년 가고, 또 되풀이 되고, 함께 가기에는 너무나 치열한 경쟁시대의 환경이 역겹고 미울 따름이다. 그런 가운데 아이들의 정서는 메말라가는 것 아닌가. 이 신록의 계절에 착잡한 마음에서 말해 본다.

늘 하는 이야기이지만, 학교라는 곳이 지식만 전수해 주는 장소는

아니지 않는가. 인격적 교양을 갖춘 사람을 만들고 좀 더 완숙한 사람으로 가기 위한 과정에서 지혜와 슬기 그리고 협동심을 기르고 진정한 삶의 지향점을 일러 주고, 실행에 옮기도록 지도하고, 그런 것들을 진지하게 받아들이는 아름다운 모습에 칭찬하고 격려하면서 한 발짝씩 앞으로 걸어가는 것 아닌가.

그래서 학급경영을 하면서 공부만 잘하는 학생보다 좀 폭넓은 시야로 다른 친구들과 더불어 가려는 아이들에게 더 애정을 느끼는 것이 사실이다. 먹고 흘리고 함부로 종이를 집어 던져 놓고 몸만 싹 빠져나간 황량한 교실에, 늦게까지 남아 쓰레기 분리수거를 하고 친구들이 먹다 만 음료수 캔과 유유 팩을 물로 깨끗이 헹구어 정리를 하면서도 싫은 내색 하지 않으며 웃음을 잃지 않는 아이에게 감동을 받지 않을 수 없다. 결국 그런 아이들을 사회가 원하는 것은 아닌가.

우리 어른들이 아이들에게 가르쳐야 할 것들이 많다. 공동체의 삶에서는 일정한 도덕적 기준이 따라다니고, 그것을 준수해야 하고, 규범을 자연스럽게 체득하고 받아들여야 함을 알아야 한다. 그런데도 아주 극도의 이기심에 기초하여 남들이 하든 말든 편안하게만 가려는 아이들이 있는 한, 교실환경은 급속도로 냉기류를 타고 만다. 분명 단체 생활이 기본인 학급에서는 누군가 앞장서서 리드를 하고, 어려운 일이 있을 때 내일처럼 해결하려는 의욕이 넘쳐날 때, 학급이 부드럽고 정감어린 분위기 속에서 정상적으로 운영되게 마련이다. 즐겁고 신나는 일만 챙겨가고 힘들고 도움이 필요한 일에는 등한시하고 눈을 돌리면, 그에 따르는 후유증은 학급 전체 아이들에게 고스란히 되돌아간다.

그래서 우리 학교 학생들에게 '선행록'을 작성하게 한다. 웃어른을 공경한 실천일기, 깨끗한 교실환경을 위해서, 아니면 남들이 힘들어 하는 것을 도와줌으로써 보람을 느낀 일을 실천일기에 적게 한다. 자연히 그렇게 하다보면 좋은 일을 하려고 노력을 할 것이고, 학교생활에 걸쳐 그런 잠재적 사고방식을 갖는다면 아름다운 행동들이 몸에 배어 바람직한 사회인으로 성장하는 데 크게 기여할 것으로 생각된다.

　더불어 가는 것, 그것은 사회생활의 기본 원리이다. 독불장군은 없다. 나 혼자만으로 해결되는 것들에만 관심을 둔다면, 결국 남과의 어울림에서 소외되고 같이 갈 수 없다는 반증이 되기도 한다. 학교 교육 현장에서 매일 매일 느끼는 것이지만, 우리 아이들이 세상을 크게 보고 더불어 사는 방법을 터득하도록 미리 미리 가르쳐 주었으면 한다. 함께 가려고 하는 의지 속에서는 남을 헐뜯고 미워하고 일부러 헤살을 부리고, 뒤통수치는 일은 사라질 것 아닌가. 바로 그런 날을 기약하며 오늘도 교실 문을 향하여 힘차게 발걸음을 내 딛는다.

디딤돌, 주춧돌, 걸림돌

이 세상에 돌멩이가 없다면, 얼마나 불편할까. 맑은 시냇물이 흐르는 냇가를 건널 때도, 집을 지을 때도, 아니면 가을날 탐스럽게 익은 밤톨을 노리고 하늘 높이 돌팔매질을 할 때도, 우리는 여기저기서 돌멩이를 생각하고 그것을 찾는다. 또, 급히 필요할 때는 뾰족한 돌멩이로 운동장에 선을 긋고 놀이를 했고, 잘 다듬고 앙증맞은 작은 돌멩이는 어렸을 적 공기놀이로도 안성맞춤이었다.

오늘 아침 이렇게 돌멩이를 떠올리게 된 것은, 직장생활 20년을 하면서, 사람과 사람끼리 부딪히고 맞물려 돌아가는 세상에 돌멩이를 비유하는 말들이 흘러넘치고 아주 유효적절하게 돌멩이를 담은 말들을 발견할 수 있기 때문이다. 때로는 그 말이 남용 될 때도 있고, 아예 돌멩이만도 못한 삶을 살아가는 사람도 보게 된다. 없어서는 안 될 디딤돌을 실컷 사용하고는 이제 필요 없다는 듯 걸림돌로 치부해 버리는 사람들에게 불쾌감을 갖기에, 돌멩이에게도 생명력을 불어 넣고 싶은 것이다.

돌멩이는 분명 생명체는 아니지만, 우리가 어떻게 활용하느냐에 따라 필수 불가결한 자연 물체다. 길을 걷다 돌멩이에 걸려 넘어질 때는, 헛발질을 해대며 멀리 차 버리지만, 잘못 엄지발가락 부분이라도 세차게 맞닿으면, 순간적인 통증에 주저앉고 만다. 이를테면, 복수라도 하는 것일까. 토사구팽에 대한 철저한 응징처럼 말이다.

사람을 쓸모없는 돌멩이 취급하는 사람을 우리 주변에서 간간히 본다. 그런데 그 돌멩이가 한때는 디딤돌이라고 여기며 갈고 닦고, 애지중지하며 관리해 오던 사람이 한순간 걸림돌 취급을 하는 데는 첨에 한 이해관계의 대립이나, 변절, 변신이 그 중심에 있다. 돌멩이는 변

하지 않는다. 단지 돌멩이를 활용하는 사람들의 가치관이나 짧은 생각들이 수시로 변해 조변석개의 심술을 부리고 갑자기 돌멩이를 하찮고 귀찮게 여기는 것 같다.

솔직히 말해, 돌멩이가 없었다면, 오늘의 우리가 존재나 했을까. 아주 먼 옛날 구석기 시대 쯤으로 거슬러 올라간다면, 우리는 돌멩이를 날카롭게 갈아 칼 대용으로 삼았고, 돌멩이를 아귀에 맞게 잘 쌓아올려 움막을 지어 세찬 비바람을 피하기도 하고, 넓적한 돌에 기를 부려 구들장을 놓고, 추운 겨울을 이겨 내기도 했다. 돌멩이를 무시하면 안된다.

돌멩이는 아무 말도 하지 않았다. 스스로 필요하다고 손짓하고 끌어안고 때에 따라서는 받침대를 만들어 책장 안의 책처럼 가지런히 배열해 오가는 손님들의 시선을 끌고, 돌멩이의 몸에다 색칠을 하고 그림을 그리고, 좀 더 큰 바위에 사람들의 마음을 담은 글 새기고, 참으로 천차만별의 인생 게임을 시도하는 것도, 다 사람의 짓이다.

일부 정치인이나, 아니면 개인 욕심이 강한 사람들이 처음의 약속을 저버리고, 개인 영달을 위해 수시로 입장을 바꾸고, 주변 사람들을 디딤돌에서 걸림돌로 치부하는 경향이 있어 많은 사람들로부터 손가락질 받는 경우도 있다. 이들은 원칙도 소신도 없다. 나에게 유리하면 그게 원칙이고, 나에게 득이 되지 않으면, 슬그머니 입장을 바꿔 버린다. 그 장단에 놀아난 유권자들이 분통을 터트리지만, 또다시 유권자들이 심판을 내리려면 적어도 4년여의 세월을 기다려야 한다. 어쩌면 그들은 유권자들을 디딤돌 정도의 취급을 하다가, 당선이 되고 나면 하찮은 길거리의 걸림돌 취급을 하는지도 모르는 일이다. 지역구민들

의 애타는 숙원사업을 도외시하고, 요리저리 피해 다니며 보신관리에만 매달리다가, 다시 선거철이 되면, 걸림돌이었던 유권자가 디딤돌을 넘어, 머리에 이고 가야 할 옥으로 변한다. 아마 이것이 우리의 현실이고, 직장이나 사회생활에서 암암리에 통용되는 불변의 원칙이고, 관습의 원칙인지도 모른다. 그러기에 사람들은 그와 같은 현상을 자연스럽게 받아들이고, 그것이 그다지 좋은 습관이 아니라는 것을 알면서도, 그리고 비난을 하면서도 어려운 처지에 몰리면, 그와 같은 상황을 답습하는 것 같다. 이것이 사람의 본능에 가까운 이기심이고, 남들이 인정하지는 않지만, 자기만의 고정시각이 담긴 독특한 논리를 내세워 어려운 상황을 요리저리 피한다.

세상을 어떻게 보느냐에 따라 같은 돌이라도 디딤돌이 되고 주춧돌이 되며, 걸림돌이 되는 것이 아닌가. 처음부터 디딤돌이 되는 것도 아니고 처음부터 못된 걸림돌이 되는 것도 아닐 텐데, 말이다. 디딤돌로 사용됐던 돌멩이가 그 사용가치를 다했을지라도, 우리는 함부로 대해서는 안 된다. 언제 다시 그 돌멩이가 우리에게 생명에 가까운 친구가 되고 이웃이 될지 모르기 때문이다. 좀 더 시야를 넓히면, 이 세상에 존재하는 것은 다 필요하기 때문에 그 자리에 있다는 말을 상기할 필요가 있다. 중요한 것은 사람의 마음이다. 우리의 마음이 같은 원리와 시각으로 사물을 보고 지켜 나간다면, 적어도 약은꾀를 부리는 변절자 소리는 듣지 않을 것이기 때문이다.

차라리 이렇게 변절이 심한 사람은 가만히 그 자리에서 자기의 역할을 하고 있는 돌멩이에게서 평범한 진리를 깨쳐야 한다. 변절 없이 그 자리에서 묵묵히 자기의 자리를 지키고 있는 디딤돌은 여름날 시

황성하 수필집

원한 계곡을 건널 때, 수많은 사람들이 그를 밝고 건널지라도, 조금도 아프다, 싫다는 소리를 하지 않고, 줄곧 그 자리를 지키고 있다. 개울을 건너면 바로 그 돌멩이를 걸림돌이나 하찮은 물건 취급하는 사람들에게까지 언제라도 그들을 감싸고 받아주고 포용한다. 따뜻한 봄이 가고 더운 여름을 지나 찬바람이 거세게 부는 겨울을 이겨낸 냇가의 디딤돌이 진실을 담은 사람들의 마음을 기다리고 있다는 것을 우리는 언제나 눈치 챌까. 이 세상이 다하는 날까지도 그것을 기대하기는 어려울 것 같아 마음이 착잡하다.

청와대와 서울대 그리고 고급승용차

우리 사회에 뿌리 깊은 인식 구조 속에 청와대의 권력을 빼 놓을 수 없다. 보이지 않는 권력을 휘둘러 많은 사람들을 다치게 하고, 주눅 들게 하고, 억울한 사람을 양산하던 시대는 이제 지났다. 그러나 아직 까지도 오랫동안 우리 사회를 지배해 왔던 일부 권력의 칼은 아직도 녹슬지 않고 어딘가에 잠재해 있다가 잊을 만하면 돌출하는 습성을 지니고 있다. 그 권력의 상징에는 청와대도 포함된다. 과거 청와대를 상상만 해도 온몸이 얼어붙고 쥐구멍이라도 찾고 싶을 정도로 스스로 작아지는 느낌이었다. 그래서 멀쩡한 사람도 청와대라는 말에 꼬리를 내리고 자기 자신이 뭐 잘못이나 있는 것처럼 화들짝 놀라며 가슴을 쓸어내린 경험도 있지 않은가.

이러한 분위기에 편승하여 아직까지 청와대를 사칭하여 돈을 빼앗고, 사기를 치고, 사회를 혼란스럽게 하는 일부 파렴치범들에게는 청와대의 권력이 약화되고 민주화되어 개방 시대로 접어든 것에 설자리를 잃고 있는지도 모른다. 청와대를 사칭하여 온갖 술수를 부리던 수단이 하나 명백하게 줄어들었기 때문이다.

실력 있고, 능력 있는 사람이 인정받는 시대를 기대하는 일반 국민들에게는 권력의 상징처럼 여기는 것들에 대한 거부감이 상존하는 것은 사실이다. 왜냐하면 아직까지 보이지 않는 권력의 뒤에서 서민들이 감히 엄두도 내지 못할 일들이 자행되고 있는 것은 아닌가, 의구심을 갖는 현실에서는 청와대의 '청'이라는 글자만 나와도 콧대가 꺾이고 힘이 빠지는 것 아닌가.

청와대만큼이나 우리 사회에 자주 회자되는 것이 서울대이다. 서울대 출신이라는 말만 들어도 사람들은 왠지 뭔가 특별한 능력을 가진

황성하 수필집

사람으로 생각하기 십상이다. 그래서 서울대 출신이 동일한 조건에서 실수를 할지라도 양순한 눈으로 바라보는 경향도 없지 않다. 서울대 출신을 사칭하여 어여쁜 여인들의 몸을 겁탈하고 혼인을 빙자하여 이 것저것 모조리 약탈해 가는 사람도 있었다. 그런 사기성 행동도 문제지만 우리사회에 만연해 있는 학벌 제일주의가 낳은 모순적 병폐가 더 마음에 거슬린다. 그냥 서울대 소리만 나오면 뭔가 보통 사람들과는 다를 것이라는 특별한 시선이 비뚤어진 사기 행각을 낳게 하는 원인으로 작용한다.

보통 사람들의 머리로는 그 대학을 들어가기 어렵다고 하니 좀 다르기는 할 것이다. 그러나 서울대 문턱에도 가보지 않은 사람이 서울대 학생으로 둔갑하여 시골에 계시는 부모님을 4년씩이나 속인 사건은 아직까지 잊히지 않는다. 이른바 서울대 만능주의랄까, 서울대가 낳은 단단한 학벌의 벽은 많은 사람들을 열패감에 빠지게 하고 서울대 출신이 아닌 사람에게 어떤 도전조차 부담스럽게 하는지도 모른다. 서울대 명함 하나로 통용되는 것들이 너무나 많다.

서울대 졸업생으로 살아가는 것이 얼마나 특권의식을 불어 넣는지는 곳곳에서 잘 나타난다. 서울대에 입학을 하고 중도에 포기한 사람들도 꼭 학력사항 어디엔가 서울대 중퇴라는 말을 꼭 붙여 넣는다. 서울대를 졸업하지는 않았지만, 내 실력과 머리는 서울대 실력은 된다는 사실을 만인에게 알리고 싶어 하고, 자기 자신의 몸값을 올리고 싶은 심리도 작용했을 것이다. 아무나 쉽게 입학하지 못하는 서울대에 입학했다는 것만으로도 상당한 유세 효과를 거둘 수 있음을 그들은 너무나 잘 알고 있다. 아마도 이름 없는 대학 중퇴라면 굳이 그렇게

학력사항에 중퇴 사실을 넣었을까 생각을 해본다. 서울대에 입학하고 1년도 다니지 않은 사람이 서울대 중퇴라는 훈장을 평생 달고 싶어 하는 것을 보면 우리 사회에 학벌풍조가 어느 정도가 짐작이 간다.

우리 사회의 맹점 중 또 하나의 심각성은 아파트의 크기나 자동차에도 나타난다. 고급외제승용차를 몰고 다니면 사람들의 부러운 시선을 받고, 존대받는 사회 풍조가 있다. 불법주차를 해도 소형승용차는 마음대로 견인해 가지만, 아주 고급승용차는 여러 가지 이유로 해서 엄두도 내지 못하는 경우도 있다는 뉴스가 보도되어 씁쓸한 웃음을 자아내게 한 적도 있다. 승용차의 값에 따라 사람의 값어치도 매겨지는 듯한 물질숭배 사상에 외화내빈의 속빈 강정들이 우리 사회에 즐비하게 있다는 것도 문제다. 젊은 청년일수록 그런 허영심은 더 한 것 같기도 하다. 실속과 실력보다 남의 시선과 체면을 의식해 화려함으로 치장을 하여 속은 곪을 대로 곪아 터져도 겉은 뻔질뻔질한 우리의 모습, 하루 빨리 사라져야 할 비뚤어진 우리들의 자화상이 아닌가 생각한다.

고급승용차를 빌려 광란의 질주를 하고 무고한 시민들을 치어 죽게 했던 일도 기억한다. 내 자신이 살아가는 데 불편함이 없다면 자동차도 필요 없을 수도 있다. 또 자동차가 필요하다면 경제적 능력을 벗어나 고급승용차를 구입하는 것도 그다지 바람직한 일은 아니라고 본다. 물론 내 돈으로 내가 좋은 차를 구입한다는 데 말릴 사람은 없다. 일상생활에 불편함이 없는 정도의 교통수단을 생각한다면 우리가 어떻게 해야 할지는 잘 드러난다.

집에서 제대로 걸레질도 않는 사람이 자동차는 하루가 멀다 하고

닦고 기름칠하고 빤질빤질하게 보이게 하려는 심리도 남의 시선을 지나치게 의식한 행동의 결과인지도 모른다. 이건 청결의 차원을 넘어서 스스로를 구속하는 행위이다. 겉이 화려한 만큼 속도 꽉 찬 그런 사람이 우리 사회에는 더 필요하다. 물질의 크기로 상대방을 억누르고, 보이지 않는 권력을 등에 안고 사람들을 놀래고 편협한 사고방식으로 다른 사람을 업신여기고, 여러 사람이 한 사람을 비방하고 따돌려 외톨이로 만드는 것에는 비뚤어진 우리들의 생각들이 여전히 판을 치고 있기 때문이다.

이제 우리 사회도 정말 깨끗한 실력으로 승부하는 분위기가 되었으면 한다. 사람이 본디 가지고 있던 능력을 인정받고 올바르게 평가받을 때, 활기가 넘치고 서로를 존중해 주는 깨끗한 사회로 다가 서는 것이다.

진정, 청와대와 서울대보다 더 화려하고 두려운 것은 스스로 갈고 닦은 우리들의 실력이다.

진실한 여성학

　나약한 여성들이 남성들에 의해 자율권을 침해받고 누려야 할 행복에 심한 상처를 입는 것에는 누구도 마음 편할 사람은 없다. 신체적 조건부터 남자들과는 차이가 있지만, 지적 영역이나 정신력까지 여자들이 남자보다 뒤처진다고 생각하는 사람들은 없다고 본다. 전문직에 여성들이 초강세를 나타내고 있는 가운데, 국무총리에 이어 이제 대통령까지도 넘보고 있는 상황 아닌가.

　아무튼 연약한 여성들이 남성들로부터 보호받고 도움을 받아야 할 존재로 여기던 시대가 서서히 지나가고 있는 듯하다. 여자들의 나약함은 사회생활의 부재, 가정에만 몰두해야 하는 상황적 한계, 이런 것들로 인해 목소리를 내지 못하고, 남자들에 대한 열패감으로 나타나기도 했다. 남자들의 물리적 힘과 조직력에 밀려 기가 꺾이고 맥을 못추던 시절도 있었으니, 전통적 남성관을 갖고 있는 여성이라면 아직도 남성들로 인하여 부당한 피해를 입고 있다고 믿을지도 모른다. 아니, 더러는 그렇게 믿고 싶을지도 모른다.

　한때 여성학이라고 해서, 가부장적 생활환경을 개선하고 남자들과 어깨를 나란히 하기 위한 여성들의 노력과 그에 따른 연구 활동이 인기를 끈 적도 있다. 여성학이라고 하면 대개 남성들을 향한 것들이 많다. 거대한 남성의 장벽에 가로막혀 꿈을 펼치지 못하여 좌절하고 원망하는 경우도 많았다. 분노와 억울함을 풀지 못하고 억눌려 사는 여성들에게 여성학은 든든한 후원자 같은 역할을 했는지도 모른다.

　학문이라면 대개 우리가 알지 못하는 분야에 집중력을 발휘하고 시간과 노력을 투자하여 일정한 결과물을 얻어 많은 사람들이 유익한 정보로 활용하거나 삶의 수단이 되는 것들이 많다. 그런데 이 여성학

황성하 수필집

이라고 지칭하는 것은 과연 궁극적 지향점이 어디인지 잘 모르겠다. 행여 남자들이 두 손 번쩍 들고 여성들을 향하여 항복의 표시라도 해야만 그들이 지향하는 여성학의 목표를 달성했다고 생각하는 것은 아닌지.

지금의 상황은 과거와는 사뭇 다르다. 오히려 여성들의 목소리가 커지면서 여성 상위시대가 정착되어 가고 있다는 느낌을 받을 때도 있다. 왕성한 사회활동과 더불어 가정에서 경제권을 쥐고 있는 여성의 수가 점차 늘어나면서 여성들의 행동반경은 넓어지고 욕구도 높아졌다. 오히려 남성들이 여성의 눈치를 살피는 처지가 된 경우도 많다. 친가보다 외가 중심의 점진적 이동은 무엇을 말하는가. 여성들의 입지 조건이 강화되고 남성들이 갖고 있던 실권들이 여성의 손으로 넘어가고 있다는 증거가 된다.

그런데 스스로의 목표달성을 하거나 업무를 추진하는 과정에서 생긴 잘못까지 통째로 남성들에게 전가하는 버릇은 고쳐졌으면 한다. 마치 가부장적 삶의 형태, 남성 중심의 사회의 벽 때문에 자기의 능력과 실력을 인정받지 못하고 삶의 계획마저 포기해야 하는 것처럼 과장되게 말하는 여성들도 없지 않다. 이런 때, 참 난처하다. 여성들이 그토록 바라는 남녀평등의 진실이 무엇인지 그리고 그 진의가 무엇인지 묻고 싶을 때는 바로 이런 경우이다.

심지어는 개인의 성격차이로 이혼을 몇 번씩 거듭하고도 모든 것을 남자의 책임으로 돌리는 경우도 봤다. 자기의 자율권과 행복을 누릴 대로 누린 여자의 입에서 나오는 소리가 고작 남성 중심 사회에서 버틸 수 있는 한계점을 자기 자신도 넘지 못했다는, 그래서 연약한 여자

는 행복을 추구해야 할 가정에서조차 피해를 고스란히 당해야 한다는 동정론을 펴기도 해 눈살을 찌푸리게 한다. 삶이라는 것 자체가 둘 이상이 모여 살아가는 공동생활이므로 생각이 언제까지나 완벽하게 일치하는 사람은 지구상에 단 한명도 없다는 사실을 알아야 하는데도 사람들은 큰 착각을 하고 있다. 만약 모든 사람들의 생각이 일치한다면 이것 또한 큰 문제이다. 50억 명이 넘는 인구가 똑같은 생각으로 일사불란하게 움직이는 그 순간, 삶의 가치가 제대로 실현되고 평가될까. 우리의 삶의 형태는 복잡다단하다. 여러 의견들이 모이고 모여 새로운 형태의 단단한 디딤돌 같은 것들이 생겨나고 그것을 딛고 서 있는 셈이다.

어느 한쪽이 강한 주장을 펴고 입장을 정리하다 보면 다른 한쪽이 객관적 근거 없이 부정적 이미지로 비추어 질 수 있다. 특히 남녀관계 아니면 부부관계에서 이런 일이 자주 발생한다. 과거 조선시대의 흔들림 없는 가부장적 삶의 형태가 한동안 지속되면서 아직까지 잠재의식 속에 그 피해심리가 여성들에게 남아있을 수도 있고, 실제로 남성들로부터 피해를 당하고 있는지도 모른다. 다만, 오랜 세월 지속되어 왔던 가부장적 삶의 그림자가 사라졌는데도 보이지 않는 유령으로 다가와 삶의 고비가 있을 때마다 모두 그 유령에게 뒤집어씌우는 것은 아닌지 한번쯤 따져볼 필요가 있다.

분명 남성이라는 존재도 여자가 있을 때, 공존의 빛이 더 발하게 되고, 정반대의 경우도 마찬가지이다. 남성과 여성은 대립과 갈등의 상대자가 아닌 평화공존의 동반자로 바뀌어야 한다. 누가 가해자가 되고 피해자가 되는 것이 아닌, 험난한 인생길을 헤쳐 나가는 꿋꿋한 의

지의 동반자가 되었을 때, 삶의 보람과 기쁨은 증대된다고 볼 수 있다.

우리의 삶에는 항상 자기반성이 뒤따라야 한다. 반성 없는 삶은 성숙되지 않는다. 성숙이라는 것은 실수를 되풀이 하지 않고, 앞으로 일어날지도 모를 실수와 불확실성을 최소화하며 누구의 탓으로 돌리지도 않는 숭고한 의미가 담겨져 있다. 가만히 있는데 성숙이 내면으로 찾아오는 것은 아니다. 성숙의 바탕에서 이해의 폭이 넓어지고 배려심이 발산되면 누구의 탓으로 돌리는 뒤틀린 책임공방도 감소될 게 아닌가.

지금 현재 내 자신이 상대방을 설복시켰다고 해서 나의 사고방식이나 행동방식이 그릇됨 없다고는 볼 수 없다. 현재 진리라고 믿고 정의라고 여겼던 것도 시간이 지나 조용히 반성의 거울을 들여다보면, 스스로 고개가 숙여지는 일이 얼마나 많은가. 누구에게 잘못을 돌려 일이 해결되었다면, 자기발전은 더디게 오거나 전혀 오지 않을 수도 있다. 왜냐하면 힘 들이지 않고 편히 앉아서도 얻을 수 있다고 믿는데, 굳이 내 자신이 적극적으로 나서서 모험을 할 사람이 얼마나 있겠는가.

진실한 여성학은 무엇인가. 그것이 궁금하다.

아내와 사는 이유

비쩍 마른 체구 탓에 살집이 없어, 오래 앉아 있으면 엉덩이가 배겨 불편하기 짝이 없다. 그래서 밥을 먹거나, 아니면 회의 중이라도 시간이 오래 걸릴 것 같으면 두툼한 방석은 없는지 주위를 두리번거리는 습성이 있다. 좀 통통하고 나잇살이라도 있어, 보는 이로 하여금 넉넉한 인상을 주고 싶은 마음도 있다.

그런데 내가 한동안 남세스러워 말하기 어려운 고통을 겪고 있는 신체 부위가 있었다. 엉덩이 살도 없는데다 피부가 곱지 못한 탓이었는지 엉덩이 부분이 까칠까칠해지고 검붉은 색을 띠면서 쓰리고 아려 도통 앉아 있는 것조차 힘들었다. 연고를 바르고, 살결이 부들부들해지는 약제들을 끊임없이 발라 위기 상황을 가까스로 넘기곤 했지만, 이런 생활 자체가 불편할 뿐더러 언제까지 약만 바를 수도 없었다. 그저 삶의 질을 현저히 떨어뜨리는 결과를 스스로 경험하면서도 뾰족한 묘안을 찾지 못한 채 지내왔다.

엉덩이가 따가울 때마다, 화장실에서 바지를 내리고 손거울을 그쪽 방향에 대려니 마치 황소가 등에 붙은 파리를 내 쫓듯 고개를 돌려야 하는 우스꽝스런 모습이 연출되었다. 어쩌면 원숭이가 빨간 똥구멍을 바라보는 것 같기도 하고. 그렇게 잠깐 잠깐 엉덩이를 하늘 방향을 치켜 올리고 고개를 뒤로 젖혀 차도를 살피자니, 참으로 힘들고 귀찮은 노릇이었다. 내 아픈 정도가 어느 정도인가 싶어 우리 아이 네 명의 엉덩이를 들추고 눈을 크게 뜨고 아무리 봐도 부들부들한 그 애들의 살결만 부러움으로 다가올 뿐, 나와는 딴 판이었다.

워낙 고정관념이 강한 사람이라 다른 것에 눈을 돌리거나 생각의 틀을 바꾸려 하기보다는, 있는 그대로만을 받아들이려는 습성이 강하

여, 세숫비누 하나로만 머리에서부터 발끝까지 사용하곤 했다. 샴푸로 머리를 감아 오던 나에게, 그것마저 중지를 하게끔 한 것은 샴푸 성분에 무슨 불순물이 들어 머리카락을 훼손하고 두피를 상하게 한다는 언젠가의 뉴스를 본 이후였다. 겁도 많고, 소심한 성격의 탓이었으리라.

늘 비누로만 샤워를 하던 내게 획기적인 일이 벌어졌는데, 다름 아닌 바디 샴푸를 아내가 사가지고 온 후부터다. 그것으로 샤워를 하면 피부가 부드러워질 것이라며 슬며시 내민 아내의 얼굴에는 여전히 걱정과 기대가 교차하는 표정이었다. 그도 그럴 것이 엉덩이가 따갑다고 미간을 찌푸리며 호소하는 남편을 늘 보는 것도 짜증스럽고 한편으로는 안쓰러워했으니 여간 신경 쓰이는 일이 아니었을까.

고정관념이 강한 나로서는 아내의 성의를 무시하고 비누만을 계속 사용했다. 비누 하나로 머리부터 발끝까지 사용했던 나의 습성은 쉽게 깨지지 않았다. 세상에 세정제에는 비누밖에 없다고 신앙처럼 믿고 있었기에 바디 샴푸가 낯설기만 했다.

그러던 어느 날 밑져야 본전이다 싶어 아내가 사다 준 샴푸를 사용하기 시작했다. 일종의 호기심이었다. 거품도 많이 일고, 느낌이 부들부들했지만, 온몸을 다 헹궈도 피부 표면에 비눗기가 가시지 않은 것처럼 미끌미끌하여, 샤워기를 틀어놓고 오랫동안 물을 뿌려야만 했다. 미끌미끌한 피부 표면은 여전했다. 비누로 사용할 때처럼 피부 표면이 개운하지는 않았다. 목욕하러 욕탕에 들어간 사람이 나오지 않자, 언젠가 아내는 빠끔히 문을 열어보기까지 했다.

좀 혼란스럽기는 하지만, 바디 샴푸를 하루 이틀 늘려가며 사용하

다보니 일주일을 넘겼다. 내 몸에는 좀 변화가 시작되고 있었다. 따갑고 아리던 엉덩이의 고통이 조금씩 가시는 느낌이 들었다. 연고제를 바르는 것도 중지했다. 비눗기가 채 가시지 않은 것 같은 미끌미끌한 피부에도 적응되어 가는 것 같았다. 새로운 습관이 형성되었다. 이런 생활이 한 달을 넘어 일 년을 넘기자 나도 모르게 아이들과 같은 고운 엉덩이 피부를 갖게 되는 놀라운 경험을 하게 되었다. 완전 딴 세상을 살게 된 것이다.

처음에 내 살집이 없어, 그런 줄만 알았는데, 내 피부에 약점이 있어서 그렇다는 것도 확실히 깨달은 순간이었다. 살집이 없어, 자리에 앉으면 뼈와 방바닥이 맞대어지는 것 같아 불편도 했고, 그런 이유로 피부까지 손상이 왔다고 늘 혼자 결론을 내리곤 했다. 그런데 이유는 다른 곳에서 있었다. 아토피성 피부를 가지고 있었던 셈이다.

이런저런 일이 있고, 여느 때처럼 화장실에서 온 몸을 씻고 벽에 걸린 거울을 보고, 나도 모르게 튀어 나오는 말이 있었다. '그래 아내와 함께 사는 이유가 이거야! 내가 혼자 살았으면, 내 엉덩이는 망가지고 말았을 거야. 그러다 심하게 아프면 병원을 찾았을 테고, 나중에는 의사의 처방대로 움직였겠지. 그 고통과 세월의 깊이가 얼마나 되었을까.'

나도 모르게 구시렁거리며 수건으로 몸을 닦고 거실로 나와서는 뜬금없이 아내를 향해 외쳤다. "내가 왜 당신하고 같이 사는 줄 알아?"

아내는 동그란 눈으로, 이 사람이 왜 이래, 하는 표정이었다. 내가 자초지종을 설명하자 아내는 어이없다는 듯, 그리고 한편으로는 감격에 겨워 얼굴 가득 환한 미소를 짓기 시작했다.

사실, 애 네 명을 키우며 살다보니, 집안이 늘 시끌벅적했다. 아내는 아내대로 심신이 지쳐 언제 폭발할지 모르는 아슬아슬한 상황에, 나 역시 그렇게 육신이 편안한 결혼생활만은 아니었다. 아내와 가치관이 달라서라기보다는 육체적 피로와 스트레스가 누구 못지않게 컸기 때문이었으리라. 서로를 가장 잘 안다는 부부지간이지만, 힘들고 지칠 때 상대방을 인정하고 관용을 베풀기란 정말 어려운 일이었다. 이런 벅찬 우리 집 상황에서 때론 시시콜콜한 것들이 발목을 잡기도 했다.

　그러나 아내에게 감사하는 마음은 늘 잊지 않고 있다. 지금 내가 이렇게 건강하게 직장생활을 하고, 즐거운 시간을 갖는 것도 다 아내의 덕분이라는 생각을 하니 더 고마운 생각이 든다. 그리고 난 행복한 사람이라는 생각이 문득문득 온몸에 저려온다. 심지어는 내 엉덩이를 이렇게 부드럽게 만들어 주지 않았는가. 아내와 사는 이유는 이렇게 엉뚱한 곳에서부터 출발한다.

　오늘따라 햇살이 유난히 눈부신 아침이다. 이 햇살만큼 아름다운 나날을 아내와 함께 보내고 싶다.

맨 처음의 세상, 그 아름다움

창호지 문에 들어온 햇살을 손으로 쓰다듬으며 장구처럼 통통 소리를 내고, 윗목에 놓여 있던 고구마를 깎아 먹고, 감자를 먹고, 누룽지를 먹으며 동생과 '가위 바위 보' 놀이를 하던 어린 시절의 세상은 참으로 아름다웠다. 밤이 되면 늘 할머니의 풍만한 젖가슴에 할머니의 살 냄새가 코끝을 간질이고, 그 향기가 가슴 깊이 파고들 때 나는 고요히 잠이 들었다. 할머니의 목덜미에서 나는 비누냄새는 나의 자장가요, 가슴에 평화의 씨앗을 뿌리는 특별한 향기였다.

내가 눈을 뜨고 처음 본 세상은 참으로 아름다웠다. 장독대에 핀 봉숭아, 나팔꽃, 채송화, 그리고 바로 위에 토란 밭 그리고 두릅나무, 밤나무 알밤이 떨어지던 가을날 아버지의 콩 타작 도리깨질, 그리고 여기저기 논배미에 쌓여 있던 볏단들, 그리고 겨울날 그 논배미 얼음 위에서 썰매를 타다 반질반질해진 얼음과의 입맞춤, 엉덩방아, 점차 녹아버린 얼음에 축축해진 양말, 집에 돌아오는 길에 짚더미를 들쑤셔 불을 놓고 양말을 말렸던 그 처음 느낀 세상의 아름다움을 나는 잊지 못한다.

봄날 개구리가 되기 전의 올챙이 떼들을 몰며 논두렁을 따라 힘차게 달려오다 소나기를 만나 흠뻑 젖은 옷을 벗어던지며 서쪽 하늘을 바라본 순간, 황홀하게 하늘을 가로지른, 그리고 산등성이에 걸려 있던 저 아름다운 무지개, 저녁 때 소쿠리에 따 담고 싶은 충동에 가슴이 아리던 해질녘 태양의 소리 없고 부드러운 유혹, 화창한 봄이 무르익어갈 무렵 보리밭과 밀밭의 향기가 퍼져갈 때, 수업을 마치고 그 밭두렁을 건너던 동네 누님의 모습, 검정 교복에 두 갈래로 땋아 내린 머리와 누님의 하얀 볼을 잊지 못한다. 깊이 파인 보조개는 마치 샘물

이 솟아날 듯, 호수 같은 눈에 빠져들어 허우적거릴 것만 같은 그 처음 느낌의 세상을 잊지 못한다. 그것은 아름다움을 넘어 내 온몸에 짜릿한 전율을 느끼게 한다.

아지랑이 피어오르는 봄날 보리밭을 걷다 보리 냄새에 흠뻑 취해, 보리를 꺾어 피리를 불면 냇가의 버드나무도 손짓하며 함께 노래를 하고, 풀을 뜯던 누런 황소도 즐거운 듯 꼬리를 살래살래 흔들던 광경은 내가 본, 아름다운 색깔과 소리를 내는 처음 보는 세상이었노라. 어찌 처음 본 세상이 그것뿐이랴. 봄이 시작되고 얼마쯤 지나 진달래를 소쿠리에 따 담아 즙을 내어 두고두고 마시던 그 맛은 아름다운 빛깔로 빚은 추억의 항아리요, 모내기를 하다 거머리에 장딴지를 뜯기고 허기진 배를 채우려 국수를 말아 입에 우겨 넣던 그 맛이 바로 처음 본 세상의 맛이었노라.

여름 날 밤하늘을 수놓은 별, 그 무수한 별들이 얼굴에 우수수 떨어질 것만 같아, 한동안은 고개를 숙이고 있었다. 고개를 들어 밤하늘을 향해 목청을 돋우면 어디서 날아왔는지 반딧불이 날갯짓을 하며 너울너울 춤을 춘다. 졸졸졸 시냇물, 냇가의 다슬기 그리고 가재, 미꾸라지, 송사리 떼, 그 모두가 나에게 아름다운 이름으로 다가온 처음 본 세상이다. 여름날 개울가에서 훌렁 옷을 벗고 친구들과 어울려 미역을 감고 서로 등목을 하고 몸을 씻어 내며 물장난을 치던 맨 처음의 세상을 고이 간직하려 희미해져 가는 추억의 도화지에 진한 물감을 묻혀 붓질을 한다.

가을이면 누렇게 익은 벼들이 고개를 숙이고 그 위로 메뚜기 떼들이 숨바꼭질하고, 가을바람에 벼들이 바람결에 출렁이면 마치 파도에

내 몸을 맡긴 듯 마음마저 망망대해를 둥둥 떠다니고 있었다. 가을 추석날 한 자리에 모인 가족들, 마당 한 가운데 솥을 걸고 전을 부치고, 떡을 만들고, 감나무 집에서 배나무 집까지 풍성한 부침개와 떡을 돌리고 나면 한가위 보름달은 내 콧잔등을 비추며 추석의 화려한 서막을 알리고 있었다. 그게 내가 처음 본 세상이고 아름다움이었다.

어쩌다 아버지가 이마에 땀을 뻘뻘 흘리며 외양간을 치고 마당에 수북이 쌓아 놓은 거름 위에 팽이 버섯이 자라고, 거름 썩는 냄새가 진동을 해도 그 냄새는 향기롭고 어머니의 냄새처럼 포근하여 가까이 가고 싶어졌다. 재래식 화장실에 가득 쌓인 사람의 그것, 밭에 퇴비로 쓰려 통발에 가득 그것을 퍼붓고도 환한 웃음을 내보이던 아버지는 또 다른 모습의 사랑이요, 기쁨이요, 가족애의 발로였으리라.

동네 친구들과 어울려 골목에서 신나게 자치기를 하고 구슬치기를 하다 마주친 어머니의 모습, 삼십 리 길 시장을 보고 무거운 시장 보따리를 머리에 이고 손에 걸치고 동네 모퉁이를 들어오시던 어머니의 미소 띤 얼굴, 얼큰하게 술에 취해 비틀거리면서도 여전히 똑바로 걸으려고 애쓰던 아버지의 모습, 한 손에는 여지없이 무거운 수박 한통이 가족들을 향해 함께 오고 있음을 말해 주고, 고달픈 삶의 무게를 털어버릴까 시장 한 모퉁이에서 김이 모락모락 피어오르는 순대에 막걸리 사발을 들이켜고 불콰해진 아버지의 입에서 뿜어 나오던 술 냄새, 그것은 차라리 황홀한 향기로 아름다운 빛깔로 영원히 지워지지 않는다.

또 할머니는 그리움의 또 다른 이름이다. 할머니께서 고추밭 가장자리에 심어 놓은 호박씨가 성장의 줄기를 내 뿜어 울창한 숲처럼 호

박잎이 무성해지면 그 호박잎을 따서 가마솥 밥을 지을 때 올려놓아 뜨거운 김으로 찌어 된장과 간장에 찍어 먹게 했던 그 맛은 내가 처음 본 호박잎의 아름다움이어라. 차라리 그 호박잎은 향기롭다 못해 추억을 한 소쿠리로 만들어 낸 기쁨과 즐거움의 소산이었다. 비가 온 뒤에 훌쩍 자란 오이를 따다 내 입에 넣어 주시던 할머니의 사랑만큼, 차진 옥수수를 따다 푸짐하게 삶아 놓고 환한 얼굴로 기다리시던 어머니의 사랑만큼, 첫 세상의 보드랍고 깨끗한 모습을 나는 지금도 기다리고 있다.

내가 처음 본 세상은 길을 가다 어스름 저녁이 되면, 나그네처럼, 아니 우리 집에 들러 식구처럼, 밥을 먹고 떠나던 어느 약장수 할머니, 그 할머니는 밤이 깊도록 우리 할머니와 세상을 노래하고, 저물어가는 삶의 끝자락에서 시련과 고통을 서로 감싸고 어루만지고, 긴긴 겨울밤을 지새웠다. 시간이 지나고 잊을 만하면 다시 찾아와 그 동안 밀렸던 세상살이 이야기로 꽃을 피우고 넉넉한 덕담으로 방구들을 데우고, 그러면서 피붙이처럼 더 가까워진 그 키 작은 할머니의 주름진 모습은 내가 처음 느낀 세상의 아름다움이다. 배앓이 할 때 먹으라고 준 염소 똥 같은 알약을 한 봉지 주고 떠난 그 할머니의 뒷모습에서 나는 아름다움을 느꼈고, 그리움을 알았고, 세상은 모두 함께 하는 것이라는 것을 어렴풋이 짐작했다.

울타리도 없고, 대문도 없고, 배가 고프면 아무 데서나 내 집처럼 밥을 먹고, 장롱 속 이불을 맘대로 꺼내 단잠을 청하던 그 그리움이 내가 본 처음 세상의 동네 풍경이다. 마룻바닥의 교실에서 옷이 다 닳도록 함께 뒹굴던 그 친구들, 나는 지금도 친구 집에서 하룻밤을 지새

우는 것을 행복으로 알고 기쁨으로 알고 추억으로 새기며, 마룻바닥 냄새나는 친구와 함께 살을 맞대는 것을 꺼려하지 않는다. 내가 처음 본 세상은 늘 그러했으므로. 내가 처음 본 세상은 늘 아름다웠으므로. 아름다웠으므로……

사남매의 향연

오늘따라 몹시도 피곤하다. 수행평가에, 공문서처리에, 아이들 대학입학을 위한 자기소개서의 깨알 같은 글자가 자꾸 길바닥에 흩어지고 아롱거리는 통에 퇴근길 운전이 힘들어졌다. 가까스로 도착한 우리 집, 방문을 열고 들어선 순간 아내와 네 명의 아이가 번개처럼 우르르 몰려나와 나를 반긴다. 가족들과 한 번씩 눈 맞춤을 하는 데에도 꽤 시간이 걸린다. 몸은 천근만근 뒤뚱거리고 갈팡질팡해도 내 집에 들어서면 솜이불에 살포시 내려앉는 느낌이다.

지독한 외로움이 천형처럼 나를 쫓아다녔던 데에는 나의 출생지 탓이었다. 4월말까지 눈 덮인 덕유산, 그 기슭 두메산골에서 태어난 나는 초등학교를 졸업하기가 무섭게 객지살이의 고단한 삶을 피하기 어려웠다. 중학생이 된 이후 대학을 졸업하고, 군역의 의무를 치르고 서른을 훌쩍 넘겨 아내를 만날 때까지 자취와 하숙을 번갈아 가며 끊임없이 밀려오는 고독과 맞서 싸워야 했다. 지금도 시계를 머리맡에 두질 못한다. 깊어가는 밤에 재깍재깍 시곗바늘 소리는 나의 하루 일과를 챙겨주는 다정한 친구가 아니라 언제나 내가 혼자 있다는 것을 증명하려는 훼살꾼에 가까웠다.

아마도 그런 성장환경은 지금의 대식구를 거느리는 밑바탕이 되었는지도 모른다. 조금이라도 더 일찍 귀가하려는 가정적인 아빠로 변한 것에는 딸린 식구가 많아서이기도 하지만, 천진난만한 아이들의 재롱떠는 모습이 눈에 밟히고 아른거려 그 각본 없는 드라마를 보고 싶어서이기도 하다. 목석처럼 무뚝뚝하고 메마른 나의 가슴에 단비를 내리게 하고 솜털처럼 부드러워지게 만든 것은 모두 애들 덕분이다.

김이 모락모락 피어오르는 된장찌개를 앞에 놓고 수저를 맞부딪혀

가며 먹는 즐거움도 있지만 밥상에 앉아 수없이 많은 말들을 쏟아내는 아이들의 재잘거림이 세상의 온갖 시름을 잊게 하고 멍멍해진 머릿속을 깨끗이 헹구어준다. 둥그런 밥상 위에 옹기종기 모여 앉아 웃음꽃이 피어날 때면, 하루의 달콤한 피로는 가시고 궁의 임금보다 내가 못할 것이 뭐 있으랴 싶다.

아이들은 살아 있는 웃음 제조기다. 특별한 이유가 있어야, 논리적으로 정연해야, 아니면 작은 실속이라도 눈에 보여야 대화가 되는 어른들의 야멸친 세계와는 사뭇 다르다. 헛기침만 세게 해도, 작은 방귀 소리에도 자지러질 정도의 큰 웃음을 자아내는 아이들에게 쉽게 마음을 빼앗기는 즐거움이 있다. 내가 하루 백 번도 넘게 천사 같은 네 아이로부터 '아빠' 소리를 듣는 기쁨도 있지만 내 바지 자락 언저리에서 빙빙 돌며 쉼 없이 웃음을 만들어 까르르 까르르하면, 나는 어느 덧 근심 없는 고작 여섯 살 아이의 해맑은 미소를 머금고 있다. 이 아이들은 내가 어렸을 적 동네 고샅에서 자치기, 땅따먹기, 딱지치기했던 놀이들을 우리 집 안방에서도 거침없이 쏟아낸다. 그럴 때면 술래잡기 하느라 시간 가는 줄 모르고 내가 뛰어 놀던 사십년 전의 동네 골목이 환영처럼 다가와 추억의 물결을 일렁이며 아이들의 영롱한 눈망울의 호수에 푹 빠트린다.

내가 나이 사십이 넘어 곧 오십 줄에 접어들 것이라는 사실도 까맣게 잊은 채 우리 아이들과 동네 놀이터에서 미끄럼틀을 타고 그네에 매달리며 시소에서 한눈팔다 엉덩방아를 찧어 아이들이 웃음꽃을 터트릴 때도 나는 이제 막 여섯 살의 막내 아이를 닮아 있다. 오백 가구가 넘는 동네 놀이터가 자주 텅텅 비어 있다가도 우리 아이들이 들어

서면 외롭고 쓸쓸함은 가신 채 놀이터가 활기를 띠고 동네 아이들이 저절로 모여 북적댄다.

지금 큰딸아이는 열네 살의 중학생이고 막내는 여섯 살의 유아원생이다. 귀엽고 예쁜 동생이라며 손에 사탕하나라도 더 들고 오는 큰언니는 그다지 익숙지 않는 손놀림으로 가끔은 덕지덕지 때가 묻은 막냇동생의 발을 씻겨주곤 볼에 쉼 없이 뽀뽀를 해댄다. 더 귀엽게도 아내와 내가 급한 외출이라도 하는 날이면 의젓하게 밥상을 차려 자기들끼리 앙증맞게 모여 앉아 열심히 숟가락질하고 있다.

어디 그뿐인가, 피아노 연주 대회에서 대상을 받은 실력의 큰딸은 감미로운 피아노 선율을, 둘째 딸은 그 반주에 정겹게 노래를, 셋째 딸은 춤으로 분위기를 띄우고, 막내아들은 흥에 겨워 엉덩이를 들썩일 때, 난 '즐거운 우리 집'이라는 노래를 쉼 없이 마음으로 부르고 있다. 마치 우리의 행복을 그 누군가 빼앗아 가면 큰일이라도 되는 듯 말이다.

한번은 겨울 어느 날 엘리베이터를 타는데 공간이 좁을 정도로 꽉 차는 느낌이 들어 저절로 웃음이 나왔다. 겨울이라 두꺼운 옷을 겹겹이 껴입고 엘리베이터 안에 들어서자 공간은 좁아져 사람들이 머뭇거린다. 밖으로 나오자마자 내 얼굴을 물끄러미 바라보며 고개를 갸우뚱거리는 사람, 동네를 지날 때 수군대는 아줌마들 "저 사람이 글쎄 네 명이나 애를 뒀대. 남자가 원해서 그랬겠지 뭐." 어느덧 유명인사가 되어, 나는 동네 사람들의 얼굴을 모르는데 그들은 나를 꽤 반가운 얼굴로 맞이한다.

그런 덕분에 식구가 많아 힘들 거라며 동네 아줌마들은 푸짐한 음

식을 내밀기도 하고, 아이들을 다 키우고 정리해 둔, 한 보따리의 옷을 들고 와 혹시라도 얇아진 지갑 사정에 마음이 무거워질세라 나와 아내를 한껏 들뜨게 하곤 희망의 햇살을 끊임없이 비추어 준다. 그런 것을 싫어하지 않고 기쁜 마음으로 받아주는 아내가 있어 뿌듯하고 든든하다. 또, 오랜 혼자만의 생활에 젖어 좀처럼 세상 밖으로 내 자신을 내 놓지 않고 쉬 마음의 문을 열지 못했던 나도 햇살 가득한 삶의 뜰로 당당하게 걸어 나오게 된다.

세월이 많이 흐른 후에 우리나라에는 외아들 외동딸로 인해 고모, 이모가 사라지고 큰아빠, 작은아빠가 존재하지 않을 것이라는 안타까운 현실에, 우리 아이들에게는 남의 이야기일 뿐, 아기자기한 추억을 만들어 갈 고모와 이모가 있어 좋다. 또, 동생은 언니를 따르고 언니는 동생을 감싸주는 사랑스럽고 정겨운 우리 아이들의 미래를 상상하면 벌써부터 가슴이 두근거린다. 이에, 첫째 사위, 둘째 사위, 셋째 사위, 그리고 막내며느리, 사남매가 아닌 팔남매의 향연, 듣기만 해도 짜릿한 기쁨과 설렘에 온 세상을 다 얻은 느낌이다.

제 3 부
마음의 문 생각의 문

마음의 문 생각의 문

어떤 부부의 슬픔에 젖은 목소리가 귓전을 때린다. 난 나무토막과 같이 살아요. 그 사람은 들어오면 밥만 먹고 잠만 자요. 그리고 아침이면 아무 말 없이 대문 열고 나가요. 물어도 대답을 하지 않아요. 하숙생을 한명 키우는 것 같아요. 어찌해야할지 모르겠어요. 지금까지 살아온 세월도 억울한데, 앞으로가 더 걱정이에요. 차라리 강아지 하고 사는 것만도 못해요. 강아지는 사람을 보면 반갑다고 꼬리라도 흔들잖아요.

어떤 사람과는 가까이 있어도 마음은 천리만리 떨어져 있는 것 같고, 반대로 아주 멀리 있어도 늘 곁에 있는 것처럼 든든한 사람이 있다. 공간적 거리는 정서적 거리와 꼭 일치하지는 않는다. 우리들 마음속에 제 각각 보이지 않는 문이 있고, 문턱이 있고, 접근하기 힘든 철옹성이 있다. 생각의 문, 역시 마찬가지다. 아무리 상대방이 호의의 뜻으로 대화를 시도해도 생각의 문을 내려 닫는 순간 서로에게는 가까워질 연결고리가 뚝 끊기고 만다.

요즘에는 하루하루가 반성과 자기 성찰로 이어진다. 지금까지 살아오면서 과연 나는 다른 사람에게 어떤 존재였는가. 나는 그들에게 정말 마음의 문을 활짝 열어 놓을만한 친근함과 온유의 성질을 갖고 있었는가. 나는 그들의 생각을 언제든지 받아들일 준비는 되어 있었는가. 그들이 애타도록 손짓하며 함께 가자고 했을 때, 이유 없이 거절하지는 않았는가. 생각의 문은 열어 두되, 주관은 잃지 않았는가. 마음의 문을 열어 두되, 진리와 정의로 둔갑한 상식 밖의 것들을 무작정 받아들이지는 않았나.

생각의 문을 열지 않으면 자기 발전의 속도에 문제가 생길 수 있다.

다른 사람의 의견이 들어갈 틈이 없으므로 군중 속에서도 항상 '외로운 섬' 이다. 외로운 섬은 말 그대로 군중 속의 고독을 느껴야 한다. 그러나 그런 고독도 사치인지 모른다. 고독을 느낄 사람이라면 생각의 문을 이미 열어 두었을 게 뻔하다. 다른 사람의 생각이 들어갈 틈이 없는 사람에게 그 누가 마음의 문을 열겠는가. 생각의 문을 닫은 사람에게는 쉽게 다가설 사람이 없다. 독선과 오만의 극치를 달리는 사람에게는 따뜻한 마음도 주기 힘들다. 받을 준비가 되어 있지 않으므로 마음이 항상 가난해질 수 있다. 내 마음이 부자이길 바라면 마음도 나누어야 하고 생각도 나누어야 한다. 나누면 두 배가 되는 것이 우리네 삶이다. 수학 공식으로 접근하기 힘들다. 감정은 스스로 통제하기도 하지만 나누는 데에서 배가 되기도 하고 반감되기도 한다.

문득 불혹의 나이를 넘기면서 내 자신을 더욱 바라보게 된다. 그 동안에는 관찰의 초점을 나 자신보다 다른 사람에게 맞추었고, 내 자신의 부족함보다는 다른 사람의 흠결과 결점을 더 찾으려고 노력했다. 그래서 상대방을 평가절하하고 신랄하게 비판하여 거꾸로 내 자신을 돋보이려고 했는지도 모른다. 그러나 다른 사람을 깔아뭉개고 내가 올라서려 하면, 반대급부의 가혹한 화살을 맞는다는 것도 깨닫고 있다. '수신제가치국평천하', 세상을 살수록 마음에 더 절절이 와 닿는 말이다. 수신을 먼저 해야 한다. 내 자신이 가꾸어지지 않고, 내 자신이 온전한 마음자세를 갖고 있지 않는 채, 상대방으로부터 뭔가를 얻으려 한다면, 허공에다 헛발질하는 격이고, 허공에 외치는 공허한 메아리와 같다. 수신은 곧 내 생각과 마음의 자세를 가다듬고 빛나게 하려는 생각의 장치요, 마음의 장치이다. 그리고 너와 내가 하나가 될

수 있도록 묶어 두는 가치 있는 대화의 기술이고 교섭의 기술이고, 상대와 내가 하나가 되는 화합의 기술이다.

상대방을 인정하고 포용하고 있는 그대로를 받아들이는 연습도 필요하다. 진정 내 마음의 문을 제대로 열었다면, 사람 속에서 생각하고 결정하는, 사람 중심의 가치 있는 삶을 유지할 수 있으리라.

칭찬에 인색한 사람은 다른 사람에게 칭찬받지 못한다. 다른 사람을 인정하지 않고서 내 자신을 높이 평가받을 수 있겠는가. 사람관계는 시소타기와 같다. 내가 상대방을 누르려하면 반대편에 앉아 있는 사람은 더 높이 올라간다. 칭찬을 한다는 것은 상대방에 대한 마음의 문을 활짝 열어 두었다는 증거이다. 상대방을 인정하고 수용하는 자세는 내 자신을 발전시킬 기반을 마련하는 셈이다.

우리는 생각의 문이 꽉 닫혀 있는 사람을 향해, 수구 골통이라는 말을 서슴지 않는다. 그리고 있는 힘을 다해 힐난하고 손끝에 힘을 주어 손가락질을 주저하지 않는다. 어쩌면 그로부터 무시와 괄시 그리고 경멸을 당했다는 생각이 들었을지도 모른다. 심지어는 닫힌 생각의 문에 총을 난사하고, 신음하는 목소리를 들으려는 끔찍한 생각을 하게 될지도 모른다. 사고의 문이 닫힌 사람은 이렇게 무서운 공격에 부닥칠지도 모른다. 이런 무서운 공격은 차라리 다른 사람으로부터 관심의 증표인지도 모른다. 아예 상대를 하지 않을지도 모른다. 그게 바로 따돌림의 대상이 된다.

난 지금부터 생각의 문을 활짝 열어 두고자 한다. 또 마음의 문도 역시 그렇게 하고 싶다. 활짝 열려 있는 문에는 어쩌면 부도덕하고 몰염치한 생각들이 들어오지 못한다. 내 자신이 깨끗한 문을 갖고 있으

면, 다른 사람의 생각을 받아들일 때에도 그에 걸맞은, 참신하고 창의
적인 것들과 입맞춤할지도 모른다. 음흉하고 계략을 꾸미고, 중상모
략을 하는 사람들의 생각은 열린 문을 통과할 때 자연히 정화되고 걸
러져 저절로 스러져버릴 것으로 기대한다.

　세상에는 나 혼자가 아니다. 더불어 살아간다. 함께 어울리는 아름
다움이 있다. 내가 그들을 향해 다가설 때, 상대방도 조금씩 마음의
변화를 일으킨다. 닫힌 문이 스스로 열린다. 문은 금방 쉽게 열리지
않는다. 조금씩 서서히 다가설 때, 어느 순간 마음의 깊은 곳까지 우
리들의 생각이 전달되고 감동을 일으킨다. 감동을 이겨낼 재간이 없
다. 감동에는 너도나도 모두 두 손을 번쩍 든다. 마음의 문이 열렸다
는 항복의 표시이다. 그게 평화의 상징이다.

성공이라는 것

　성공의 기준과 목표 지점은 어디까지인가. 어떤 것을 성공했다 하고, 어떤 것을 실패했다고 하는가. 성공의 조건과 기준은 저마다 다르다. 더더욱 목표도 다르다. 성공의 조건에 재산, 학벌, 인맥, 명예, 감투, 어떤 것에 더 비중을 두는지 모른다. 단지 성공을 했다고 스스로 말하는 사람들의 면면에는 나름대로의 특색이 있고 주장이 있다. 다만, 우리가 그토록 꿈을 크게 가져라, 목소리 높였던 것들이 자라나는 아이들을 성격의 이단아로 만들어가고 있는 것은 아닌지 되짚어 본다.

　성공이라는 허영 아닌 높은 허영에 매달려 평생토록 허우적대며 사는 사람, 그 허영에 가까운 욕심을 채우느라 주변 사람들을 다 잃고 독불장군처럼 외로이 살아가는 사람을 보면 우리 내면의 생각과 마음의 자세가 얼마나 중요한지를 깨닫게 된다. 성공이라는 것에 남에게 뽐내고 싶은 것들을 떼다 붙여 자랑거리로 삼고 싶은 인간의 충동, 그런 것들로 사람을 지배하고 싶어 하고 으스대는 요란한 심술을 보노라면, 인간 내면 심리의 오묘함에 숙연함마저 든다.

　흙 묻은 농부의 손이 성공을 부르는 멋진 손놀림이 될 수 있고, 뜯어진 바지를 재단하고 잘 꿰매는, 재봉틀 소리를 들으며 땀 흘리는 재단사의 모습에서 성공의 신화를 엿볼 수 있으며, 가위 소리에 장단을 맞추며 엿을 파는 엿장수의 모습에서도 성공이라는 단어를 떠올린다. 내가 어떤 마음으로 어떻게 살아가느냐가 성공의 기준이 되고 성공의 열쇠가 되고, 성공의 배경이 되는 것은 아닐는지. 비단 깨끗한 양복에 반짝반짝 빛나는 넥타이를 매고, 손끝으로 부하 직원을 부리며 큰 흔들의자에 앉아 삐거덕 소리를 내며 한가로이 전화기를 들었다 놓았다 해야 성공한 사람은 아닐 것이다.

성공과 행복은 공통점이 있다. 둘 다 마음먹기에 따라 확연히 달라지기에 그렇다. 여유롭게 그리고 풍족하게 살아갈 물질적 재산을 충분히 갖추고 있으면서도 더 배를 채우지 못해 허덕이는 사람은 늘 배고픈 사람이다. 마음이 가난한 사람이다. 늘 자기 자신을 채우느라 주변사람을 돌아볼 틈도 없으려니와 자기 자신에게도 인색하게 군다. 재산은 많되 베풀지 못하매 다른 사람의 호주머니에서 뭔가 나오기만을 기다린다. 의지하려 든다. 이런 가난뱅이는 더 치졸해 보인다. 이런 사람은 물질적으로 성공했다 자부할지 모르지만, 정신적으로 빈곤한 삶을 누리는 실패자인지도 모른다. 성공과 실패의 이분법적 잣대를 들이대는 것도 우습지만 스스로 성공이라는 여기는 것들이 때로는 냉소와 질투의 조롱거리로 전락하는 경우도 있으니 말이다.

내가 성공하면 꼭 연락할게 - 보통 사람들의 말이다. 그러나 이렇게 말하는 사람치고 성공했다고 전화를 하고 즐거움을 같이하려는 사람이 드물다. 성공이라는 것은 만족이라는 양념을 칠하고 자기 자신을 침착하게 들여다 볼 때, 살며시 찾아오는지도 모른다. 성공은 보이지도 않고 냄새도 없다. 이루어낸 것 없이 큰 소리를 치라는 것은 아니지만, 분수를 알아야 하고 자기 자신을 직시할 줄 알아야 한다. 성공의 조건과 기준은 사람마다 다를 수 있기에 말이다. 절대적 성공의 기준은 그 어디에도 없다.

만약 지나치게 성공의 목표를 높이 정해놓고, 그것이 이루어져야만 만족감을 갖게 된다면 그 과정에서 너무 많은 것들을 잃어버릴지도 모른다. 자기가 정한 성공의 목표에 도달하기 위해 이겨내야 하는 시간이 지나치게 길어져 종국에는 목표를 이루었다 할지라도 삶의 좋은

추억거리를 만들지 못했다는 후회감에 젖을지도 모른다.

　꼭 사법고시에 합격해야만 성공의 기준으로 보고, 나이 사십을 넘기고도 한 평 남짓 고시촌의 쪽방에서 쭈그리고 앉아 부채로 더위를 쫓으며 힘든 시간을 보내는 사람, 국회의원 배지를 꼭 가슴에 다는 것만이 유일한 성공이라고 여기며 낙선의 풍랑 앞에 보금자리를 잃어 가족들마저 고통의 늪으로 몰아넣는 사람들도 있다.

　삶의 목표가 없으면 표류하는 배와 같다. 하지만 그들이 생각하는 성공이 그렇게 꼭 값어치 있는 것이라고 모든 사람들이 여기는 것은 아니다. 10년 사법시험 공부에 패배의 쓴 잔만 맛보고, 고개를 숙이는 사람에게도 도전의 아름다움이 있고, 국회의원에 번번이 낙선을 했지만 큰 포부로 희망과 꿈을 키워가는 그들이 모두 허영에 들떠 있는 것은 아니다. 다만, 그들이 그토록 간절히 갈망하며 성공의 조건이라고 여기는 것들이 어떤 이의 관점에서는 한낱 사치로 여겨질 수도 있다. 성공이라 여기는 것, 그리고 기준점은 사람마다 다르다는 점에서 그렇다.

　한 가지 걱정스러운 것은 성공이라는 목표가 실현될 때까지 모든 것을 뒤로 미루고 전력 질주하는 동안, 주변의 사람들이 그를 편안한 마음으로만 기다려 주지 않는다는 점이다. 기다림에 지쳐, 아니면 외곬으로 낙인 찍혀 사회성의 기반을 갖추지 못할 때 대인관계의 외로움과 고통을 혼자 감수해야 하는지도 모른다. 그가 그토록 갈망했던 성공이라는 것이 이렇게 허무함으로 돌아오는 것이다.

　인간 수명의 한계, 그 주어진 삶 속에서 우리는 쉼 없이 뛰면서도 함께 걸어가야 할 준비와 마음자세를 잃지 말아야 한다. 혼자는 살아갈

수 없기에 말이다. 그래서 늘 인간 처세를 논하고, 사회성과 친화력을 말하며 리더십을 강조하는지도 모른다. 스스로 행복해하며 성공했다는 자긍심을 갖더라도 결국 사람과 사람 속에서 자아실현의 꿈을 펼쳐야 하는 삶의 한계를 인식해야 한다.

성공이라는 수렁에 빠져 나오지 못한 채 삶을 정리해야 한다면 이 얼마나 슬프고 가련한 일인가. 시작과 끝을 아는 삶의 자세, 그리고 결과에 앞서 과정도 있다는 것도 인식할 때 진정한 성공의 꿈이 실현되는 것은 아닐는지. 성공의 조건과 기준을 잘못 설정하여 도리어 인간이 갖추고 누려할 것을 잃어버리지나 않을까 조바심에서 괜히 한마디 해 둔다.

술의 빛과 그림자

　이 세상에 술이 없다면 어떻게 될까. 울고 웃는 인간사에 술이 있어 좋고, 술이 있어 사람을 모으고, 술은 너와 나를 하나로 묶는 강한 촉매 역할을 한다. 우리나라 사람이 술을 먹는 양은 세계 수준급이고, 러시아 다음에 우리나라를 지목할 정도로 술에 빠져 살아가는 사람들이 많다. 술은 중독성도 강하고, 마음이 연약한 사람이나 그렇지 않은 사람이나 흉금을 털어 놓게 하는 마법 같은 존재이다. 주말 같은 날, 시내 번화가에 들어서면 대한민국 전체가 술독에 빠져 비틀거리는 것처럼 보인다. 대부분의 모임 장소에는 술은 꼭 등장한다. 얼큰하게 취하고 분위기가 무르익으면 사람들은 거침없이 속마음을 내비치며 강한 동지애를 발산하며 순식간에 하나가 되어가는 느낌을 받는다. 짧은 순간에도 그저 오랜 동안 사귀어 온 친구처럼 가까워지고, 술을 마시는 주변 환경은 급속도로 지상낙원으로 변하고, 모두가 자기 자신을 즐겁게 하는 존재로 비추어진다. 모든 사람이 좋아 보이고, 하다못해 거치적거리던 사물도 자신에게 순응해 보이는 것처럼 보인다.

　오죽하면 우리사회를 술 권하는 사회라고 했는가. 마시지 못한 술을 끝까지 마시게 하고, 상대방이 곤두레만드레 되어 서로 어깨동무를 하고서야 비로소 저놈이 나하고 동지가 되었구나 하는 의식을 가지는 게 우리 한국 남자들의 특성이다. 건배 잔을 비우지 않았을 때는 불호령이 떨어져 끝까지 마시지 않으면 동료들을 배신하는 것만큼이나 죄의식을 갖게 하는 술자리 분위기가 때로는 버겁고 부담스러울 때도 있다. 어떤 이들은 일종의 중독성 약물과 같은 술을 멀리 하지 못한 데서 오는 그 어두운 그림자를 안고 산다. 때와 장소를 가리지 못한 술로 하루아침에 운전 면허증을 박탈당해 경제활동에 치명타를

입고 살림은 기우뚱거려 급박한 상황으로 내몰린다. 잦은 음주와 늦은 귀가로 가족들에게까지 배척을 당하고, 신용을 잃어 때로는 길거리 신세를 면치 못하는 경우도 있다.

음주운전에 자꾸 단속이 되고 경제적 여건마저 불리해지자 어떤 사람은 아예 제주에서 조랑말을 하나 구해, 말을 타고 이동하는 기현상까지 나타나 뉴스거리가 된 적도 있는데, 술에 취한 주인을 집까지 모시느라 고생하는 그 말의 고달픈 행로가 가여워 보였다.

그러나 술은 불가능한 일도 가능하게 하는 마력이 있다. 술의 힘을 빌려 청혼을 하고, 참아왔던 비밀을 털어 놓고, 너와 내가 하나가 되고자 결의를 하고, 밤새도록 가슴 속의 응어리를 풀어버리고, 그야말로 맨 정신에 할 수 없는 것들이 술을 동반한 밤의 역사에서 새롭게 쓰인다. 술이 매개체가 되어 만들어 내는 크기와 양은 측정하기 어렵다. 적당히만 마시면 술이 건강에 좋고 딱딱한 분위기를 부드럽게 하고 사람들 사이의 관계도 원만하게 만든다. 후회, 갈등, 원망을 사라지게 하고, 그리움과 추억을 새롭게 만들어 주기에 그렇다.

불콰해진 얼굴로 사이좋게 걸어가는 연인들의 뒷모습에 떨어지는 석양의 그림자는 그 어느 화가가 그린 화폭의 그림보다도 더 아름답고, 저녁노을을 벗 삼아 흥얼거리며 골목길을 걸어오시던 아버지의 내면의 모습을, 술이 아니고서는 발견하기 어려웠으리라. 또 나뭇등걸 같이 감정이 메마른 내가 지금의 아내를 만날 수 있었던 것도, 다 술만이 가지고 있는 독특한 사랑의 향기 덕분은 아닐까.

지금 이 순간에도 시골 동네의 한적한 사랑방에서는 어르신들이 술잔을 주고받으며 고향을 떠난 자식들에 대한 그리움을 달래고, 화려

한 정원처럼 꾸며진 공원에서 연인끼리 부부끼리 친구끼리 마주보며 술잔을 기울이며 잊지 못할 추억을 만들어내며, 일상에서 받은 권태와 묵은 찌꺼기를 훌훌 털어내고 있다. 술만이 가지고 있는 위대한 힘이다.

사실 나는 많은 술을 마시지는 못 한다. 그저 한자리에서 서너 잔이면 기분이 좋아지고 긴장이 풀린다. 내가 그 정도의 술을 마시면 잘 마시는 사람들의 소주 두 병의 양과 같다. 그러기에 술을 아주 잘 먹는 사람 옆에 앉으면 곤란함을 겪는다. 그들과 주량을 같이 맞추자면 나의 힘이 달리고 속에서 탈이 나 거북한 술자리가 되어 나중에 뒤 끝이 개운치 않다. 심하면 토하고 쓰러지고 술자리에 있었던 것을 기억을 못하니 말이다.

우리나라의 술 문화는 강제와 빠름의 문화이다. 나는 이것을 지적하고 싶다. 단 시간 내에 많은 양을 들이키고 마치 전투를 치르듯 한다. 빨리 마시고 빨리 취하는 습성이 있다. 그게 문제이다. 술은 시간적 여유를 두고 적당히 즐기면서 마셔야 하는데도, 있는 술을 마셔버려 끝장내듯 한다. 우리 국민의 조급증은 술자리에서 이렇게 굴절되어 나타난다. 마시는 순간은 내일도 없고, 미래도 없다. 이 순간이 인생의 끝처럼 보여 겁이 날 때도 있다. 한 자리에서 끝나지 않는다. 장소를 옮겨가며 술을 먹고, 결국 술이 파국을 몰고 온다. 그게 무섭고 진절머리 난다. 이렇게 술을 마시는 속도가 빠른데도, 그것을 느리다고 여기는 사람들 중에는 이른바 폭탄주를 돌리고, 상대방이 망가지는 모습에 흥겨워하기도 한다. 그러다 보니 자연히 실수가 찾아오고, 엉뚱한 결과를 초래하여 그 이튿날 업무에 막대한 지장을 주고, 후유

증도 만만치 않다.

술이 없다면 살아가는 맛은 그만큼 덜할 것이나, 적당히 술을 마시는 술 문화를 다시 정립할 필요가 있다. 상대방의 주량을 헤아려 줄줄 알고, 서로를 배려하고 아픈 마음을 어루만져 주며 정답게 마시는 술이라면 얼마나 좋은가. 그저 자신의 기준에 맞춰 상대방에게 음주를 강요하고, 억지 술잔을 돌리는 것은 어찌 보면 함께 술을 마시는 사람들에 대한 자율권 침해에 해당되는 것은 아닌지 모르겠다. 술 한 잔에 정성을 담고, 두 잔에 기쁨을 담아, 세 잔에 하나가 된다면 지나친 음주는 피해가지 않을까. 그런 연습도 필요한 것 같다. 술의 양이 상대방을 이해하는 깊이와 정비례하지는 않는다. 중요한 것은 변함없는 마음이다.

그나저나 대한민국 사회가 술 중독으로부터 언제나 빠져 나올 것인가. 그게 궁금하다.

능력에서 권력까지

두 사람 이상이 모인 집단에서는 꼭 누군가 리더가 나오게 마련이고, 한 사람은 그 리더를 따르는 형국이 될 가능성이 높다. 의견을 통합하고 추스르고 올바른 방향으로 이끌어갈 조직의 리더는 우리 사회에 필수조건임에는 분명하다. 적어도 수십 명 혹은 수백 명이 되는 조직에서는 본의든 타의든 리더가 형성되고 자연스레 보이지 않는 추종자들이 생겨난다. 그런데 이런 과정에서 과연 지도자로 평가받고 능력을 인정받았다고 자부하는 사람들은 반드시 우리가 생각하는 올바른 평가와 정확한 평가에 걸맞게 그 지도자의 위치에서 서게 된 것일까.

사람들은 무의식중에 명예욕이나 권력욕이 마음속에 잠재해 있다가 일정한 조건이나 기회가 오면 꿈틀대며 수면 위로 떠올라 치열한 경쟁의 대열에 서게 된다. 남녀 구분 없이 그런 권력욕에 한번쯤 눈을 크게 떠본다거나 욕심을 차려본 적이 없다는 것은 순전히 거짓말인지도 모른다. 명예를 위하여, 권력을 위하여 역사 속에서 어떤 이는 수많은 사람들의 목에 칼을 들이대고, 가슴에 방아쇠를 당겨 피로 물들이고도 죄의식은커녕 천하를 호령하기도 했다. 가까운 우리의 역사에서 얼마나 잘 나타나 있는가. 군부의 총부리에 쉼 없이 스러져간 저 광주 영령들은 지금도 갈 곳 없어 이곳저곳을 헤매고 있다. 권력은 그만큼 인간의 본능에 가까우면서도 사람들로 하여금 깊은 유혹에 빠져들게 하여 비참한 결과를 만들어 내기도 한다.

평화라는 이름으로, 번영이라는 이름으로 세계를 손아귀에 넣고 싶어 했던 역사 속의 인물들도 그들 나름대로는 참되고 올바른 인식이라고 마구 몰아붙이면서 참으로 많은 사람들을 괴롭히고 고통 속으로 밀어 넣었다. 도대체 그 권력의 달콤함이란 무엇으로 비교할 수 있고,

황성하 수필집

어떻게 잠재울 수 있는 것일까. 일정한 능력을 인정받아 민주적 절차에 의하여 얻은 권력일지라도 모든 사람을 충족시켜 줄 수는 없다. 그것은 능력의 한계일 수도 있고, 능력으로 인정하기까지의 평가자들의 한계에서 오는 것일지도 모른다.

권력은 지배를 동반한다. 또 권력은 많은 사람들 앞에서 자기 자신을 치켜세우고 다른 사람을 지배하는 과정에서 쾌락과 즐거움을 온몸으로 느끼게 하는지도 모른다. 그렇지 않고서는 왜 그렇게도 힘든 역경과 시련과 고난을 등에 업고 권좌에 앉아 보려고 하는 것일까. 그 시련들이라는 게 일정한 권력을 손에 쥐기만 하면, 상쇄하고 남음이 있어서 일까. 또 능력으로 평가 받으려는 그 자체에서 모순과 불순물 섞인 아첨과 거짓말을 어두컴컴한 곳에서 아무도 모르게 사용하지는 않았는가. 이런 맥락에서 나는 사람이 일정한 권력에 들어서기까지 기본으로 하는, 또는 평가의 잣대가 되는 능력에 대해서 생각해 본다.

아마도 이 땅의 많은 사람들이 성실하게 땀 흘려 일하고 갖은 노력을 다하면 좋은 결과가 있을 것이라는 기대감에 차 있을 것이다. 그러나 아쉽게도 우리의 능력의 평가 기준은 열심히 일함으로써 오는 것들도 있지만, 행운과 기회와 여러 조건들이 맞아 떨어져야 함을 인식해야 한다. 내가 뿌리고 가꾸고 정성을 들여왔던 것들도 시대의 흐름에서 비켜 있다면 평가를 받기는 어렵게 된다.

그런데 상당히 못마땅한, 그래서 질타의 시선을 거두기 어려운 부분이 바로 불규칙하고 음흉하게 나타나는 처세이다. 진정성을 가진 최소한의 예의냐, 아니면 무조건적인 아부냐를 놓고 많은 사람들이 평가 대상자를 예리하게 관찰하고 냉철한 이성으로 비판하려 든다.

아니 때로는 이성을 잃은 감성과 감정으로 그를 평가하려는 경향도 없지 않다. 단지 무조건적 아부냐 부드러운 겸손과 예의냐의 평가기준은 사람마다 다르기에 뭐라고 단정 짓기는 어렵다. 본인만이 알고, 본인만이 알아서 처신해야 할 이 부분에서 우리는 매일 같이 갈등하고 여러 잡음을 내면서 조직 속에서 끊임없는 말을 만들어 내고 때로는 그 여론에 지쳐 비틀거리기도 한다.

가장 문제가 되는 것은 많은 조직원들이 그 평가대상자를 손가락질하고 침을 뱉을지라도, 최고 경영자가 그에게 일정한 위치와 권력을 손에 쥐어 주었을 때, 손가락질했던 사람들의 분노와 흥분과 더 격렬한 비판이 거세게 일면서 조직의 효율성을 떨어지게 한다는 것이 큰 문제이다. 이렇게 우둘투둘한 상황이 지속되지만, 최고 경영자의 눈에 띄어 일정한 권좌에 오른 사람은 거세고 성난 목소리를 제대로 들으려 하지 않는 경향이 있다. 올바른 능력과 올바른 평가의 산물로 어렵게 받아냈다고 스스로 인정해 버리는 그가 갖고 있는 권력의 꿀단지를 쉽게 다른 사람 앞에 내 놓으려 하지 않고 더욱 견고하게 움켜지며 권력의 끈을 더 졸라매려 한다.

능력을 평가하는 최고 경영자의 시각도 평가의 결과를 예측 불허하게 만든다. 평가자의 위치에 있는 사람이 어떤 취향과 취미를 갖고 있느냐가 상당히 중요한 변수로 등장하게 되는데, 이를테면 평가자가 술과 잡기에 강한, 이른 바 주색잡기에 강하다면 그와 유사한 흥미와 적성을 가진 자는 그렇지 않은 자보다 좋은 평가를 받을 확률을 안고 있는 셈이다. 평가자가 평가를 할 때 자기 자신의 취미와 적성에 관계 없이 업무중심, 혹은 인간관계 중심에서 조직을 이끌어 갈 수 있는 기

본적 요소에 충실하여 결과를 산출하려해도, 이미 가지고 있는 고정관념이나 고정된 시각이 객관적 평가를 하는 데 방해로 작용할 만큼의 체질화가 되어 있다는 게 문제다. 객관적 시각을 가지려 해도 체득된 그의 특별한 시각과 고쳐지지 않는 생각들이 능력에 대한 공정한 평가를 흐리게 하고 낮은 수준의 평가를 내 놓게 되는 셈이다. 그렇다 보니 평가자와 비슷한 취향을 가진 사람들이 주변에 득실거리게 되고, 이들은 비슷한 생각을 갖고 행동하고 판단할 가능성이 높기에 그들이 판단한 결과가 균형감각을 잃고 한쪽으로 치우칠 소지마저 갖고 있는 셈이다. 이른바, 집단체면에 걸려 위험스런 방향으로 가도 그 아무도 올바른 길로 안내해 줄 사람이 없다는 점이 실로 두렵게 만든다.

많은 조직원들이 상실감과 내재적 갈등을 일으키게 되는 원인 중의 하나가 바로 정당한 능력으로 올바른 평가를 받고 리더의 자리에 올라 서 있는가에 회의를 느끼게 될 때인데, 바로 이런 부분에서 많은 사람들이 생각하는 객관적 기준과 균형감각의 범주에서 상당할 정도로 벗어나 있다면, 그 조직원들은 리더의 위치에 있는 사람을 도와주고 협력하기보다는 방관하고 냉소적이며, 소극적으로 업무에 임하게 될 가능성이 높아져 결국 조직 전체의 생산성이나 효율성 그리고 단합이 깨지고 만다. 그렇게 되면 점점 조직 내에서 잡음이 생기고 불협화음의 날카로운 음성이 조직의 분위기를 지배하게 되어 방향감각을 잃고 표류하는 망망대해의 배로 전락하고 마는 것이다.

분명 사람들은 평가를 받고 싶어 한다. 그리고 평가를 통하여 능력을 인정받고 그 능력을 바탕으로 일정한 권력, 그것이 큰 것이든 작은 것이든, 그 권력을 휘두르고 싶어 하는 본능에 가까운 감정을 갖고 있

는 것이 인간의 마음이라고 단정 짓는다면 큰 오류를 범하는 것일까. 그것이 그다지 큰 오류나 잘못된 판단이 아니라면 아마도 이 땅의 만든 조직과 조직원들은 갈등과 경쟁과 그리고 능력의 올바른 평가 문제를 놓고 끊임없이 많은 말을 만들어 내며, 많은 조직들 중에는 갈지자걸음으로 뒤뚱거릴 게 뻔하다.

이유 없는 돌팔매질

목사가 거짓말을 하고, 이권에 개입하고, 여성을 농락했다면 사회가 그만큼 시끄러워질 것이다. 아니, 세상에 목사라는 사람이 여자를 건드려, 하고 울분을 참지 못하고 고래고래 소리를 지르는 사람도 있을 법하다. 그러나 대다수의 목회 일을 하는 목사의 신성한 종교행위는 일정한 평가를 받고, 존중을 받고 있는 것이 현실이다.

교사에 대한 사회의 시각도 이와 비슷한 데가 있다. 똑같은 행위의 결과를 놓고, 교사에게는 아주 엄격한 윤리와 높은 수준의 청렴성을 요구하고 있는 상황에서 잘못을 저질렀을 때의 사회적 파장은 만만치 않은 게 현실이다. 그러나 교사 집단에 대한 사회의 따가운 시선과 매몰찬 언행에 대해, 교직에 몸담은 사람으로서 그 허구성에 대해 여러 사람들에게 밝히고 싶은 마음이다.

한번은 초등학교 동창회에 나갔다가, 이유 없는 돌팔매질에 어이없이 당하고, 망가진 기분으로 집에 돌아왔던 일이 있다. 거기에는 여자 동창생들도 꽤나 모였고, 특히 내 또래의 여자동창생 중에는 자녀가 중·고등학교는 물론 대학교까지 마친 친구들도 있었다. 이들의 입에서 나온 거친 말들은 모두 교사집단이 사회의 악처럼 느껴질 정도로 듣기 민망하고 거북하기 짝이 없었다. 그들의 자녀가 학교 교육을 받고 그렇게 번듯하게 자란 것만 해도, 학교 교육에 대해 감사하게 여겨야 할 그들이 왜 그토록 분노에 찬 흥분을 감추지 못할까. 밥을 다 먹고 나서, 그 그릇을 내동이치는 것과 뭐가 다른가.

사실, 교사도 교사이기 전에 기본은 보통사람이다. 그러나 학교에서 아이들을 선도하고 모범을 보여야 할 위치에 있다는 것이 그들로 하여금 높은 윤리수준을 요구하고 있다. 특별히 이와 같은 교사집단

을 성토의 대상으로 몰아 부치는 데는 언론의 책임이 크다는 것을 맹렬히 지적하고 싶다. 소위 논리적이고 비판의식을 가진 언론매체와 그에 종사하는 논설위원들의 사설 칼럼을 보면, 지나치게 침소봉대해서 아직은 비판력과 판단력이 갖추어지지 않는 사람들에게까지 분노와 울분을 사게 하는 경우도 있지 않나 생각을 해 본다. 어떤 때는 마치 현실을 도외시하고, 어두운 지하 방에서 상상만으로 써 내려간 소설 같은 느낌이 들 때가 있다. 정말 현장에 와서, 직접 확인하고 느낀 점이 아니라는 점이 든다. 혹, 몇몇 사람이 제공한 잘못된 자료를 갖고 판단한 것은 아닌지 모르겠다. 한발 더 나아가 어떤 사람의 몸에 박힌 점 하나를 현미경으로 확대하여 마치 검둥이처럼 이야기하는 것과 같은 느낌마저 든다.

열 명의 교사 중에 아홉 명은 열악한 교육환경 속에서도 허리 펼 시간도 없이 맡은 바 임무를 다하고 있다. 아이들을 위해 최선을 다하고 몸을 아끼지 않으며, 땀을 뻘뻘 흘리며 갖은 노력을 다 쏟아 붓고 있다. 그럼에도 한두 사람의 잘못을 언론에서 지나치게 편향되게 다루고, 확대 재생산을 한다는 느낌을 받고 있다. 신문지상에 나와 있는 기사 내용에는 교육종사자에 대한 비판은 칼날을 세울 대로 세워, 교사들이 그들의 먹이에 지나지 않을 정도로 비참하게 찢기고 할퀴어 있다. 아주 미세하고 보잘 것 없는 것을 크게 확대하여 모든 것이 그런 양, 취급하다보니 그것을 읽는 독자나 텔레비전 시청자들은 교육현장을 황폐하고, 뭐 하나 건질 것 없는 부패한 곳으로 바라보는 경향이 있다.

교사들의 잘못은 철저히 지적하되 미담사례도 어느 정도 비율을 맞

추어 보도를 했으면 한다. 때로는 칭찬을 앞세워 교사들의 위신과 사기를 높여주어, 잘할 수 있도록 유도하는 것도 언론의 책임이 아닌가 생각을 한다. 칭찬받아 기분 나빠할 사람이 없다. 그것은 애나 어른이나 마찬가지이다. 칭찬 없는 비판은, 비난에 가까울 뿐만 아니라, 비난만 받은 사람은 궁지에 몰리고, 결국에는 어디에도 설 수 없는 초라한 신세로 내몰린다. 이런 상황에서는 더 잘 해야겠다는 의지보다는, 어차피 낙인찍힌 몸인데, 하고 자포자기로 흐를 가능성도 있다.

가정에서도 마찬가지이다. 자녀를 키울 때도, 아이의 잘못만을 계속 집중적으로 물고 늘어지면 그 아이가 설 자리가 없어진다. 잘못을 지적하되 칭찬과 격려를 아끼지 않을 때, 그 아이도 균형 감각과 객관적 의식을 동반한 건강한 사람으로 성장하는 게 당연하다.

이유 없는 돌팔매질은 곧 학교와 교사의 불신으로 이어지고, 결국 그 누구에게도 도움이 안 되는 상황으로 급속히 치닫는다. 학부모의 학교에 대한 불신은, 학생들의 인식에도 커다란 영향을 준다. 어른들의 의식 속에서 잠자고 먹고 자라나는 학생들의 정신적 성장형태가 고스란히 학부모의 모습을 닮는다고 할 때, 그 폐해도 이만저만이 아니다. 누구에게도 도움이 되질 않는다.

교사 집단에게 높은 수준의 기대를 하고 그에 상응하는 결과를 요구하는 것도 중요하지만, 의도적이지 않고 우발적 단순 실수의 경우에는 관용과 사랑으로 덮어주는 것도 때로는 필요하다. 교사의 권위와 명예를 짓밟은 채 자녀의 올바른 교육을 원하는 것은 자기가 먹을 밥에 침을 퉤 뱉고 식사를 하는 것과 같다. 공교육을 살리는 것은 교사들의 힘만으로 이루어질 수도 없다. 이것은 사회 전반적 분위기와

학부모 학생 교사들이 서로 합심하고 머리를 맞대고 생각해 내도 될 동말동한 일을 한쪽에서 계속 대안 없는 비난의 칼날만 세우면 교사의 사기와 교직열기도 함께 떨어질 수밖에 없다.

난 앞에서 학교 동창생, 지금 학부모 자격에서 학교와 선생님들을 바라보는 그 친구들이 그렇게 이유 없이 돌팔매질할 정도로 마음의 여유가 없거나 몰상식한 감정으로 비난할 만큼 양심 없는 친구들이라는 생각을 해 본적이 없다. 그들도 한때, 학창시절이 있었고, 아직까지 존경하며 만나는 선생님도 있다. 그 시절의 선생님들만큼 지금의 선생님이 모조리 잘못되고 파렴치한 선생님이라는 증거가 어디에 있는가.

이 모든 것들을 언론의 책임만으로 돌리는 것은 아니지만 아주 상당부분은 언론기관의 자성과 자숙이 필요한 시점이라고 말하고 싶다. 언론은 그야말로 여론 선도의 큰 중심에서 사람들의 의견을 몰아가는 큰 기능을 하는, 사회의 공기라는 점에서 못내 아쉬움이 뒤따른다.

신성한 역할을 다하는 언론은 존중받아야 하지만, 이유 없는 돌팔매질을 유도하는 것은 바람직하지 않다.

황성하 수필집

다문화 시대

　요즘 농촌학교에서 혼혈아를 흔하게 볼 수 있다고 한다. 피부색은 다르지만 태어난 곳도 ,말투도 그리고 놀이방식도 같은 아이들을 말이다. 결혼 배필감이 절대 부족한 탓도 있지만, 지구촌이 하나의 개념으로 인식되면서 국제결혼이 그만큼 늘어났다는 증거도 된다. 이제 세계는 국경을 넘어 하나의 거대한 시장으로 변화되고 있는 것만은 사실이다. 사람관계이든 물품 교역이든 과거처럼 국경이 장애가 되는 시대는 아닌 것 같다.

　이른바 다문화 가정이라고 일컫는 혼혈아동의 성장환경에 단일민족의 뿌리 깊은 정서는 그들을 끈질기게 괴롭히는 학질과 같은 것은 아닌가 생각한다. 똑같은 능력과 재능을 가진 그들을 편향된 시각으로만 바라본다면 그들은 분명 같은 땅에 살면서도 한정된 영역에 갇혀 있는 새와 다를 게 뭔가. 내 자신이 소중한 것만큼 다른 사람도 소중하고 우리 민족이나 문화가 소중한 것처럼 다른 민족의 풍습이나 문화도 인정해야 하는 것은 아닌지. 피부색이 다른 그들이 우리나라를 선택하고 우리 민족을 선택했다면 그에 상응하는 아름다운 모습도 보여주어야 한다는 생각을 한다. 그게 바로 민족과 민족에 대한 평등의식이 아닐까.

　이제 다른 나라 사람이나 다른 문화도 인정해야 한다. 피부와 언어가 다르다고 해서 무조건 배척하고 괄시하며 소외시키는 버릇은 고쳐져야 한다. 결혼 상대자가 부족하여 가까스로 일으켜 세운 다문화 가정에 도움은 주지 못할망정 경멸의 손가락질로 그들의 가슴에 상처를 내고 사회활동에까지 제약을 주려는 의도는 하루 빨라 사라져야 하지 않을까 생각을 한다. 오랜 역사와 전통을 자랑하는 단일민족의 특성

상 쉽게 다른 민족을 받아들이기 어려운 측면도 있지만, 이제부터라도 조금씩 변화의 물결에 순응하고 합심하는 미덕을 길렀으면 한다.

일부는 한국의 문화를 제대로 알지 못한 채 결혼하여 힘든 나날을 보내는, 사정이 딱한 외국인도 있다. 우리나라의 경우, 결혼 상대자의 절대적 부족으로 외국인과 결혼을 한 경우도 있으므로, 그들을 우리가 따뜻하게 안고 가야 할 의무도 있는 것 아닌가. 인간의 본성에 가까운 결혼과 출산의 신성한 부분을 채우지 못한 것에 외국인 여성들이 어려운 선택을 해 준 것이라면 국가차원에서 감사함을 가져야 하는 것은 아닌지 모른다. 이런 그들을 우리가 홀대하고 무시하며 깔보는 행위는 인격모독을 넘어 상대방 문화를 인정하지 않으려는 자기 아집에 가까운, 하루바삐 시정되어야 할 부분이다.

가족 구성원도, 회사의 조직원도 반드시 순수 혈통으로만 구성되어야 한다는 법도 없다. 우선 같은 혈통은 빨리 문화에 적응하고 기업의 이익창출에 도움이 더 될지 모르지만, 외국인 근로자들이 나름대로 힘을 아끼지 않고 성실하게 노력하는 부분도 과소평가 되어서는 안 될 부분이다. 평화와 행복을 지향하는 데에 순수 혈통만을 최고의 선으로 여기는 것도 극도의 자기 문화 중심주의요, 진정한 평화 실현의 목적에 순수 혈통만을 고집하는 것은 한쪽의 평화를 깨트린 반쪽짜리 평화주의나 마찬가지 아닐까.

또, 순수하게 피를 나눈 형제라고 해서 반드시 화목한 가정이 된다는 보장도 없다. 때로는 재산을 놓고 형제의 의를 저버리고 총질을 하고, 때로는 한 치의 양보도 없이 눈앞의 이익을 위해 형제끼리 소송에 처절하게 매달린다. 참 추악하기 이를 데 없다. 한 배 속에서 태어난

자식이란 생각이 전혀 들지 않는다. 이런 정도라면 피를 나눈 형제가 뭐 그리 대수롭고 중요한가. 남보다도 못한 것 아닌가. 차라리 잘 둔 이웃사촌은 형제보다 더 끈끈한 의를 자랑한다. 함께 기쁨과 슬픔을 나누고, 함께 해외여행을 하고 함께 고민을 털어 놓고, 아픈 상처를 어루만져 준다.

아픔을 나누는데, 그리고 행복을 만들어 가는데 피부색이 다르다고 해서 방해 되는 것이 있는지 묻고 싶다. 언어와 문화가 다른 그들을 단숨에 우리와 똑같은 생각을 하고 똑같은 행동을 해 주길 바라는 데에는 무리가 있을 수 있다. 하지만 우리의 문화와 풍습이 다른, 그들의 최종 지향점도 평화요 행복이라는 점에서는 일치한다. 그 지향점을 향해서 함께 걸어가는 데 그다지 크게 방해가 되지 않는다면, 그것은 우리가 참고 기다려 주어야 할 부분이라고 생각한다. 민족의 성숙함과 넉넉함은 바로 이런 데에서 나타난다.

피를 나눈 형제는 아니지만 의로써 형제를 맺고, 믿음으로써 한 가족이 된 사람들이 얼마나 많은가. 내 배가 아파서 난 자식이 아니라 가슴으로 난 자식을 입양해 친자식보다 더 훌륭하게 키워낸 부모들이 얼마나 많은가. 세상을 살아가며, 자아실현을 하는 데, 반드시 피를 나눈 형제가 아니어도 가능하다는 것을 보여주는 숭고한 방증이 아닐 수 없다.

가뜩이나 이혼이 증가하고 재혼가정이 늘어남에 따라 배가 다르고 성이 다른 형제가 우리 사회에 상당한 비중을 차지하는 현실에서 우리의 문화의식도 좀 더 개방적이고 포괄적으로 변해야 한다는 생각을 한다. 오죽 편견과 차별이 심했으면, 재혼가정이나 혹은 일반 가정에

서 자식의 성을 부모의 어떤 성을 따라도 되게끔 법으로 보장을 했을까. 성이 다르다는 이유로 재혼가정의 자녀들이 겪는 고통도 그만큼 해소될 수 있다는 기대를 해 본다. 피를 나누었다는 사실보다 생각을 같이 할 수 있다는 영혼의 결합이 더 고결하고 소중한지도 모른다. 육신과 영혼이 하나가 된다면 그 이상 더 좋은 것이 없지만, 그게 그리 쉬운 것은 아니다. 피를 나눈 가족도 중요하지만 의리와 믿음과 정으로 뭉쳐진 가족일지라도 함께 걸어가는 모습은 더 아름답지 않을까.

가끔 나는 우리의 문화의식에 회의적일 때도 있다. 아주 엄격한 문화의 잣대로 외국인이나 재혼가정을 냉정히 비판하면서도 정작 순수한 혈통으로만 이루어진 자기 가족의 행복조차 가꾸지 못하는 자기모순을 지적하고 싶은 것이다. 피부색이 다르다는 이유로, 아니면 재혼가정의 특수한 가족 구성원이라는 이유로 곁눈질했던 사람들이라면 스스로에게 진정한 문화의식이 무엇인지 되물어야 할 때가 온 것 같다.

황성하 수필집

착시 현상

아마도 사람들이 냉철한 눈으로 사물의 곳곳을 에누리 없이 관찰, 혹은 투시할 수 있는 능력을 갖고 있다면, 지금만큼 건강한 사회를 유지하기 힘들지도 모른다는 엉뚱한 생각도 해 본다. 지나치게 맑은 물에 고기가 살지 못하는 것과 같지 않을까. 사람은 어머니의 배 속에서 나오는 순간, 허물과 실수와 부족함으로 출발해서, 그 실수를 줄이는 데 평생을 다 바치고도 미완성으로 끝나는 존재 아닌가. 실수투성이의 인간의 모습에 정확한 눈과 냉정한 평가의 잣대만으로 사람들을 저울질하고 관측한다면, 참으로 삭막하기 이를 데 없는 일이고, 용서없는 세상에 발붙일 곳이 얼마나 되겠는가.

우리는 나름대로 사상의 색안경을 쓰고 있다. 독특한 자기만의 색깔과 이념으로 세상을 볼 수밖에 없다. 그 색깔이 정확하든 그렇지 않든, 자기만이 가지고 있는 색깔로 사물을 바라보고 사람을 평가한다. 스스로가 부인하고 싶어도 그것은 어쩔 수 없는 인간의 한계이다. 마치 안경에 다양한 색깔을 가미하여 세상을 바라보듯, 사람들은 겉으로는 보이지 않는 내면의 안경을 하나씩 다 갖고 있다. 그 안경이 사회의 현실과 동떨어져 많은 사람들로부터 지탄을 받기도 하고, 정반대의 경우는 예지와 올바른 판단력의 소유자로서 상당한 신뢰를 받기도 한다. 색안경일지라도 많은 사람들에게 호응을 받고 객관성과 공정성을 지녔다면, 그런 안경은 꼭 우리 사회에 필요하다.

그런데 직장에서도 가정에서도 이 착시현상은 아주 미묘하게 적용된다. 학교에서 그렇게 미움을 받고 손가락질을 받던 아이도 집에 들어서는 순간, 세상에서 가장 착실하고 귀여운 아이로 둔갑하고, 집에서 정반대로 푸대접을 받던 학생이 학교에서 의외의 귀여움을 받는

것은, 그 아이를 바라보는 주변사람들의 시각 때문이다.

그 시각이라는 게 일정하게 검증을 받고 객관성을 확보한 시각이라면 몰라도, 자기 내면의 독특한 색깔만을 가지고 사물을 바라본다면, 분명 그것은 제한적 주관성에 지나지 않는다. 그래서 우리 주변에서는 어떻게 저런 사람하고 결혼을 했을까 고개를 갸우뚱하게 하는 사람이 있을지라도, 그 사람은 최고의 환경에서 최고급 대접을 받고 살아가는 경우도 있다. 이것은 취미와 적성과 삶의 스타일이 같기도 하겠지만, 상대방이 지니고 있는, 그것이 단점이든 그렇지 않든, 마음의 안경에 꼭 들어맞는 경우이다. 일종의 착시현상일 수도 있다. 분명 다른 사람은 고개를 절레절레 흔들고 미덥지 않아 손사래를 칠지라도, 착시현상의 늪에 빠지면 속수무책이다. 그냥 좋을 뿐이다. 이것은 이해심과도 다르다.

그런데 집단적 상황에서 일정한 위치에 있는 사람이 그야말로 검증되지 않은 사상과 시각으로 아랫사람을 다루기 시작하면 이것은 문제가 심각해진다. 적재적소의 위치에서 자기의 업무를 원활히 수행하여 조직의 효율성을 꽤해야 하는 집단에서 일정한 위치에 있는 관리자들이 객관성을 확보하지 못한 사시를 뜨고 사람을 대하면, 평가를 제대로 받아야 할 인물이 저평가의 상태에서 자기 상실과 체념에 빠지게된다. 거꾸로 조직 내에서 여러 사람들한테 미움을 받고, 공해가 될만한 행동으로 자주 분위기를 흐리는 사람이 오히려 상사의 눈에 들어 호평을 받고 인사평가에 높은 점수를 받는다면, 이 역시 조직 전체로 보아서는 엄청난 사기 저하와 업무효율저하로 집단의 성공적 실현은 엄두도 내지 못한다. 평가자의 눈에 들어맞아, 아무리 망나니짓을

해도 그게 제대로 눈에 들어올 리 없다. 마치 마누라가 예쁘면 처갓집 말뚝에도 절을 하고, 며느리가 미우면 발뒤꿈치만 봐도 미움이 치민다는 말이 이런 상황과 딱 어울린다.

그래서 사람들에게 항상 강조하는 것은 시야를 넓혀라, 그리고 사물을 협소한 주관이 아닌 냉철한 이성으로 봐야 한다고 자주 주문을 하지만, 쉽게 그게 받아들여지지 않는다. 이 세상은 자기가 볼 수 있는 시야만큼 세상을 바라볼 수밖에 없다. 그래서 똑같은 나무를 보고 어떤 사람은 그 나무의 수명만을 생각하고, 어떤 사람은 나무가 우리 인간에게 주는 강한 생명력과 자연의 혜택을 생각하고 어떤 사람은 불편한 물체로만 여겨져 마구 발로 차고 흔들고 못살게 구는 사람도 있다. 이것은 사람마다 다른 시각에서 오는 행동들의 집합체라고 여겨진다.

착시현상은 이해심 또는 포용과는 성격이 전혀 다르다. 이해심은 상대방의 잘못과 실수를 확인한 다음에 더 잘할 것을 담보로 실수에 대해 책임을 묻지 않는다면, 착시현상은 상대방의 허물과 실수를 꿰뚫어 보는 능력도 없고, 잘잘못을 헤아리지도 못한 채 무조건적인 동의나 공감을 표시함으로써 장차 그 사람에게 반성의 여지마저 박탈하는 우를 범하고 있는 것이다. 잘못된 착시 현상이 지속되면, 그 주변에 있는 많은 사람들에게 보이지 않는 피해를 남기게 된다. 또 착시현상으로 사랑을 받고 관심을 받는 사람도 먼 미래에는 도리어 자기 자신을 정확히 깨닫는 기회를 갖지 못하는 데에서 오는 피해를 떠안아야 하기 때문에 착시현상이 주는 폐해는 생각보다 크다고 볼 수 있다.

그저 그 누구에게도 피해를 주지 않는 상식의 범위 내에서 이루어

지는 착시현상은 묵과할 수도 있다고 본다. 미풍양속 차원에서 서로 덮어 두고 이해할 만한 사회적 공감대의 범위 내에서의 잘못과 단점이라면, 날카롭게 날을 세워 그 사람을 궁지에 몰아 재기의 싹을 잘라버리는 것보다는 일정한 기회를 주어 잘못을 거울삼아 새롭게 태어나도록 하는 것이 더 희망적이고 생산적인 인간 활동이라 생각한다.

이제 우리의 내면을 깊이 들여다봐야 할 때이다. 상대방이 갖고 있는 조건이나 환경의 영향을 받지 않고, 그야말로 진공상태에서 상대방을 바라볼 수 있는 성숙된 시야를 지니도록 서로서로 노력한다면, 지금보다 더 부드럽고 명랑한, 그래서 웃음이 끊이지 않는 사회로 점차 탈바꿈해질 가능성이 높다. 지금까지 내 자신이 갖고 있는 착시 현상이 특정인에게만 사랑을 퍼주는 우를 범하지는 않았는지, 그래서 상대적으로 주변사람들의 빈축을 사고, 상실감과 박탈감 그리고 실망감으로 작용한 것은 아닌지, 조용히 생각해 볼 일이다. 분명, 달라지는 자기 자신을 발견할 것이다.

아이들은 어른의 스승

1969년에 초등학교 1학년에 입학하여 현재까지 학교생활을 하고 있는 나에게는 큰 훈장처럼 따라다니는 것이 교육경력이 아닌가 생각된다. 참으로 긴 세월이다. 교실에 들어서면 안방처럼 편안한 느낌을 받는다. 푸른 하늘을 바라보고 맑은 공기를 마시는 것처럼 말이다. 내가 태어나서 어머니의 젖을 빨고 자란 따뜻한 품속에서처럼, 숙명처럼 가르치는 일이 끝없이 전개되고 있다. 군대생활을 빼 놓고는 줄곧 학교라는 울타리에서 마치 공기를 들이마시듯 삶을 영위해 왔으니 특별한 의미를 부여할 때가 온 것 같다. 가르치는 일을 너무나도 자연스럽게 받아들였고, 그런 일을 크게 후회해 본 적도 없다. 가르치는 과정에서 갈등하고 번민을 했다면, 차라리 그것은 행복에 겨운 사치스러운 낭비였는지도 모른다.

20년이 넘는 교직 생활은 하루아침에 이루어진 것이 아니다. 교문에 들어설 때마다 '오늘의 가르침'에 무엇을 넣고 빼어야 할지, 한명이라도 더 많은 아이들에게 어떻게 하면 감동의 울림을 줄 수 있을지, 행복한 고민의 세월의 양만큼의 교직생활을 상징한다. 교정에 서 있는 나뭇잎이 새로 피고 지고 스무 번 넘게 반복하는 동안, 나의 피부는 조금씩 거칠어지고 주름은 깊어졌다. 이런 나의 모습도 하나의 훈장이라면 지나친 의미 부여일까.

하루하루 아이들과 함께 하는 동안 행여 한 아이라도 올바른 삶의 궤도를 벗어날까 안절부절못했던 시절, 앞으로 그런 초조한 삶은 계속 이어지리라. 내가 긴장하고 초조한 마음일지라도 아이들이 성장하고 꿈을 펼쳐지는 데 징검다리가 된다면 나는 기어코 그 길을 가고 싶다.

스물다섯의 나이가 마흔다섯의 나이로 되어 있는 동안, 세월의 깊

이만큼 육신은 허약해지고 핏기를 잃어갈지라도, 가르침에 대한 끝없는 샘솟음은 바꿀 수 없는 보배로 남아 있다. 나의 삶은 곧 가르치는 일이고, 배우는 일이었다. 그래서 더욱 행복하다. 때로는 소소한 일에 신경을 곤두세우고, 때로는 기쁨에 함박웃음을 짓고, 이 모든 것들은 지금의 나의 살이고 피가 되어 흐르고 있다.

적어도 1987년까지는 책상에 앉아서 훌륭한 선생님들의 가르침을 받았다면, 1988년부터는 교단에 서서, 아이들에게 가르침을 주었다. 상당한 세월이다. 그 세월동안 즐거웠으면서도 때로는 아이들 문제로 잠 못 이루는 밤도 많았다. 그러나 그런 세월들이 모이고 모여 오늘의 나를 만들었다고 생각하면, 나에게 가르침을 받았던 아이들은 나에게 위대한 스승이었는지도 모른다. 그들이 준 고민과 갈등과 버거움이 있었기에 내가 좀 더 단단하고 당당한 사람으로 거듭났는지도 모르는 일 아닌가. 내가 조금이라도 완숙한 삶으로 가는 길에 디딤돌 역할을 했을 거라는 확신이 선다. 참 고맙고 신기한 일이다.

가르치는 것은 배우는 일이다. 가르치기 위해 쉼 없는 연구 활동을 해야 하고 육신의 편안함만 추구해서는 안 되기 때문이다. 가르친다는 것은 새로운 것을 창조한다는 의미도 있지만 기존의 이론과 지혜를 잘 가공해서 미래의 자양분이 될 수 있도록 아이들에게 먹인다는 뜻으로 풀이할 수 있다. 그것을 잘 받아먹고 자기 것을 만들어 튼실하게 자란 아이들이 사회 곳곳에서 왕성한 생활을 하는 것을 보면 뿌듯함을 너머 자랑스럽기까지 하다.

아이들은 나의 스승이다. 아이들이 있기에 내가 존재한다. 요즘 들어 부쩍 아이들에게 고맙다는 생각이 든다. 아이들이 있었기에 내가

행복했고, 아이들이 있었기에 나의 순수한 열정은 변함이 없다. 아이들은 어른의 거울이지만, 나에게는 완전한 스승이다. 내가 가르치고 나와 함께 공부했던 많은 아이들, 어쩌면 나로부터 얻은 작은 말 한마디가 긍정의 힘으로 결실을 가져왔을 수도, 때로는 나의 잘못된 판단과 가르침으로 실망과 좌절의 늪에서 오랫동안 고통을 받았는지도 모른다. 모두 똑같이 받아들이는 것은 아니다. 그들이 지향하는 바가 다르기 때문이다. 다만, 나는 아이들이 지금보다 조금이라도 나은 삶을 꾸려가기 위해 기초를 튼튼히 해 주고 싶은 마음에서 정열을 쏟고, 땀방울을 흘렸을 뿐이다.

학생들이 소중하다는 생각이 든다. 가정에서 금지옥엽으로 키운 아이들이 학교에서 존대받고 사랑을 듬뿍 받고 자라기를 바라는 부모의 심정이야 오죽하겠는가. 나 역시 가정에서 자식을 키우는 입장에서 모든 아이들은 사랑받고 자랄 정당한 권리가 있는 것은 아닌가 생각을 해 본다. 그래서 더욱 소중하게 여긴다.

학교에서 공부하고 밥 먹고, 운동장에서 체육활동하고 음악시간에 함께 노래하는 대상이 티 없이 맑은 학생이라는 것에 마음으로부터 진한 감동의 물결을 일게 한다. 사회에서 만나 치열한 머리싸움 끝에 이익을 창출하는 것이 아니라 학교라는 진리의 샘터에서 만나 더 깊은 지혜의 샘을 파고, 그 샘물을 한없이 퍼 올리는 학생들이 모인 곳이 바로 학교이다. 얼마나 아름답고 숭고한 집단인가. 저절로 숙연해진다. 그래서 학생들이 위대한 스승이라는 말이다.

미래의 꿈을 다져가기 위한 학생들의 마음에 훈훈한 사랑의 기운을 불어 넣고, 그들이 배고파하고 갈망하는 어떤 진리를 하나라도 더 채

워주기 위해 노력을 아끼지 말아야겠다. 지금껏 아이들과 함께 했다는 것만으로도 나의 인생은 황홀할 지경이다. 진정, 이 땅에서 배우고 익히는 것만큼 아름답고 거룩한 것이 있을까. 그런 숭고한 분야에 조금이라도 힘을 보탰다는 것만으로도 무한한 자긍심을 느낀다.

질투에서 증오까지

이 세상을 살아가면서 누군가를 단 한 번도 미워하거나 질투해 본 적이 없는 사람이 있을까. 아마도 그와 같은 사람이 있다면, 그것은 공자나 예수와 버금가는 성인이 아닐까 하는 생각도 해본다. 사랑의 실천은 참으로 어렵고도 힘든 인내심을 요하기 때문에 그런 생각을 갖게 한다. 어쩌면 적당한 질투는 자기발전을 위해서 또는 건전한 경쟁관계를 형성한다는 의미에서는 조직에서 활력소가 될지도 모른다. 그러나 그 정도가 지나치거나, 어떤 복선이 깔려 음흉한 형태로 사람을 대할 때, 그것은 엄청난 투쟁을 만들어내는 화약고나 다름없다.

상대방이 확실한 잘못도, 아무런 죄가 없는데도 괜한 심통을 부리고 큰 소리 치며, 버럭 화를 내는 사람들이 있다. 정확한 의사표현은 하지 않은 채, 에둘러 다른 이야기만 실컷 한다. 분명 그 내면에 무엇을 원하고, 상대방이 어떻게 되길 바라는 바가 있음직한데도 사실을 숨기고, 말을 빙빙 돌려, 상대방에게 자꾸 핀잔을 준다. 정말 그 사람의 내면에 무엇이 자리하고 있는지 잘 모른다. 그런 사람을 보면 그저 피하고 싶은 마음밖에 없다.

질투와 시기, 증오, 이런 것들로부터 그 누구도 자유로울 수는 없다. 내 자신도 그에 해당된다. 삶이란 거대한 무대에 등장하는 사람들 속에서 우리는 서로 어울리고, 때로는 대립하고 분노를 표출하기도 한다. 나 또한 질투를 해 본적이 한두 번이 아니다. 얌전하게 표현해서 그렇지 좀 더 정확히 말하면 증오까지 이르렀는지 모른다. 그래서 다른 사람이 뭔가 목표를 달성하고 나보다 앞서가는 듯한 느낌을 줄 때, 축하하고 함께 기쁨을 나누기보다는 내 자신을 자꾸 옥죄어 스스로를 괴롭히고, 힘들게 한 것에 깊은 반성을 하지 않을 수 없다.

질투는 잘못된 비교에서 비롯되는 것 같다. 다른 사람이 자기 자신보다 비교 우위에 있을 때, 마음 깊은 곳에서 심통이 춤을 추고, 심할 경우는 괜한 분노와 자괴감에 빠지기도 한다. 적당한 질투는 건강을 위해서도 자기 발전을 위해서도 좋겠지만, 정도가 넘어서면 원만한 대인관계에 치명적 손상을 입을 수도, 집단따돌림의 대상이 될 수도 있다.

흔히 질투는 여자가 남자보다 심하다고 말하지만, 속을 들여다보면 그렇지도 않은 것 같다. 남자들은 겉으로는 표현만 하지 않을 뿐, 속에서는 엄청난 광풍이 휩쓸고 지나간다. 그래서 삼각관계에서 여자 한 사람을 놓고 칼부림을 서슴지 않고, 심한 경우는 천인공노할 행위를 자행하는 경우도 있지 않는가. 물론 일부 여성에게도 해당되는 말이지만 머리채를 잡아 흔들고 긴 손톱으로 얼굴을 할퀴는 정도의 보통의 여성에 비하면 남자들은 정말 끔찍할 만큼의 결과를 만들어내기도 한다.

이제 나이 사십을 넘겨 가만히 되돌아보면 내 자신도 질투의 굴레에서 벗어나지 못한 경우도 많았다. 이것은 상대방을 인정하고 존중하며, 칭찬할 수 있는 아름다운 감정의 기제가 작동되지 않는 일종의 정서결핍증에 걸려 있다고 해도 과언이 아니다. 이러한 잘못된 감정들은 스스로의 건강을 해칠 뿐만 아니라, 불행 속에서 헤어나지 못하는 올무 같은 역할을 하기도 한다. 평온한 마음을 유지하고, 온화한 시선으로 사람들을 바라볼 때, 그 자신도 여유를 만끽하고 행복을 즐길 수 있는 여지가 생기는지도 모른다. 또 얼마든지 다른 사람을 축복 속에서 함께 기뻐해주고, 격려해주면서도 자기 발전을 꾀할 수 있음

황성하 수필집

에도 그렇게 하지 못했다는 것은 정서상의 문제를 지적하지 않을 수 없다.

마음속에 잉태되어 있는 미움, 증오, 질투 이런 감정조절을 잘하는 이가 원만한 대인관계로 많은 사람들로부터 사랑을 받고 오히려 인정을 받는지도 모른다. 자기 자신의 감정에만 충실한 나머지 다른 사람을 칭찬할 줄도 모르고, 조금만 앞서가는 듯한 느낌을 들면 그 삶을 깎아내리고 끌어내리는 심술쟁이들의 설 자리가 점점 좁아지는 게 현실이다. 왜냐하면 그런 언행을 보일 때, 이 사회는 냉정하게 그들을 대하고 평가할 게 분명하기 때문이다.

질투만 일삼는 사람들의 공통적 특징은 자기 자신에 대한 냉철한 비판과 관찰보다는 남의 허물을 들추고, 선의의 경쟁자들을 짓밟고 심지어는 해코지까지 하는 사악함을 보이기도 한다. 그래서 잘 되어 가는 사람들의 앞길을 막으려 하고, 꼼수를 부리고, 잘못되기를 바라면서 먼발치에서 킥킥거리며 쓸데없는 웃음으로 굴절된 만족감을 표시하기도 한다.

아주 비견한 예로, 잘못된 질투와 증오의 형태는 산에다 심지어는 남의 가정집에다 불을 지르고 달아나는가 하면, 길거리에 세워둔 자동차의 바퀴에 무차별 공격을 감행하여 타이어를 못쓰게 하고, 불특정 다수를 겨냥해 먹는 음식에 독극물을 퍼붓기도 하지 않은가.

우리가 볼 수도, 냄새를 맡을 수 없는 악한 감정의 기제가 우리 몸속에서 도사리고 있다가 순간적으로 자기도 모르게 표출되기에 그 사실을 당사자들은 철저히 부인하고 오히려 상대방을 헐뜯고 비방을 일삼는다. 자기 합리화의 함정에서 헤어나질 못하는 어리석음을 범하고도

까맣게 잊고 사는 그들이 불쌍할 따름이다.

질투, 미움, 분노 이런 것들은 자로 잴 수도 없고, 양으로 측정할 수 없는 감정 요소이기에 그런 감정을 둘러싸고, 우리들은 미묘한 신경전을 벌이고, 정확한 감정을 확인하는데, 상당한 노력과 비용이 들어가는 것도 현실이다. 그래서 인간의 마음을 캐기 위해 심리학 같은 학문이 학자들 사이에서는 깊게 다뤄지고 있지만, 그것은 어디까지나 추측에 불과할 뿐이다. 일종의 가설 학문이 심리학인지도 모른다. 어쨌든 우리의 마음과 정신을 다루는 감정 기제들은 상황에 따라 변화무쌍한 것이어서 참으로 그것을 파악하기란 불가능해 보일 때도 있다. 단지 우리가 정확한 감정을 이해하기 위해 이 순간에도 노력할 뿐이다.

축하할 일, 좋은 일이 있을 때, 상대방의 표정이나 반응을 봐라. 천양지차다. 어떤 사람들은 벌떡 일어나 손수 악수를 청하는 사람이 있는 반면, 어떤 사람은 심술궂은 반응을 보이기도 한다. 사람의 마음속에는 무엇이 꿈틀거리고 있는지 모른다.

그러나 분명한 것은 증오를 받는 사람보다 증오하고 질투하는 당사자가 더 괴롭고 마음이 지쳐있을지도 모른다. 건강에도 이로울 게 없다. 미움을 받는 사람은 어쩌면 그 사실을 모르고 있는 경우도 있지만, 미움을 주는 사람은 아마도 몸속에서 독소를 뿜어내는 화학물질이 그를 조금씩 파괴하고 갉아 먹을지도 모른다. 얼마나 소름 돋는 일인가.

흔히 우리는 '一笑一少 一怒一老' 라고 한다. 남을 미워하고 증오할 시간에 생산적이고 건전한 자기발전을 위해 힘쓰고 노력하는 우리들

이 되었으면 한다. 행복해지기 위한 시간에 투자하기에도 너무 짧은
우리의 인생이 아닌가.

연예인의 결혼 생활

새해 벽두부터 어느 연예인 부부의 파경을 놓고 떠들썩하다. 엄청난 관심의 회오리를 일으키며 결혼을 했지만, 정작 며칠도 지나지 않아, 서로의 입장차로 대립각을 세우며 잘못된 결혼생활의 원인을 상대에 돌리고 핏대를 올리며 강변하는 것을 지켜보는 시청자, 아니 그들을 사랑하고 아껴 주었던 팬으로서는 당혹감을 감추기 어렵다.

아주 젊고 유망한 두 연기자, 그들의 화려한 연애시절, 잉꼬부부의 정분을 넘어설 것 같은 사랑의 열기는 오간데 없고, 이제 둘은 건너지 못할 다리를 서로 건넌 듯 보인다. 결혼 생활 한 달을 채우지 못하고 이런 일이 일어났으니, 당사자들은 더 뼈아픈 고통과 혼란스러움으로 이겨내기 힘든 시간을 보냈겠지만, 그런 상황을 지켜보는 팬들의 입장 역시 착잡하기는 마찬가지이다.

나는 연예인의 결혼생활에 대하여 가타부타할 생각은 없다. 단지, 그들이 사회의 공인이라는 점에서, 또 우리의 인기를 먹고 그것을 등에 지고 살아간다는 점에서, 언행 하나하나에 얼마나 신중해야 하는가를 말하고 싶을 따름이다.

그들도 한 인간으로서, 또 젊은이로서 보통사람들과 똑같은 생각을 할 수 있고, 똑같은 권리를 누릴 수 있다. 그러나 그들이 최선을 다해 쌓아 놓은 연기에 시청자들로부터 공감을 불러일으키고 아주 오랫동안 사랑을 받아왔기에 우리 시청자들을 실망시키지 않고, 기대에 크게 어긋남이 없이 살아가는 것도 하나의 도리라고 생각한다. 그런 행복한 삶은 감수성이 예민한 청소년들에게도 좋은 가치관을 심어줄 가능이 크다면, 그것도 좋은 간접교육이 아니고 무엇이겠는가.

가식이 없이, 작위적이지도 않으며, 과장되지 않은, 순수한 모습에

서 우리는 오히려 그들을 더 사랑하고 좋아하게 되는지도 모른다. 지나친 격식, 보통 사람들이 넘을 수 없는 호화 생활에 어린 팬들은 그들을 동경할지는 모르지만, 그야말로 가까이 하기에는 너무 먼 당신이 아닌가.

특히 연기자 출신의 연예인들은 극본 중에서 보여준 아주 진중함과 신뢰감, 감칠맛 나는 연기력으로 시청들의 마음을 빼앗고, 호감을 얻어 팬클럽이 만들어지기도 한다. 그런 인기 덕분에 이른바 몸값이 오르고, 그것을 바탕으로 삶의 의미를 되새기기도 하리라

나는 이 젊은 두 부부에 대하여 어떤 연민의 정을 느끼기도 한다. 왜냐하면 그들도 어찌 보면 얼굴 없는 언중들에 의한 피해자가 될 수 있다는 점을 말해 주고 싶다. 이번 싸움에서 보면 아파트 평수, 혼수 문제에 이르기까지 보통사람들의 상식을 뛰어 넘어 눈살을 찌푸리게 만들었다. 정말 우리가 아파트 평수, 화려한 주택, 비싼 옷, 이런 것들에 그 동안 얼마나 현혹되어왔고, 물질을 숭배해 왔는가, 자성의 기회로 삼았으면 하는 생각도 든다. 아주 가시적이고 물질적인 것에 가치를 두는 사상이야말로, 연예인들을 돈 많고 사치스러운 무리로 몰아가고 있는지도 모른다. 왜냐하면 그들은 시청자들의 사고관념을 의식하지 않을 수 없기 때문이다. 그와 같은 사회 풍조의 토양 위에서 연예인들은 삶을 꾸려가고 겉멋에 빠지고 허황된 꿈을 키워갔는지도 모른다. 만약, 이와 같이 우리의 질적 크기의 잣대로 인하여 우리도 그들의 결혼실패에 조금이라도 책임이 있다고 말한다면 지나친 논리의 비약이라도 될까. 아니면 천만다행이다.

조금도 더 생각해 볼 문제는 연예인들의 '보여주기' 식 사랑이 큰

문제이다. 지금 내가 행복하다는 것을 억지로 보여주지 않아도 시청자들은 잘 알고 있다. 묵묵히 은근한 사랑을 키워가며 아주 오랜 세월 동안 행복한 가정을 가꾸어가는 연예인들이 얼마나 많은가. 그들 중에는 이렇다 할 삐걱거리는 소문 없이, 그리고 유명세에 비하여 뭔가를 만들어 자랑거리로 내보이려고 하지도 않는 겸손함도 있다. 마음이 아플 때, 슬플 때, 있는 그대로 보여주었으면 한다. 마치 극중의 연기처럼 만날 헤헤거리는 모습, 활짝 핀 웃음을 보이는 그들의 모습에 정말 현기증이 날 때도 있다. 불필요하게 참고 기다리고, 과장된 행동을 연출하고 이런 것들이 얼마나 그들에게는 마음의 병을 키워갈까 하는 생각을 해 본다.

화려한 말솜씨, 깔끔한 복장, 열연하는 모습, 이런 것들을 서로 주고받는 상황설정, 그와 같은 극본에 출연하다 보면 젊은 남녀들은 정말 금방 가까워질 확률이 높다. 쉬 뜨거워질 수 있는 요소이다. 그만큼 빨리 식을 수도 있다. 때로는 드라마를 제작하는 과정에서 밤을 세워야하고 추운 곳에서는 두꺼운 외투라도 벗어 얹어 주어야 하는 극도의 배려심도 나타날 것이다. 자연히 무럭무럭 정이 자라나고 그 과정에서 건강한 젊은 청춘 남녀들은 금방 가까워질 확률이 얼마나 높은가.

그래서 이미 결혼한 연기자들도 참기 어려운 장면을 수 없이 감내해야하는지도 모른다. 밤늦게 홀로 텔레비전을 시청하고 있는데, 자기 아내가 어느 젊은 연기자의 품에 안겨 사랑을 속삭일 때, 아무리 연기라고 하지만, 그렇게 마음이 편할 사람이 몇이나 되겠는가. 이들에게는 드라마를 촬영하고 만드는 과정에서 상대방을 심하게 자극하여 실제의 결혼생활에 금이 가는지도 모른다. 어쩔 수 없이 많은 사람

을 만나 연기를 해야 하고, 어떤 때에는 포옹을 넘어 진한 키스신과 베드신을 촬영한다면 아무리 극중 연기라고 하지만, 좀 더 밀착된 모습에 서로 반하게 되고, 그러다보면 소문으로 퍼지고, 그게 사실처럼 되기도 하는, 이런 상황에서 실제의 가정에서의 부부는 인내하기 힘든 상황도 여러 번 노출되기 십상일 거라는 추측이 앞선다. 아마도 이런 상황적 요소가 연예인들의 건전한 결혼생활을 조금씩 야금야금 갉아 먹는지 그 누가 알랴. 물론 진정한 연기자들은 그것을 의식해서야 되겠냐고, 나름대로 타당한 이유를 대겠지만, 이 세상에서 남녀 간에 피부 접촉만큼 강렬한 것이 또 있을까.

아무튼 파경에 이른 그 부부에게 손가락질하고, 질타만할 게 아니라, 진정으로 따뜻한 마음으로 보듬어 줄 수 있는 아량도 필요하다는 것을 느낀다. 연예인들을 좋아하는 사람도 좀 더 성숙된 시민 의식이 필요한 때이다. 그들을 좋아한 만큼 비판도 할 수 있지만, 따뜻한 시선으로 감싸 줄 수 있는 진실한 마음도 필요하다.

이혼한 어느 연예인이, 우리의 생활을 낱낱이 까발리지만 않았어도 최악의 상황은 오지 않았을 텐데 하는 아쉬움을 토로한 적이 있다. 연예인의 사생활이 가십거리로 전락하고, 그것을 사정없이 난도질 하는 언론과 무비판적으로 그 보도를 흡수해 버리는 일부 시청자들의 몽매가 합쳐져 연예인들을 이중 삼중으로 고통을 준다면, 우리는 연기자들에게 자신도 모르게 가해자로 전락할지도 모른다.

욕심이라는 그릇

　욕심은 샘물 같은 것일까. 자꾸 퍼 올려도 또 다시 솟아올라 우물을 가득 채우지 않은가. 이 세상에 욕심 때문에 울고, 좌절하고, 낭패를 당하고, 때로는 격한 상황으로 치닫는 경우가 얼마나 많은가. 그렇다고 아무 욕심을 부리지 않고 산다는 것만큼 힘든 것도 없다. 건강한 욕심은 자기 자신을 적극적인 사람으로 인식시키면서 마음으로부터 끊임없는 자기발전의 에너지를 쌓도록 하는 힘의 발전기 역할을 한다.

　'소탐대실', 작은 것에 욕심을 부리다 큰 것을 잃어버리는 경우, 적절한 선에서 마무리하고 깨끗이 물러서야 할 일에 지나친 욕심을 부리다 많은 사람으로부터 손가락질 받고 미움의 대상이 되고, 때로는 스스로의 건강을 해치는 경우를 주변에서 참 많이 보게 된다.

　사람이 살아가면서 내적갈등을 겪는 것은 너무나도 당연하다. 갈등이 없는 삶은 생명이 없다, 라는 말과 같다. 우리는 늘 큰 갈등이든 작은 갈등이든, 외적갈등이든 내적갈등이든 갈등의 연속선상에서 올바른 판단력을 키우고 성장해 가며, 또 시의적절한 판단으로 원하는 결과를 얻어 내고, 많은 사람으로부터 아낌없는 찬사를 받기도 한다. 그런 갈등의 중심에는 분명 욕심이 잠재하고 있다.

　욕심은 아마도 명예욕과 깊은 관련이 있는지도 모른다. 사람은 명예를 먹고 성장하고 그 명예의 자리에서 오래 있고 싶어 한다. 그렇게 얻은 명예의 자리가 불안하거나 흔들릴 때, 또 다른 욕심으로 채우려 하고, 그러다 싸움으로 번지기도 한다.

　그런데 가만히 생각해 보면, 욕심에 대한 스트레스의 가장 큰 원인을 주는 사람 중 가장 가깝게 지내는 사람일 확률이 의외로 많다는 것에 놀라운 충격을 준다. 친한 친구가 어느 날 장가를 가거나 시집을 갔을 때, 그 허전함을 겪어보지 않은 사람은 모르리라. 친한 친구가

나보다 이름 있는 대학에 합격했을 때 그 심리적 충격, 역시 만만치 않다. 나의 아버지와 친구의 아버지, 나의 어머니와 친구의 어머니. 우리는 아주 가까운 친구로부터 알게 모르게 비교에서 오는 충격을 감수하면서 살아간다. 반대로 나 자신으로 인해 다른 사람들에게 주는 심리적 부담도 마찬가지일 게다.

우리는 가장 친한 친구, 가장 친한 직장동료의 사고방식이나 행동방식을 음으로 양으로 따라 하기 십상이다. 그렇게 하지 않으려도 늘 같이 있는 시간이 늘어나고 대화의 횟수가 늘어나면 교집합의 부분이 넓어지면서 동화될 확률이 높다. 그런 사람이 어느 날 유리한 환경에 올라서면 나머지 사람들은 그 사람으로 인해 자극을 받고 심한 자기 동기 유발을 하라는 내적 갈등의 폭풍우에 시달리기도 한다. 직장 동기가 먼저 승진을 하고, 유리한 위치를 점할 때, 넋 놓고 아무런 생각 없이 뒤에서 손뼉만 칠 사람이 얼마나 될까.

그런 변화들로 인해 사람 마음에서 강한 발전적 에너지가 발동을 하고, 스스로를 채찍하면서 경쟁의 장으로 우리들은 자동 유인되는지도 모른다. 그래서 가만히 있던 사람도 주변사람들의 변화에 따라 생각보다 강한 활력과 탄력을 받아 엄청난 결과를 얻어 내기도 한다. 이런 경우라면 칭찬받을 만한 성공사례이다.

그런데 여기서 함정은 직장 동료를 비교의 잣대와 평가의 기준으로 삼다보면 정말이지 되돌릴 수 없는 낭패와 좌절감으로 인생의 실패자처럼 스스로를 낮게 평가하고 자괴감과 우울증의 수렁에서 빠져나오지 못할 수도 있다는 것을 명심해야 한다. 나 자신, 지금까지 살아오면서 그런 경험을 수 없이 많이 했고, 필요 이상의 내적 갈등으로 마

음의 상처와 혼돈의 시간을 꽤나 보낸 기억이 난다. 지금도 지나친 욕심의 유혹에서 자유롭지 못하다는 것을 스스로 깨치면서도 쉽게 벗어나질 못한다. 그런 심리적 압박감에서 벗어나지 못한다면, 나 역시 늘 쫓김과 불안의 태풍에서 건강한 삶을 뺏기지 않을까 두렵기도 하다.

그러니까 상대적 기준이 아닌 그리고 직장 내의 사람과의 비교가 아닌 좀 더 광범위하고 절대적인 비교를 한다면 의외로 자기 자신이 사회의 구성원으로 임무를 충실히 수행하면서 어느 정도의 정당한 평가받고 있다는 것을 알 수 있다. 그럼에도 바로 앞에 있는 사람, 바로 옆자리 있는 사람의 변화와 지위에 불안해한다. 일면, 그 변화된 사람으로 인해 감당하기 힘든 업무적 스트레스를 받기도 하지만.

눈만 뜨면 그 직장 동료, 혹은 절친한 친구들과 어울려 한평생을 함께해야 할 사람들은 정말 상대적 평가가 강한 위협요소로 작용할 가능성도 있기에 쉽게 절대적 평가로의 이행이 되질 않기도 하고, 그 상대적 평가가 자기 자신에 대한 냉정하고 가혹한 평가의 견인차 역할을 하기도 할 것이다. 왜냐하면 늘 함께 직장생활을 하는 사람들끼리는 서로 간에 상당한 영향을 주고받을 수 있는 위치에서 업무를 보기 때문이다.

자기 자신이 업무를 추진하는데, 또는 승진하는데, 가장 큰 장애 요소는 가장 친한 사람이라는 분석 자료는 친한 사람이 경쟁자임을 입증한 셈이다. 그러니까 우리의 삶 속에서 친한 사람들과 선의의 경쟁을 하면서도 원만하게 지내야하는 이중적 부담을 안고 살아가는지도 모른다. 경쟁에서 오는 미묘한 갈등을 잠재우고 발전의 원동력을 배가시킬 수 있는, 일종의 탁월한 친화력과 리더십은 조직의 선도자 역

할을 가능케 하기에 조직의 최고 경영자의 눈에 띄어 상당한 정도의 승진과 호평으로 보답을 받기도 한다. 이런 정도라면 얼마나 멋진 삶이겠는가.

이제 욕심이라는 그릇을 아주 잘 관리해야 할 것 같다. 그 속에 담겨져야 할 것들도 많지만, 담으면 화를 부르는 것도 많다. 인간관계에 흠이 되지 않고 무한한 경쟁을 유도하면서도 자기의 행위에 대해 깨끗한 평가를 받아 깨지지 않고 아주 오래 오래가는 귀중한 보물단지가 되기를 바라는 마음이다.

인간의 욕심이라는 것은 눈을 감을 때까지 사라지지 않을 것이다. 어쩌면 그런 마음과 감정은 살아 있다는 증거가 되고 살아 있음에 대한 최소한의 예의라고 생각한다.

중요한 것은 더불어 살아가려는 마음이다. 저 변함없는 소나무처럼.

귀하신 몸

요즘 아이들이 왕자와 공주가 되었다는 말은 이제 흔히 듣는 말이다. 이 아이들의 태생적 환경부터, 가히 왕자 칭호를 주어도 부족함이 없는 듯하다. 출생과정부터 이 아이들은 다르다. 세계 최저 출산율이라는 달갑지 않은 어두운 그림자를 등에 업고 필요 이상의 고귀한 대접을 받고 있는 게 현실이다. 눈에 넣어도 아프지 않다는 자식이, 단하나밖에 없다고 가정하면 정말이지 바람만 불어도, 아니 먼지만 날려도 아이의 눈에 뭐가 들어갈까 봐, 전전긍긍하는 모습이 눈앞에 그려지지 않는가.

이런 열성적인 아이 사랑은 그 아이가 태어나서 학교를 다니고 제법 성장을 하고, 더 세월이 지나 결혼을 하고서도 부모의 독립에서 벗어나지 못하게 되는 굴절된 현실로 접목되어, 그런 환경이 오히려 부모들에게는 사랑의 굴레가 되는 것은 아닌지 조심스럽게 내다본다.

아이 넷을 둔 나로서, 첫 아이를 날 때의 환경과 막내 아이를 출산했을 때의 산부인과 풍경을 보고 격세지감을 갖는다. 첫 아이와 막내의 나이 터울은 여덟 살 차인데, 이 세월 동안만 해도 상상을 초월할 만큼 급변했다. 젊은 아빠들은 디지털 카메라에, 아니면 비디오 촬영을 통하여 아이의 출생과정부터 놓치지 않으려는 모습이 역력했다. 아이하나의 출생 과정을 지켜보기 위해 이모, 고모, 삼촌, 친할머니, 외할머니, 그야말로 산부인과가 북새통이다. 오히려 집안의 어른신이 아파도 이렇게 병원 출입이 잦지 않다. 아이 출산에 호들갑을 떠는 것은 아닌지, 괜히 심술마저 날 때가 있다.

워낙 감정이 무딘데다가 성의가 부족한 나는, 그들의 특별한 행동을 지켜보며 적잖은 상실감을 갖게 되었다. 마치 아버지로서의 구실

을 다 하지 못한, 아이에 대한 방기가 아닌가 싶을 정도였다. 어깨를 밀치고 신생아 쪽을 향하여 돌진하는 모습은 마치 큰 사건의 이슈를 선점하기 위한 기자들의 피나는 노력을 연상케 했다.

이제 나의 막내 아이가 여섯 살이 되었다. 그런데 출생과정에서 겪은 비슷한 분위기를 어디 행락지에 가서도 종종 겪으며, 그 때 그 기분을 자꾸 느껴야하는 것이 나에게는 부담으로 다가온다. 물놀이를 해도, 아니면 자전거 페달을 밟아도, 꽃이 피어나도, 모두 자기 자식이 주인공이고, 나머지는 조연 그리고 놀이터는 공간적 배경이 되어 영화를 만들어 가는 듯한 느낌을 받는 것이다. 이렇게 오랫동안 찍는 영화가 있을까. 거의 대하드라마 수준이다.

이렇게 보물단지처럼 귀하게 여긴 아이들의 생활태도나 인성이, 긍정적 방향으로 나타나면 더 없이 좋겠지만, 현실은 그 정반대로 나타나는데 문제가 있다. 특별히 공주 내지는 왕자대접을 받은 아이들이 거칠고 힘든 일을 스스로 해 낼 수 있을까 의문을 갖게 한다. 물론 극도의 이기심을 표출하는 아이들이, 자기의 이익과 맞닿을 때는 민첩하고 기민하게 움직일 것이 예상되지만, 분명 사회 어느 곳에서나, 아니면 단체 생활에서 궂은일을 해야 하고, 밑받침이 되어야 하는 일을 수행해야 할 일이 있다면, 과연 그 일을 누가 처리할지 고민이 앞선다.

이렇게 금이야 옥이야 넘치는 사랑을 받고 성장한 아이들이 남을 배려하고 관용을 베풀고, 나누어 주는 섬김과 봉사의 정신이 길러지기 어렵다는 점에 그저 심란해진다. 사랑을 받은 만큼 남에게 사랑도 주는 사랑의 전염성에 찬동을 하면서도, 한편으로는 그 법칙이 그대로 발현되지 못한 것을 자주 보아온 탓에, 혹 내 자식도 내가 원하는

방향으로 걸어가지 못할까, 노심초사해지는 것은 사실이다.

오히려 사회 곳곳에서는 자식이 부모를 폭행하고, 물건 버리듯 방치하고, 심지어는 살인까지 서슴지 않는다. 귀한 왕자 대접을 받았으면, 그들을 길러 준 부모에게도 그에 상응하는 존경과 섬김이 저절로 우러나와야 하는데, 아주 역방향으로 가는데, 속이 아린다. 조금 더 깊게 생각하면, 왕자대접을 받은 아이들은 대접만 받을 줄 알지, 남에게 베풀지 못하는 감정의 오류를 범하고 있는 셈이다. 아니, 베풂의 감정을 일찍 길러주지 못한 대가를 그들의 부모들이 톡톡히 치르고 있는지도 모른다. 받을 줄만 알았지 줄지 모르는 아이가 우리가 원하는 심성이 한순간에 만들어지는 것도 아니고, 그런 환경을 제공한 이 땅의 부모들도 한번쯤은 되돌아 볼 일이다.

모두 다 대접받는 사회는 괜찮지만, 모두 다 군림하는 사회는 생각만 해도 끔찍하다. 군림이라는 것은 다른 사람을 약간 사시 눈을 뜨고 얕잡아 보고 조롱하는 듯한 행동을 하는 것과 같아, 싸움의 근원이 되기도 한다. 늘 대접만 받아 왔던 아이들이 남으로부터 따끔한 충고 한마디에도 욱하는 성질에, 물건을 던지고 때려 부스는 난동을 우리는 심심찮게 언론을 통해서 보아왔다.

원인 없는 결과는 없다. 기성세대들이 원인을 제공하고, 그 역겨운 결과를 그들을 길러준 부모가 몸으로 끌어안아야만 하는 현실에서 벗어나려면, 우리는 그야말로 뱀이 허물을 벗고 다시 태어나는 것처럼 마음의 묵은 찌꺼기와 낡은 생각들을 정리해야 하는 고통을 감수해야 하는지도 모른다. 그저 내 자식만 곱게 키우고, 기를 꺾이지 않게 하려던 것이 이 사회 전체를 멍들게 하고, 그 멍든 자국이 우리 몸에까지

듬성듬성 흔적이 있다고 가정하면, 깊은 성찰이 뒤따를 수밖에 없다.

뿌린 대로 거둔다, 라는 말이 아이의 훈육과정에 잘 반영된다. 절제된 사랑과 근엄, 객관적 논거에 의한 자식 교육이 이루어진다면 그 뿌린 씨앗은 올곧은 싹을 틔우고, 튼튼한 열매를 맺게 될 거라는 희망을 가질 수 있다.

자꾸 이 땅에 이해와 사랑, 관용을 강조하는 것은 역설적이게도, 그렇지 못한 아쉬움에 대한 발로이고, 마음의 문을 닫고 생각의 문을 걸어 잠근 귀하신 몸들에 대한 무언의 훈시가 아닐까 생각을 한다.

이 세상은 내 것만도 아니고, 그대의 것만도 아닌 우리 모두의 것이다. 분명 너와 내가 함께 생각하고 함께 걸어가야만 평화와 행복을 함께 누릴 수 있다는 평범한 진리를 그 귀하신 몸들에게 다시금 일깨워주고 싶다.

제 4 부
그리움은 밀물처럼

그리움은 밀물처럼

가파른 언덕길을 올라가는 동네 할아버지와 달구지 옆길에 겨우내 언 땅을 비집고 올라온 쑥, 그리고 찔레의 향이 코끝을 찌르고, 그 뒤를 졸졸 따라가던 내 어린 모습에서 순수를 느낀다. 이마에 흐른 땀을 소맷자락으로 쓱 닦으며 뒤를 바라보며 주름진 얼굴에 꾸밈없는 웃음을 보내던 동네 할아버지의 얼굴은 삶의 찌꺼기를 싹 헹구어준다.

어머니의 호된 꾸지람을 피해 할머니의 옷자락에 얼굴을 묻었을 때, 옷자락의 포근함에 한동안 따스한 체온을 느끼던 날 밤, 나는 할머니의 풍만한 젖가슴을 만지며 스르르 잠이 들고, 그 따스한 온기가 아침 새벽녘까지 전해졌음을 느끼고, 바꿀 수 없는 행복감에 빠져들었다.

문득 추억의 뒤안길에서 나를 깨우는 것은 뒷동산에 풀을 뜯던 소를 몰러 갈 때나, 하루 종일 언덕의 풀밭에 메어 놓은 염소가 나를 찾을 때, 그들을 향하여 힘차게 동산을 오르다 어느 이름 모를 산소에 외롭게 핀 할미꽃을 발견했을 때, 슬픈 얼굴로 집을 향하던 내 마음은 동네 가득 뭉게구름이 되어 하늘을 수놓던 저녁연기를 따라 한없이 하늘 높이 날아가고 있었다.

아버지께서 쇠스랑으로 외양간을 친 퇴비 더미에서 풍기는 고약한 냄새를 툇마루에 앉아 감자 넣은 수제비 맛으로 쫓아내고 있을 때, 초저녁부터 울어대는 개구리들, 아니 그들의 향연, 소쩍새의 전설을 알리려 구슬프게 목청 돋워 가슴팍을 때리던 그 애잔한 소리, 밤이 깊어갈 무렵 냇가를 휘젓고 다니던 번갯불이의 춤, 그들은 나에게 추억이란 이름의 향기를 남기고, 삶이 고달플 때마다 내 가슴 속에서 여울져 흐르고 있다.

황성하 수필집

동구 밖 고샅에서 구슬치기 하던 친구들의 목에 덕지덕지 붙은 시커먼 땟자국을 뉘엿뉘엿 넘어가던 태양이 비출 때, 나는 짧은 하루를 참 아쉬워했다. 마루에 옹기종기 앉은 가족들이 나를 기다리며 저녁 식사를 시작하면, 오일장에서 우연히 만난 외할머니께서 사주신 우동 한 그릇의 진한 국물 맛이 그리움처럼 밀물처럼 겹쳐져 산골 소년의 하루는 추억의 바다에 빠져든다.

20년을 곱게 키워준 나의 고향을 등지고 군 입대 하던 날, 여기저기 눈이 시리다 못해 슬프도록 피어 있던 진달래가 오늘 내 아이의 손에 들려 있을 때, 삶이란 이렇게 순간처럼 번개처럼 지나가는 찰나의 세월인가 어리둥절해지지만, 이 모든 찰나의 인생도 가꾸고 다듬고 빛을 내면, 영겁의 세월 못지않은 보람과 기쁨과 환희의 물결 속에 빠져들 수 있다는 용기와 자신감으로 바뀌어 간다.

버들피리 꺾어 불며 냇가의 조팝꽃과 눈 맞춤하다 넋을 잃었다. 그것도 잠시, 누렇게 익은 밀밭의 향연에 마음이 끌리고, 모내기에 허리가 뻐근해질 무렵, 논두렁에 옹기종기 모여 앉아 새참을 즐길 때, 하얀 젖가슴을 내 놓고 젖을 먹이던 이웃집 아주머니의 해맑은 웃음이 바글바글하던 논바닥의 올챙이의 그림과 아롱진다.

학교 앞 화단에 그리고 뒷동산까지 울려 퍼지던 선생님의 풍금소리, 녹이 슨 채로 버려진 학교의 종, 그것은 전교생 일곱 명을 끝으로 폐교의 바람에 휩쓸려간 나만의 추억어린 학교의 자화상이다. 어느 날 우연히 찾은 나의 학교, 육년 동안 반질반질해지도록 기름걸레질 하던 나무 바닥에 새겨진 친구들과의 추억, 그리움, 말다툼까지, 환영처럼 다가온다. 그 강한 추억의 회오리의 뚜껑을 열면 힘자랑하다 두

달 동안 깁스를 하고도 또다시 옆의 친구를 못살게 굴던 나의 고집스
러움과 철없는 개구쟁이 짓이 자꾸 친구의 어깨위로 무지개처럼 새겨
진다.

한겨울에 선생님과의 눈싸움, 젖은 양말을 난롯가에 걸어 놓고 아
버지가 지게 가득 준비해 오신 장작개비를 넣고 또 넣고, 그 따뜻한
사랑을 바라보며 우리는 점심시간만을 기다렸다. 층층이 쌓아 놓은
양은 도시락에 살짝 눌어붙은 누룽지 냄새는 눈싸움에 젖어 버린 바
지를 타고 코끝을 향했다. 이제 더 이상 이승에서는 느낄 수 없는 아
버지의 사랑은 아지랑이처럼 보일락 말락 푸른 하늘을 향해 날아가고
있다.

어느 총각을 지독히도 사랑했는데, 어느 날 앓아누워 죽음을 맞이
한 그를 잊지 못해 목매 자살하여 쌍둥이 묘처럼 나란히 양지바른 곳
에 묻어 두어 가끔씩 처녀 귀신이 나타난다는 고갯길을 지나기가 무
섭게 남편의 바람기에 분을 삭이지 못하여 연못에 투신했다는 한 아
주머니의 슬픈 전설을 뒤로 하고 달음박질로 도착한 중학교, 그리고
국어 수업시간, 화장품 냄새 가득한 처녀 국어 선생님의 시낭송을 들
으며 나는 학교 앞에 높이 펼쳐진 덕유산의 단풍에 취해 몽롱한 하루
를 보냈다.

내가 지금 어여쁜 아이들을 가르치고, 그들이 나를 선생님이라고
부를 때, 나는 토담집 처마 밑에 대롱대롱 달려 있던 시래기와 다음
해를 기약하며 말려 놓은 옥수수, 소쿠리에다 말린 곶감, 그리고 마루
밑에 쌓아 놓은 늙은 호박들, 외양간 옆에 쌓아 놓은 아버지의 겨울나
기의 상징인 장작더미, 그리고 친구들과 손발이 다 닳도록 즐겨 했던

황성하 수필집

구슬치기가 살이 되고 혼이 되었노라고 힘주어 말한다.

사남매의 내 아이들이 나를 아버지라 부를 때, 나는 고향 마을 냇가에서 미역을 감고, 울창한 숲속의 벚나무에서 버찌를 따 먹고, 가을날 벌어진 밤송이에서 떨어진 밤톨을 줍고, 저수지 옆 뽕나무에서 오디를 먹고, 냇가에서 방개를 잡고 가재를 잡고, 손으로 미꾸라지를 건져 올렸던 그 기운을 먹고 아버지가 되었노라고 힘주어 말한다.

난 그리움에 산다. 난 그리움을 먹는다. 난 그리움에 지쳐 잠이 든다. 그리움은 늘 나에게 밀물처럼 다가와 나의 친구가 되고 어머니가 되고 아버지가 되고, 영원한 삶의 스승이 되어 내 곁을 떠나지 않는다. 떠나지 않는다!

마음의 혈관

우리 인체의 혈관은 피를 나르는 생명의 노선으로서 그 역할을 다하지 못했을 때는 우리에게 치명적 손상을 입힐 뿐만 아니라, 목숨을 잃게 할 수도 있다. 그래서 그 혈관에 관련된 질병을 멀리하기 위한 노력과 예방, 정보 습득에 소홀하지 않는 현대인들의 모습을 쉽게 발견하게 된다. 피가 통하지 않아 살이 썩고, 심지어는 도려내고, 간신히 목숨을 이어가는 사람들을 볼 때마다 안타까움과 공포감이 함께 엄습해 온다.

그런데 마흔을 넘기고 세상을 좀 살았다고 생각하는 요즘, 마음의 혈관이 얼마나 중요한가를 깨닫게 된다. 사람과 사람사이의 다리 역할을 하고, 내면의 감정교류 역할을 하는 마음의 혈관은 인간 사이의 벽을 허물고, 함께 어우러지게 하는 보이지 않는 귀중한 혈관이 되는 셈이다. 특별히 어떤 사람하고는 친하고, 어떤 사람하고는 거리감이 생기는 것도 튼실한 혈관을 두지 못한 우리들의 자화상은 아닐는지.

상대방에게, 안녕하세요, 식사하셨습니까, 커피는 드셨습니까, 이 말 한 마디는 상대방의 마음을 움직이게 하는 흥분제 역할을 하기도 한다. 그 말을 듣고 상대방은 아, 저 사람이 나에 대한 배려를 잊지 않고, 우호적인 감정을 갖고 있다는 판단 근거로 삼기도 하는데, 이를테면 정말 말도 하기 싫은 사람한테는 그런 일상적인 말도 사치스럽기만 하고, 어쩌다 마주보고 걸어오면서 옷깃을 스치는 것조차 끔찍하게 여긴다. 아예 눈을 감고 걷던지, 없는 공상의 산을 만들어 허공을 바라보는 그들이 애처롭다. 그런 시간이 점차 길어질수록 두 사람의 혈관은 더욱 막히고, 허물 수 없는 대화의 단단한 벽이 생겨 정반대의 방향으로만 걸어 벼랑 끝에 서게 된다.

이처럼 마음의 혈관이 끊기게 되면 사소한 일에도 서로 오해하고 잘못된 상상을 하고, 부풀려진 혼자만의 악한 감정으로 대하기 십상이며, 상대방이 나를 헐뜯고 비난을 할 것이라는 예단을 하여 그 앙금의 골짜기에서 헤어나질 못하게 된다.

우리는 마음의 튼튼한 혈관을 계속적으로 유지해야 한다. 녹슬지 않게 닦고 걸레질하며 언제나 청결을 유지해야 한다. 깔끔하게 관리해 두지 않으면, 순식간에 더러운 오물이 끼어들고, 그것이 쌓여 혈관은 터지고 누구도 해결하지 못할 상황으로 치닫게 된다. 사회는 분명 나 혼자만의 삶이 아닌, 너와 내가 다리가 되어 유기체적 활동에 근거하여, 때때로 놀라운 결과도 산출된다. 그 혈관을 틀어막아, 녹슬고, 나중에 끊겼을 때의 결과는 처참할 정도이다. 그래서 그 혈관을 다시는 잇지 못하고, 사람과의 전쟁을 치르며 상상의 멱살을 잡고 소리 없는 총질을 일삼는, 내분의 중심에서 쉽게 벗어나지 못하는 기막힌 주인공이 될 수 있다.

나는 언제부터인가 마음의 혈관을 중요하게 여긴다. 그래서 주변 사람들에게 신뢰를 쌓고 대화를 이끌어갈 혈관을 만들어 가는 것에 가치를 부여하는데, 혈관의 주요소는 다정하고 진지한 대화이다. 이 대화는 마음의 혈관으로, 너와 나를 하나로 묶어주는 튼튼한 다리 역할을 하고 좋은 감정을 흐르게 한다. 그 감정은 보이지 않는 믿음으로 상승하여 어떤 작은 실수에도 아량으로 메워주고, 사랑으로 감싸주는 기제로 작동한다. 그처럼 아름다운 게 또 어디 있는가.

피를 나눈 부모형제도 멀리 떨어져 대화의 단절 시간이 길어지면 이웃사촌보다 못한 경우가 되어버린다. 이것은 무척이나 무서운 형벌

에 가깝다. 진솔한 대화가 이루어지지 못했을 경우, 그 역시 마음의 혈관이 서서히 녹슬어, 끊겨가는 과정으로 접어들고 있다는 신호이다. 그래서 형제간에 칼부림이 나고, 때로는 세상을 경악케 하는 사건으로 몸서리치게 한다. 단순히 재산싸움이나, 유산문제가 아닌 마음의 혈관에 이상이 생겨 그런 경우도 많다.

어떤 조직에서 인기를 끌고, 지지를 받으며 스스럼없이 대화를 하고 싶은 사람이 있다. 그 사람의 면면을 관찰해 보면, 그야말로 보이지 않는 혈관을 튼튼히 생성하고 있음을 알 수 있다. 그 혈관은 하루아침에, 당장 생겨나지 않는다. 설령, 눈 깜짝 할 사이에 형성이 된다고 해도, 그것은 기초가 없는 부실공사로 언제 깨질지 모른다. 천천히 만들어져야 그처럼 환호를 받고 감탄을 받는다.

똑같은 격무 속에서도 타인에 대한 끊임없는 관심과 배려를, 일상에서 그냥 스쳐지나가지 않고 언제나 따뜻한 마음을 주는 그에게 인기는 늘 따라다니게 마련이다. 그것은 인기가 아닌 그 사람의 천성적이고 성실한 대인관계의 결과에 대한 보통 사람들의 보답이다.

우리 사회는 급속도로 개인주의 사상이 팽배해져가고 있다. 그래서 내 것이 아닌 다른 것에 관심을 두지 않고, 모든 것들이 자기중심적 사고방식에 입각하여 어떤 유리한 이익이 산출되지 않으면, 행동에 옮기지도 않고, 거들떠보지도 않는다. 이웃에서 어떤 급박한 상황이 벌어진다고 해서, 한달음에 뛰어가 조정하고, 해결하고 도와주려는 사람이 얼마나 되는가. 그저 남의 일이려니 생각하고 접근조차 하지 않으려 하고, 괜히 불통이나 튀지 않을까 전전긍긍하는 우리들의 모습이 아닌가.

내 자신에게만 충실한 사람은 개인적으로 성공한 삶, 만족스런 삶을 살지는 모르지만, 우리 이웃을 외면하고 소홀히 한 것에 대한 냉혹한 평가는 면할 수 없다. 그래서 이제 우리 사회도 봉사정신과 기부문화, 남을 위해 어떤 활동을 해 왔는가에 대한 깊은 자성과 함께 사회공헌도의 중요성에 무게가 실려 가고 있다. 제도적 장치가 그와 같은 분위기를 주도해 나갈지라도 남을 위해 헌신하고 기쁨을 나누는 사람이 아름다운 평가를 받아야 하는 사회가 복 받은 사회라고 생각한다. 나 혼자만의 행복이 정말 튼튼하고 건강한 사회인가는 한번쯤 되돌아보아야 한다. 나뿐만 아니라 우리 모두가 함께 하는 사회는 저녁노을에도 미소 짓는 여유가, 담장 너머로 넘겨준 이웃의 고구마 하나에도 감동의 물결치는 소박함이 묻어난다.

지금, 우리는 마음의 혈관을 점검할 때이다. 서둘러야 한다.

노출의 계절

아파트 생활은 벽이 단단히 가로막혀 생각보다 터놓고 지내기가 그리 쉬운 환경이 아니다. 거리상으로 보면 한 건물에 살게 되므로 아주 가까운 측면이 있지만, 문 하나만 꽉 닫으면 세상과도 단절되고 만다. 굳이 누구와 친하게 지내지 않아도, 지갑만 두툼하면 전화 한통에 모든 게 해결되는 시대 아닌가.

단지 내에 수 없이 많은 사람들이 오가지만, 활동하는 사람들이 무엇 때문에 그렇게 바삐 움직이는지 별로 관심을 두지도 않고 가지려 노력도 하지 않는다. 이렇게 되니 명동거리에서 만나는 사람이나 단지 내에서 만나는 사람이나 별반 차이가 없어 보인다. 얼굴은 알지만, 벙어리처럼 묵묵부답이다. 상대방의 마음을 상상만 할 뿐이다.

오늘, 줄기차게 울어대는 매미소리를 들으며 슬그머니 나무 그늘로 향한다. 좀처럼 보이지 않던 아이들이 매미채를 하나씩 끼고, 약간은 흥분된 듯 단지 내에 숲속을 누비며 곤충채집에 나선 광경이 내 눈에 들어온다. 그들은 반바지 차림에 얼굴과 목덜미가 까맣게 그을려 있다. 아이들의 기다란 곤충채집 막대기를 보니, 문득 어렸을 적 빨랫줄에 나란히 앉아 있던 고추잠자리 생각이 난다. 샘물에 밥을 잔뜩 말아 먹고, 툇마루에서 마당을 바라보다 쉼 없는 잠자리의 유혹에 시선을 멈추곤 했다.

방금 전 그 아이들 곁에 성큼 다가서서, 얘들아, 내가 잠자리 잡아줄까, 하자 그 아이들은 이구동성으로 예, 하고 반긴다. 곤충채집도 필요 없이 맨손으로 잠자리를 잡아내자 아이들은 눈이 휘둥그레진다. 나는 순간 초등학생이 되어 함께 잠자리를 손아귀에 쥐고는, 알 나라 꽁꽁, 알 나라 꽁꽁하며, 어린 시절 내가 했던 것처럼 그 말을 되뇐다.

잠자리도 내 추억을 상기시키려는 듯 꼬리 부분에서 누런 알 수 없이 쏟아낸다. 그 광경을 지켜보고 있던 아이들은 신기하다는 듯, 와 하고는 숨죽이고 계속 잠자리를 지켜본다. 어떤 아이는 얼른 손바닥을 들이대고는 잠자리 꼬리 부분에서 샘물처럼 솟아나는 알을 받아낸다. 아마도 어른이 된 지금의 내 판단으로는 그 분비물이 '알'일 수도 있고, 긴장한 나머지 필요이상으로 배출하는 일종의 똥일지도 모른다는 생각이 든다. 그러나 나는 극구 알이라고 우겨댄다. 그래야만 아이들도 신기한 추억을 갖게 되지 않을까하는 나만의 별난 생각이다.

이러고 있는 사이 울창한 숲속에서의 매미소리는 더 폭발적이다. 귀가 먹먹해질 정도이다. 아마도 자기들의 종족을 무차별로 잡아들이는 우리들에 대한 항변을 넘어 칠 년이 넘는 기나긴 세월의 역경을 딛고 성충이 된 그들에 대한 파괴 공작을 쉽게 이해하지 못하겠다는 치열한 분노의 함성일지도 모른다. 그들 나름대로도 살아갈 이유가 있고 노래할 자유가 있는데도, 우리는 그들을 즐거움의 대상쯤으로 여기는 것에 대한 마지막 울부짖음은 아닐까. 이런 사실을 아무것도 모르는 듯 하늘에는 뭉게구름이 평화롭게 두둥실 떠간다.

언제부터인가 우리는 남의 일에 관심을 끄고 산다. 뜨거운 여름에 가슴을 훤히 드러내 보이고, 아슬아슬한 옷차림으로 사람들의 시선을 끌지만, 정작 마음은 아주 두꺼운 옷으로 가린다. 주거환경의 변화에서부터 시작한 우리들의 폐쇄 문화는 마음의 빗장을 걸어 잠그고 좀처럼 속내를 드러내 보이질 않으려 한다. 가까이 있으나 마음은 천릿길보다는 먼 곳에 위치에 있다. 마음이 닫혀 있으니, 조그마한 일에도 자주 이웃끼리 신경전을 벌이고, 싸움도 잦아진다. 그야말로 막가는

세상이다. 심지어는 소음공해 문제를 둘러싸고 갈등을 빚다 살인까지 저지른 뉴스가 우리를 더욱 심란하게 한다.

노출의 계절, 나는 여름을 사랑하고 존중한다. 이 여름은 신체적 노출을 의미하는 것이 아니라 단단히 걸어 잠가 두었던 마음의 빗장을 풀고 서서히 거리로 사람들이 쏟아져 나오게 한다. 단지 상가 옆에서는 원탁 위에 맥주잔을 올려놓고 시원한 여름을 만들려는 사람들의 얼굴에 미소가 넘친다. 등나무 밑에 모여 부채질을 하는 팔순 할머니들은 그 동안 숨기고 살아왔던 이웃끼리의 늦은 인사에 미안함을 감추지 못하고, 서서히 마음의 문을 열기 시작한다. 여름만이 우리에게 주는 개방의 선물이다.

아이들과 함께 어울려 매미, 잠자리를 잡다 보니, 채집통에 하나 가득이다. 아이들은 좋아라, 소릴 지른다. 한 마리를 채집통에서 꺼내 얇은 풀을 뜯어 잠자리의 꼬리 부분에 매어 주고 날려 보내니, 잠자리는 아이들 손에 잡힐 듯이 우리의 둘레를 빙빙 돈다. 그것을 잡으려는 아이들과 잠자리 사이에 한바탕 술래잡기가 시작된다. 나 역시 그들과 한패가 되어 이리 뛰고 저리 뛰어, 단지 내를 다 훑고 지나간다. 경비아저씨가 나를 바라본다. 이제 사십을 넘어 오십을 바라보는 사람이 어린 아이들과 시끌벅적하게 떠들며 노는 모습에 그는 감당하기 어려운 눈치를 보낸다. 이미 난 여덟 살 어린이가 되어 버린 걸 그는 모르고 있다.

나는 순식간에 '잠자리 아저씨'가 된다. 아저씨, 아저씨, 잠자리 또 잡아주세요. 네? 네? 정말 얼마 만에 들어보고 맡아보는 여름의 소리요, 향기인가. 나는 신이 더 난다.

이리저리 움직이다 단지 내에 작은 공터에서 개미군단을 만난다. 아이들은 잡던 곤충을 뒤로하고는 매미채의 막대 원통 구멍 뚫린 곳으로 개미를 잔뜩 집어넣는다. 바깥으로 나오면 또 잡아넣고를 수 없이 반복하더니, 이제 개미가 아예 나오지 못하도록 한 움큼씩의 모래를 쉴 새 없이 집어넣고는 즐거운 표정을 짓는다. 개미의 괴로움보다는 티 없이 맑은 아이들의 눈망울이 가슴에 새겨진다. 그것을 한참 바라보고 있던 나 역시 그 장난기에 함몰되어 헤어나질 못한다. 이 싱싱한 여름이 어린아이들과 나를 하나로 묶어주는 연결고리가 될 줄이야.

곤충채집통에 잔뜩 매미와 잠자리를 잡아 집으로 들어서는 그들의 뒷모습이 40년 전의 내 모습과 꼭 닮아 있다. 피식 웃음이 난다. 바로 노출의 계절, 여름 한낮에 우리 아파트에서 만난 행복이다.

추석 언저리에

　백년 정도는 흘러야 한번 돌아올까 말까 한다는 9일간의 황금연휴,
2006년도 추석을 둘러싼 앞뒤의 연휴가 무척이나 사람을 배부르게 한
다. 빨간색 글자의 달력만 바라봐도 흐뭇하고 마음은 든든해지며 입
가에는 미소가 절로 번진다. 한쪽에서는 흥청망청, 조상도 몰라보고
해외로 빠져나간다는 관광객들의 뒷모습을 카메라를 들이대며 성난
비판을 가한 지도 오래지만 그들은 아랑곳하지도 않는다. 되레 명절
이 이제 휴가개념으로 바뀌었지 않았느냐고 항변을 하며, 가만히 머
물러 있는 사람들을 시대착오적인 반개혁적 인물로 치부하는 경향도
없지 않다. 서서히 우리의 인식이 탈바꿈하면서 명절문화도 많이 탈
색된 것 같다. 어쩐지 우리 고유의 아름다운 명절 문화가 바뀌어가는
아쉬움도 있다.

　추석 연휴의 끝자락에서 막내아들을 데리고 놀이터에 서성거리다
눈앞을 섬광처럼 스쳐가는 것은 바로 총알이었다. 총알, 아이들의 장
난감에서 발사되는 총알이지만 그 강도나 스피드로 말하면 등골이 오
싹할 정도이다. 나무 뒤에나 바위틈에 숨어서 이십여 명이 떼를 지어
전쟁놀이를 하는 것을 보니 그 옆에 서 있기가 왠지 민망하면서도 좀
겁도 난다.

　웬걸, 한참을 지나다 어떤 아이의 아주 다급한 울음소리가 들렸다.
내가 위험하다는 생각을 채 끝내기도 전에, 그 아이는 아주 작은 알맹
이의 단단한 총알을 눈에 맞고 쓰러져 있는 것이다. 이 장난감을 상술
로 만들어 놓은 어른들의 작은 꾀에 어린이들이 이렇게 소리 높여 우
는지 그들은 알 바 아니다. 뒷맛이 개운치 않았다. 그 짧은 순간에도
어른들의 상술이 아이들에게 신체적 위협을 가하는구나, 생각을 하면

서도, 또 한편으로는 우리는 늘 전쟁의 위협 속에서 하루하루를 살아가는 특별한 민족이라는 것을 떠올리게 된다. 이제 조금 있으면 나이오십이 다 되어 가지만 지금까지도 나는 전쟁이라는 용어를 회피하고 살아온 기억이 거의 없는 것 같다. 남북 분단의 아픔에서 출발한 지금의 현실은 아직도 휴전이라는 전쟁의 울타리에서 벗어나지 못하고 있다.

내가 어렸을 때도 전쟁놀이는 그야말로 선풍적인 인기로 우리의 삶의 일부분처럼 되어 있었다. 둘 이상만 모이면 모형 총을 만들고, 총을 만들 형편이 되지 못하면 손을 쭉 뻗어 방아쇠를 잡아당기는 시늉을 하면, 상대방은, 으악, 하고 총 맞는 소리로 실감을 더해 주곤 멋있게 쓰러지곤 했다. 그런 어린 시절의 전쟁놀이가 아직도 진행형이고, 우리나라 어린이들뿐만 아니라 세계 어떤 나라의 어린이들도 그와 같은 놀이를 하겠지만 우리 아이들처럼 실감나는 연기를 따라 갈까, 스스로에게 질문을 던져본다.

놀이터를 에워싸고 한바탕 전쟁놀이를 하던 아이들이 휩쓸고 지나간 자리는 그야말로 전쟁의 상처가 깊게 파였다. 모래알 반, 총알 반이 되는 것처럼 많은 양의 장난감 총알이 여기저기 흩어져있고, 잔디밭의 정원수의 나뭇가지가 잘려나가고 태풍을 만난 것처럼 나뭇잎이 우수수 떨어져, 전쟁이란 이런 거야, 하고 말하는 것 같았다.

나는 우리 아이들이 어떤 놀이를 하던 문제 삼고 싶은 마음은 없다. 하지만 이 아이들이 우리나라의 남북분단의 현실에 맞춰 잠재적으로 몸속에 전쟁이라는 단어가 꿈틀거리고 그들의 마음속에 호전성이 길러질까, 그게 걱정이다. 어린이답게 놀 수 있는 것들도 얼마든지 많은데, 하필 광풍적인 전쟁놀이를 매일같이 일삼는가 하는 지겨움과 호

전적인 태도에 걱정이 앞서는 것이다. 우리의 민족분단의 현실이 아닐지라도 전쟁을 모티브로 한 영화가 얼마든지 우리 주변을 에워싸고, 현실과 가상이 헷갈릴 정도의 영화가 난무하는 상황이다. 장난감 총이 아닐지라도 그와 같은 아이들의 놀이문화가 형성될 것이라는 생각도 들지만, 우리 민족이 처해 있는 특수한 환경이 자꾸 전쟁의식에 부채질을 하는 것 아닌가 조심스러워진다.

아이들은 본대로 들은 대로 흉내 내고 그것이 오랜 숙성기간을 거쳐 발현된다. 그래서 내 마음에 들지 않고, 나와 생각을 같이 하지 않는 사람이라면 상대방을 칼로 찌르고 총을 쏘아 죽이는 것을 아주 우습게 생각하는 것은 아닐는지. 나 역시 어렸을 적, 군인들이 파 놓은 방공호를 따라 나뭇가지를 꺾어 총 모양을 만든 다음 무던히도 총질을 하고 사람 죽이는 연습을 했는데, 아직까지 우리 아이들도 그 흉내를 내고 있다는 것에 그리 마음이 편하지 않다. 우리 민족의 특수한 환경이 아닐지라도, 그리고 세월이 또 흐르고, 역사의 흐름에서 지워지지 못하고 인간의 삶 속에서 전쟁을 빼 놓을 수 없는 현실이라면 지금 내가 걱정하고 있는 것은 다 하나의 해프닝에 불과할지도 모른다. 그러나 전쟁만은 우리 곁에서 사라졌으면 한다.

이 땅에 평화라는 이름으로 우리는 수없이 전쟁을 치르고도 그 책임은 전적으로 상대방에 있음을 강조하고, 전쟁을 일으키고 승리로 이끈 사람들은 평화 애호가로 둔갑하는 세상이 아닌가. 그 과정에서 죄 없는 어린이, 노약자들은 수없이 죽어나가고, 그 전쟁의 아픔과 상처는 아직도 진행형이다. 평화를 지키기 위한 작은 희생은 어쩔 수 없다고 그들은 소리 높여 외친들, 이미 소중한 생명들이 죄 없이 죽어갔

다면, 그것을 어떻게 설명한 것인가.

　나와 반대 입장에 있는 사람들은 평화를 사랑하지 않는, 전쟁을 원하는 사람으로 치부하고 그들의 기선을 제압하여 내 편으로 편입시키고, 끝까지 항복하지 않는 사람들에게 무차별 공격을 가하는 냉혈한들에게 우리 인류의 역사는 면죄부를 주었던 것도 사실이다. 그 피비린내 나는 오류의 역사가 왠지 자꾸 못마땅하다. 평화를 지키기 위하여 전쟁을 치른다고는 하지만, 진정 그 평화의 내면에 들어가면 전쟁과 평화를 오용하고 오인하는 결과를 역사가 묵인하거나 묵과해서는 안 된다.

　추석 한가위 휘영청 보름달 너머로 우리의 갈등과 전쟁의 씨앗들을 모두 날려버렸으면 한다. 우리에게 웃고, 즐기고 남을 사랑하는 시간도 적은 마당에 아이들의 호들갑스런 전쟁놀이가 먼 훗날 현실이 되지 않을까 마음을 졸이고 있는 것이다.

　긴 추석 연휴에 이렇게 아이들의 전쟁놀이에 걱정이 앞서는 내 과민한 성격이 자꾸 미워지기도 한다.

인사가 만사다

　지구상에서 고개를 숙일 줄 아는 동물은 사람밖에 없다. 물론 훈련과 조련의 힘으로 고개를 숙이는 일부 짐승은 있을지 몰라도 자의적 감정 체계의 발산으로 인사를 하는 동물은 우리 인간이 전부이다.

　직장에서, 거리에서, 아니면 시장 통에서 아는 사람을 만나면 자기도 모르게 고개를 숙이고 인사말을 주고받게 된다. 고개를 숙이는 것은 물리적 현상을 넘어 호감으로 빚어낸 감정의 산물이라는 것을 알았을 때, 사람과 사람 사이의 관계는 더욱 부드러워지고 흉허물 없이 지낼 수 있는 사이로 발전하기도 한다. 반대로, 알고 지냈던 두 사람이 서로의 눈을 피하고 고개를 다른 곳으로 돌려 마치 위기 상황을 넘기려는 듯 종종걸음을 치는 사람은 그 두 사람 사이가 소원해졌거나 밝히기 어려운 감정의 문제로 꼬여있는지도 모른다.

　직장 생활을 오래 하다 보니, 또 나이가 이만큼 들다보니 업무 관계든 아니면 일시적 만남이든 다양한 사람을 만날 수 있었다. 업무적이라면, 같은 직장에서 아주 오랫동안 인사를 주고받으며 일상을 보내게 된다. 그저 눈만 뜨면 직장으로 출근하여 많은 사람과의 대화, 인사를 주고받으며 하루를 시작한다. 그래서 상대방의 표정과 눈빛만 봐도 그 사람의 감정을 신통하게도 읽어낸다.

　그런데 고개를 숙이는 이 인사법은 참으로 놀랄 만큼 심리적 효과를 드러낸다. 상대방과 격렬한 싸움 끝에, 아니면 이해관계의 반대 입장에서, 갈등을 몰고 오는 태풍의 중심에서 서로 각기 자기의 입장과 주장을 내세우며 독기를 품고 앙칼스럽게 대응하기도 한다. 이쯤 되면 표독스러운 이빨을 드러내며 달려드는 호랑이나 사자와 같은 맹수와 다를 게 있는가.

사람의 마음은 참 알 수 없다. 어떤 사람을 해치고 싶을 정도로 밉다가도 그 사람이 환한 웃음을 지으며 고개를 숙이고 들어올 때면 봄눈 녹듯 그 악한 감정이 순식간에 사라질 때가 있다. 고개 한번 숙이는 것이 별것 아니라고 생각할지 모르지만, 고개를 숙였다는 그 자체가 아주 팽팽하게 긴장된 두 사람 사이를 완화의 길로 들어서게 하는 역할을 한다. 천 냥 빚도 말 한 마디로 갚는다는 말을 응용하면 철 천지 원수도 고개 한번 숙이는 것으로 해결된다는 말로 대체할 수 있는 것은 아닐까.

가만히 보면 우리 주위에서 칭찬을 받고 호감을 사며 리더로 부각되는 사람들 중에는 대부분 인사를 잘하는 사람들이 많다. 인사를 할 때도 그냥 하는 것이 아니라, 요즘 어떠세요, 얼굴 표정이 좋습니다, 신수가 훤합니다, 등 갖가지 양념을 칠하여 한결 부드럽고 살가운 표정으로 상대방을 대하면 상대방은 갖고 있던 미세한 경계심을 금방 내려놓게 된다. 이것은 인사의 기술이고 효과이다. 인사는 강하면서도 약한 양면성을 갖고 있는 인간의 마음을 돈 한 푼 들이지 않고 기분 좋게 하는 어떤 마약과도 같은 역할을 한다.

직장에서 아무리 업무처리를 잘하고 좋은 성과를 낼지라도 인간관계에서 삐거덕 소리를 내면 애써 공을 들였던 그 업적이 반감되고 심지어는 안한 것만도 못하는 수가 있다. 사람을 평가하는 것도 사람이고 사람을 부리는 것도 사람이다. 우리는 사람 속에 파묻혀 일정한 감정 체계의 원리 속에 살아가는지도 모른다. 저 사람은 좋은 사람이야, 할 때 무척 상대적인 것을 알 수 있는데, '좋다, 나쁘다'의 기준도 어찌 보면 평가하는 사람의 주관에 따라 다르기에 고개를 숙이고 인사하는

것이 얼마나 큰 영향을 주는 것인가 한번쯤 생각해 볼일이다.

뻣뻣이 고개를 쳐들고 상사를 보거나 연장자가 지나갈 때도 아무런 반응을 보이지 않는다면 그 사람은 인간관계에서 실패할 확률이 높다. 인간은 사회적 동물의 테두리를 벗어나기 무척 힘들고 사람 속에서 좋은 평가를 받지 못할 때 성공하기 힘든 경우가 바로 이런 때이다. 고개 한번 숙인 인사는 상황을 급반전시키기도 할뿐더러 용서와 화해 감정의 샘물을 펑펑 솟아오르게 만든다.

사람의 감정은 참으로 세밀하다. 종이 한 장 차이처럼 작은 비교가 사람과 사람을 평가하여 순위를 매기고, 그 순위에 따라 승진과 승급의 자료가 되며, 보이지 않는 평가의 꼬리표는 시효기간 없이 무제한으로 평생 따라 다니기도 한다. 이 평가표는 보이지도 않고 사람들 머릿속에 오래오래 저장되어 있다가 결정적 고비 때마다 불쑥불쑥 튀어나오는 마법 상자와도 같다. 사람의 기억 속에 저장되어 있는 것은 누가 꺼내 갈 수도 없고, 지우려 해도 지워지지 않는다. 그러기에 첫인상, 첫인사가 얼마나 중요한가.

고개를 숙인다는 것은, 다분히 물리적 각도에 의해 신체를 땅 쪽을 향하여 숙인다는 매우 표피적이고 일차적인 의미보다, 당신을 향한 나의 마음은 여전합니다, 라는 호의적이고 존경의 뜻으로도 받아들일 수 있다. 마음 깊은 곳에서 우러나온 인사가 아닐지라도 고개 숙인 자세는 상대방의 기분을 좋게 만들고 격한 감정을 누그러뜨리는 역할을 하는 것에는 누구도 부인하기 어려울 것이다. 그래서 무거운 책임을 져야 하는 고위 행정 관료들이나 정치인들이 잘못을 저질러 신망을 잃었다고 생각했을 때, 속죄의 마음으로 국민들을 향하여 고개 숙이

기도 한다. 국민 입장에서 당장 용서되지 않을지라도 그 광경을 목격하고 심한 욕은 하지 못할 게 아닌가.

삶은 인간관계가 기초요, 인간관계는 곧 인사로부터 출발한다, 라는 말로 등식화하면 지나친 논리적 비약이라고 말할지 모르지만, 고개를 숙이는 인사는 그야말로 만병통치약처럼 인간의 감정을 다스리는 좋은 약재라는 것을 많은 사람들에게 말하고 싶다.

선생님, 선생놈, 선생질

급변하는 교육현장에서 수 없이 쏟아지는 의견과, 그에 따른 말들은 우리의 삶 속에서 홍수를 이루고 있다. 내가 교직생활을 처음 시작했던 80년대 후반과 20년이 지난 지금과의 교육 현장은 표현하기 힘들 정도의 변화를 가져왔고, 특히 학부모나 학생들과 같은 교육 수요자 입장에서 주장하고 요구하는 것들이 칼날처럼 날카롭기 그지없다.

상대방에 대한 배려와 양보, 관용이 기초가 된 그 시절의 교육 현장은 잘잘못을 따지려 하기보다는 감싸주고 덮어주고, 서로를 이해하려는 미풍양속에 가까운 훈훈함이 넘쳐났다. 물론 선생님들의 개선과 변화를 기대할 수 있는 범위 내에서의 용서를 말하는 것이지, 선생님의 심대한 잘못까지 무조건 덮어두는 것을 말하는 것은 아니다. 교육 방식이나 철학에 다소 문제가 있다 해도 인내심을 갖고 기다리던 그 시절의 학부모님과 학생들을 무지에서 오는 방관으로 볼 사람이 어디 있겠는가. 교사의 실수를 지적하면서도 아량으로 덮어두는, 보이지 않는 기다림이 오히려 교사들에게 철저한 자기반성의 환경을 만들어 주었는지도 모른다. 부드러움이 직선을 이겨낸다는 슬기로운 판단을 주셨던 학부모들을 생각해서라도 교사들은 학생들에게 더 열심히 가르쳐야 하는 마음으로부터의 부담을 느낀 것도 사실이다.

이제 이 땅의 교사들이 학부모로부터 존경받는 시대는 지나간 것 같다. 학부모 스스로가 교사들을 인정하고 존경하려 하지도 않는다. 기다렸다는 듯 잘못을 들추고 책임을 추궁하며 달리는 말을 채찍질하듯 한 글자라도 더 아이들에게 가르칠 것만을 다그치고 있다. 이 정도라면 교사들은 아이들의 인성보다는 점수를 더 높여 주는 기계로 전락한 꼴이다. 학부모들의 감시도 부족하여 이제 교육을 받는 학생들

조차 선생님들의 작은 움직임까지 카메라 폰에 담아 세상에 알리며, 학생들 스스로의 주장을 근거로 삼으려 한다. 일단 가르치는 선생님을 철저한 평가의 대상으로만 여기려는 노력이 교실에서조차 끊임없이 이루어진다는 점에서 교사들에 대한 평가는 냉혹하고 가혹하다. 투명 유리관에서 수업하는 것과 똑같다. 조금 더 비참하게 표현하면 교사들의 평가물은 아이들의 호주머니 속에 있고, 언제든지 사회 문제로 부각될 잠재성을 안고 있다.

이런 상황에서는 선생님들의 진정한 노력도 정상적인 평가를 받기 어려울 때가 있다. 진심은 세월이 흘러도 정의의 미소를 머금은 평가로 이어질 때도 있지만, 이렇게 단순히 지식을 판매하고 구매하는 시장에서는 상품가치의 여부에 따라 판매자 역할로 비추어질 확률이 크기에 씁쓰름한 미소를 짓게 한다. 순수한 마음으로 아이들에게 다가서고, 정성으로 가르치는 것들조차도 순이익만을 챙기려는 지식 시장에서는 상품가치로 평가하려는 저돌성을 막기 힘들다. 이런 의식이 사회 저변에 깔리기 시작하고, 그런 사회적 분위기에서 공기를 마시고 사는 사람들 중의 한 사람으로서 선생님들도 환경의 지배를 전혀 받지 않는다고 볼 수 없다.

사회의 분위기는 가르침의 신성함을 선생놈들이 선생질하는 사람으로 몰고 간다. 시원한 그늘을 제공한 나무를 발로차고 손으로 툭툭 치고 성가시게 만드는 사람들의 성향이 교사들을 향해서도 그대로 나타나는 것은 아닌지 우려된다. 아이들을 위해 그토록 힘써왔지만, 정작 돌아오는 것은 욕설과 혹평, 그야말로 저속한 언어의 화살을 맞고 있는 셈이다.

솔직히, 말미에 '질' 이라는 접미사가 들어가면 참으로 삭막한 거부감이 꿈틀댄다. 손가락질, 걸레질, 돌팔매질, 전화질, 삿대질, 이런 저속한 언어의 사고의 중심에는 상대방에 대한 비방과 인격모독이 조용히 숨어 있다는 게 문제이다. 여기에 선생질이라는 말은 아이들을 가르치는 사람들에게 부르기에는 적절하지 않을뿐더러 이와 같은 교원 경시풍조는 곧바로 교육 현장을 멍들고 냉소주의에 빠지게 한다. 아이들을 가르치는 신성한 영역에 재를 뿌리고 그 위에 소금마저 뿌리는 행위와 뭐가 다른가. 진정으로 고칠 일이 있다면, 다 같이 머리를 맞대고 생각해 볼 수 있는 토론의 장을 우선 만들려는 노력이 더 필요한 것은 아닐까.

아이들을 가르치고 인성을 바로세우는 신성한 영역을 '질' 이나 하는 못된 행위로 규정하는 마당에 누가 나서서 더 열심히 아이들을 가르치고 솔선수범하려 할까. 이런 저질스러운 언어가 난무하는 교육 현장에 아무리 깨끗해지려고 몸부림쳐도 그 한계가 있는 게 분명하다. 교육현장을 둘러싸고 있는 사회는 오염이 되어도 아이들을 가르치는 교실만은 깨끗해질 것을 바라는 것은 거대한 바다를 오염시키고 싱싱한 바닷고기를 먹겠다는 심보와 똑같다.

교육은 학교에서만 이루어지는 것은 아니다. 최초의 학교는 분명 가정이고, 최초의 교사는 부모이다. 이런 점을 간과한 채 모든 것을 학교에 의지하려는 것 자체가 부담스러울 뿐이며, 굴절된 기대와 희망은 그 결과도 불을 보듯 뻔한 게 아닌가. 이런 현실을 냉정히 살피지 않은 채 교사들에게만 책임을 뒤집어씌우는 듯한 언행은 자제해야 한다. 교육의 효과는 힘들 정도로 참을성 있게 지켜보는 과정에서 그

효과가 조금씩 나타난다.

성급한 결과를 기대하는 심리는 교사들을 영업사원 취급하듯 한다. 영업 결과처럼 눈에 금방 나타나지도 않는데도, 교원 성과급이라는 시답지 않는 빵을 주면서, 그 빵을 서로 먹겠다고 싸움하는 현장을 멀리서 물끄러미 바라보는 사람들이 있다는 점에 실망하지 않을 수 없다. 그렇게 해서라도 서로의 공과를 확인하고 교원 개개인의 실적을 평가의 도마 위에 올려놓음으로써 긴장을 불어 넣겠다는 속셈을 모르는 바는 아니지만 영업사원과 같은 계량화된 실적을 교육현장에 그대로 적용하려는 것은 그만큼 무리가 있게 마련이다. 이제, 교원 개개인들도 행동 하나하나에 어떤 평가를 받을지도 모른다는 평가등식을 평생 안고 살아가야 한다. 이런 것을 교육 수요자들이 진정으로 원하는 것이었는지는 잘 모른다.

조금만 깊게 들여다보면 이 땅 위의 교육자들은 우리의 형제자매 그리고 친구들이다. 자꾸 침을 뱉고 욕설을 퍼붓는 것은 그야말로 자기의 얼굴에 침을 뱉는 것과 무엇이 다르랴. 선생님들도 일정한 양식을 갖춘 사람들이다. 자꾸 자존심을 건드리고 시비를 걸어오면 늘 성인군자의 모습을 유지하기는 힘들다. 내가 세금 낸 돈으로 너희들이 먹고사니 내가 하라는 대로 하는 것은 너무나도 당연한 것 아닌가 하는 생각을 학부모들이 한다면, 선생님들은 그야말로 학부모들이 돈을 주고 산 노동을 학교현장에서 팔러 온 사람과 별반 차이가 없다. 일정한 노무비를 받고 아이들을 위해, 그 임금만큼의 지식을 판매하는 공식을 연상할 수 있으니, 상상만 해도 건조하기 짝이 없다.

곰곰이 생각해 보면, 자꾸 따지고 계산하고 윽박지르는 것에, 그 반

대급부가 시원치 않게 돌아옴을 금방 느낀다. 가는 말이 고와야 오는 말도 고운 법 아닌가. 선생님들 중에는 정말 밤늦게까지 가정과 자기 자신을 버린 채, 아이들을 위해 희생하시는 분들이 많다. 그러나 그분들이 마냥 마음이 편한 것만은 아니다. 공든 탑이 무너지듯 여론은 차갑고 학교에 대한 불신은 날로 증폭되고, 선생님들에 대한 곱지 않은 시선은 늘 교육에 종사하는 사람들을 주눅 들고 위축되게 만든다.

이제 잘못은 꾸짖되 경멸하지 말 것이며, 가르치는 일을 비웃음거리로 삼아서도 안 된다. 잘한 일은 나서서 칭찬해주는 아름답고 격조 있는 교육의식을 우리 모두가 길렀으면 한다. 그래서 더 이상 교육 현장에 선생놈들이 선생질하는 나쁜 악습이 사라지고, 존경받는 선생님과 스승만이 해맑게 웃음 짓는 그 날을 꿈꾸어 본다.

보이는 곳과 보이지 않는 곳

신체의 각 부분마다 저마다의 기능과 역할이 있다. 오묘한 신의 섭리로 만들어진 우주보다 더 귀중하다는 신체에 대해 신비함마저 느낀다. 먹고, 즐기고, 뛰고, 무수한 생각들로 인간관계가 얽히고설키고, 나란히 어깨동무를 하고 걸어갈 수 있는 정신적 힘과 신체적 건강함, 영·육 양면의 살아 있음에 대한 신호는 우리의 온몸을 통해서 발현된다.

나이 마흔을 넘기고 서서히 한 살 한 살 나이가 더 들어감에 따라 신체의 중요성, 건강의 중요성은 그만큼 강조되고 관심 역시 깊어지게 마련이다. 요즘 들어 발바닥을 씻는 데만도 상당한 시간과 공을 들인다. 청결에 문제가 생겨서인지, 운이 나쁘게 다른 사람으로부터 옮겨왔는지는 모르지만, 발톱 무좀으로 긴 세월을 고통 받다가, 1년여의 약물치료와 잦은 통원치료로 무좀의 딱지를 떼게 되었다. 발톱무좀은 발톱이 자라나면서 계속 뿌리 쪽으로 무좀을 활성화하는 세균이 파고들어 그 끝은 어디인지 모른다. 보다 못해 피부과 의사에게 나의 부끄러운 발을 선보이고 진찰을 받은 후 독하다는 약을 먹고, 발톱을 특수기계로 갈아내는 것을 병행하여 1년여 만에 온전한 발을 만들어 냈다. 그러고 나서부터는 발에 대한 인식이 싹 바뀌게 되었는데, 신체의 가장 밑에서 육중한 몸무게를 지탱하며 여태껏 고생만 일삼으면서도 칭찬 한번 듣지 못하는 발에 대한 어떤 겸손함을 갖게 되었다. 다른 신체 부위 같으면 소리를 지르고 야단법석이었겠지만, 발은 부르틀 정도의 고통을 감수하면서도 아무 말을 하지 않았다. 그런 미안한 감정을 속죄하는 마음에 발을 씻고 관리하는 시간이 점차 늘어났고, 매일같이 따뜻한 물에 담그고 한동안 기도하듯이 발과의 대화를 시도한다.

아마도 발을 혹사하고 마구잡이로 사용한 대가가 발톱과 발바닥 무좀으로 20년을 넘게 나를 고생의 구렁텅이로 몰아넣는지도 모른다. 무좀치료에 좋다는 갖가지 약물을 약국에서 사다 바르고 했지만, 번번이 실패였고 이겨낼 재간이 없었다. 참 지긋지긋한 것이 무좀이다. 여름철에는 더 심하다가도 겨울철에는 얼굴을 감추는 이중성을 갖고 있기에 무좀 퇴치가 그만큼 어려웠으리라.

얼굴은 늘 많은 사람들과 마주보기에 우리는 민감하리만큼 청결에 신경을 쓰고 가꾼다. 한발 더 나아가 얼굴 뜯어고치고 예뻐지기 위해 끊임없는 노력과 정성을 투자한다. 화장품을 바르고 눈썹을 진하게 하고, 쌍까풀 수술, 보조개 수술까지, 호감을 얻기 위한 노력은 처절한 몸부림에 가깝다고 할까. 많은 비용을 들여서라도 자기 자신을 가꾸는데 소홀하지 않는다. 그런데도 상대적으로 보이지 않는 곳을 등한시한 결과는 바로 무좀으로 다가왔다. 인과응보이다.

독자들이 다소 인상을 찌푸리고 얼굴이 달아오를지 모르지만, 매일같이 우리는 화장실에서 뒤를 보아야 한다. 그런데도 밥을 먹는 입구 쪽은 상당한 청결을 유지한다. 양치질을 하고 치아를 좀 더 하얗게 만들고, 충치를 없애는 노력뿐만 아니라 입 냄새 제거에도 신경을 곤두세운다. 반면에, 일생동안 노폐물을 배출하면서 자기의 할 일만 묵묵히 해내는 그 부분에 대해서 얼마만큼 고마움을 갖고 살아왔는지 생각해 볼 일이다.

입술에 진한 립스틱을 바르고, 몸에는 향수를 뿌리며, 머리 모양은 상대방을 유혹하기 충분할 정도로 열정과 노력을 아끼지 않으면서도 보이지 않는 곳에는 그렇지 못함을 알 수 있다. 어쩔 수 없는 신체의

부분이라고 감안을 할지라도 다른 신체 부위에 비하면 홀대받고 있다는 사실을 부인하기 어렵다.

　창피한 이야기지만, 어렸을 적 화장실에서 뒤를 보고 그곳을 닦을 수 있는 종이가 없던 시절에는 지푸라기를 구겨서 쓱쓱 문지르기도 하고, 칡넝쿨이나 뻣뻣한 종이로 간신히 위기 아닌 위기를 모면했는데, 그러다가 조금 상황이 나아진 것이 신문지를 말아 닦고부터이다. 복지가 좋아졌던 증표가 바로 시커먼 신문 쪼가리였다. 물론 신문으로 밑을 닦고 나면 그쪽 부분이 시커멓게 되어 있었을 거라는 추측은 틀림없었으리라. 생각하기 싫은 추억이다. 지푸라기나 신문지를 말아 닦다 반은 손에 그 배설물이 묻은 것을 생각하면 지금도 아찔하다. 청결하고는 아주 거리가 멀었거니와 신체의 그쪽 부분에 얼마나 고달프고 거친 물질들로 시달림을 주었는지를 회상하면 안쓰러울 정도이다. 최근에 비데나 기타 세정제로 화장실에서 이루어지는 청결의 정도는 하루가 다르게 좋아지고 있고, 그에 상응하는 좋은 상품들이 쏟아져 나와 천만다행이다. 시달림 받고 홀대 받던 신체의 그 쪽 부분이 환한 미소를 짓고 있는지도 모른다.

　솔직히 고백하자면, 어렸을 적 초등학교 시절에 치질로 고생을 한 것도 그런 열악한 환경에서 자란 어이없는 아픔이었는지도 모른다. 그것을 치료할 만한 마땅한 병원도 없던 시절, 어머니의 손에 끌려 무면허 의사의 손에 내 항문을 고스란히 맡겨야 했다. 아주 심각하게 난도질을 당한 고통스런 추억이 자꾸 뇌리를 스친다. 무지와 가난이 부른 어쩔 수 없는 신체에 대한 학대였던 셈이다. 되돌리고 싶지 않은 아픔이지만, 자꾸 생각나는 것을 억지로 막을 수는 없다.

그런저런 생각을 하다 보니, 과거 본의 아니게 내 신체의 보이지 않는 곳에 저질렀던 만행에 대한 미안함을 갖고 지금부터라도 정신을 바짝 차리고 잘 관리해야겠다는 결심이 선다.

　　이제 작은 것도, 보이지 않는 곳도 조마조마한 마음으로 바라보고, 원인과 결과를 연결하며 침착하게 대응하게 된다. 신체는 정말 소중하지 않는 곳이 없다. 보이는 곳에서부터 보이지 않는 곳, 어디 한군데라도 아프고 탈이 나면 건강했던 정신까지도 치명타를 입힌다. 이렇게 걷고, 뛰고, 먹고, 생각하고, 보고, 느낄 수 있는 것에 감사함을 가지게 되는 것도, 지금까지 살아오면서 겪어왔던 쓰라린 아픔이 우려낸 뼈저림의 결과가 아닐까.

작은 깨달음

집 앞 이발소를 드나든 지 6년 정도 된 것 같다. 문을 열고 들어설 때마다 친근한 미소로 맞이하는 주인아저씨, 짧은 시간 내에 정성을 다하여 머리모양을 가꾸어 주는 이발사, 저렴한 이발 가격, 뭐 이런 것들로 인해 그 곳을 이용하는 단골이 되었다. 사장님은 그대로인데 머리를 깎는 이발사들이 자주 바뀐다는 게 흠이라면 흠이었다.

한 번은 여느 때와 똑같이 이발소를 향했다. 이발사가 너덧 명 되는 제법 큰 이발관이기에 누가 내 머리를 손질하게 될지는 모른다. 들어오는 손님의 순서대로 깎기 때문에 그날그날 다른 이발사와 맞닥뜨리는 경우가 많다. 내 머리는 옆머리가 밤송이처럼 솟아오르는 까닭에 상당히 까다로운 과정을 거쳐야 간신히 얼굴 생김새에 가깝게 접근할 수 있다. 한시라도 마음을 놓거나 한눈을 팔다간 내 머리모양을 망쳐 놓아, 이발관을 나오는 순간 다른 사람의 눈에 띌까 조마조마하다. 각진 얼굴에 머리카락조차 옆으로 서 버리는 바람에 한 달 가량만 이발소에 들르지 않으면 영 딴 인물이 되고 만다. 호감 가는 얼굴이 아닌데다 머리 모양조차 조화를 이루지 못하니, 내 얼굴 꼴이 시원찮은 게 사실이다. 반 곱슬머리나, 착 달라붙은 머리모양이 유지된다면 그럭저럭 짜임새 있는 얼굴모양이라도 될 텐데, 밤송이처럼 자꾸 솟아오른 모양은 그야말로 고슴도치를 연상케 한다. 아주 낭패다.

상황이 이렇다 보니 이발소에서 머리를 자를 때마다, 똑같은 주문을 하게 된다. 옆머리가 자꾸 서게 되니, 비교적 짧게 깎아 주세요, 하고 늘 했던 말을 되풀이 한다. 내 스스로가 싫증나고 지겹기도 하다. 그러기에 이발사들에게 내 얼굴 좀 기억해 주십시오, 하고 특별한 당부를 한다.

그러던 어느 날 약간의 잡음이 생겼다. 어느 이발사의 투정에 가까운 말투 때문에 시작되었다. 나는 내 머리모양에 대해 지칠 대로 지친 사람이고 언제나 똑같은 말을 곱씹어야 하는 고통 아닌 고통을 지닌 사람이기에 그의 투정과 맞부딪치면서 서로 인상을 쓰는 일이 벌어졌는데, 아마도 이발소에서 이렇게 불쾌한 것은 난생처음이었다.

　　그 일이 있고부터 나는 그 이발소를 외면했다. 이발소 사장님의 따뜻한 미소를 뒤로한 채 신호등을 두어 개 건너 새로운 이발소를 찾곤 했다. 한 달에 한 번씩이지만, 가까운 곳을 지나쳐 그곳까지 간다는 것은 새로운 짜증거리와 귀찮음을 동반했다. 바꾼 이발소라고해서 더 깔끔하고 단정하게 깎는 것은 아니지만 한번 다툰 지난번의 이발사와 눈을 마주친다는 것은 내 자존심과 구겨진 체면을 세울 수 없다고 판단했다. 이발을 하지 않더라도 시내를 나갈 때마다 단골이발소 앞을 지나쳐야 하는 마음의 불편함을 깡그리 무시한 채 소음과 공기까지 탁한 새 이발소를 이용하는 것은 또 다른 고민거리가 되었다. 뭐 이발사라고 해서 잘 깎고 못 깎고 얼마나 차이가 나겠는가. 슬슬 걱정이 되는 것은 한번 비틀어진 이발사와 나와의 관계가 쉽게 회복되지 않을 것 같은 무거운 예감이 자꾸 나를 괴롭혔다.

　　그러던 어느 날 서울에서 볼일을 보고 지친 몸으로 터벅터벅 집을 향해 걸어오는데 누군가, 안녕하세요, 하고 밝은 미소를 띠며 인사를 하는 게 아닌가. 다름 아닌 전에 다녔던 단골 이발소 주인아저씨, 이른바 사장님이었다. 나는 엉겁결에 그 인사에 맞추어, 오랜만입니다, 하고 마치 고향친구를 만나듯 인사를 주고받았다. 참 신기한 일이었다. 1년이 넘는 세월동안 마음속에 담아 두었던 응어리랄까, 좀 꺼림

칙한 찌꺼기가 한꺼번에 배출되어 하수구로 쏟아져 들어가는 묘한 감정을 느끼게 되었다.

나는 한동안 멍하니 길에서 서 있다가, 순간 내 머릿속에 스치는 작은 깨달음 같은 것을 발견했다. 그 누군가에게 내 자존심과 체면을 지키기 위해 내 자신이 희생하고 감내해야 할 부분도 참 많다는 사실을. 한동안 열심히 내 머리를 깎았던 그 이발사는 그 때 그 불쾌함을 깨끗이 씻어 버렸는데, 유독 내 자신만 응어리와 분노를 갖고 있었던 것은 아닌가. 이런 식의 마음가짐이나 마음씀씀이라면 누구와도 마찰을 빚을 게 분명하구나. 상대방의 잘못이 있으면 그 자리에서 똑 부러지게 말하여 풀어버리고, 새롭게 시작하는 아량도 필요한데, 두고두고 그 때 그 상황을 머릿속에 저장하여 스스로를 옭아매는 이런 습관 때문에 내 자신만 힘든 시간을 보냈을 거라는 작은 깨달음이 내 얼굴을 화끈거리게 했다.

나는 바로 그날 오후 원래의 단골 이발관을 다시 찾았다. 주인아저씨는 내가 전에 다녔을 때보다 더 환한 미소로 나를 맞이해 주었고, 그 이발사 역시 언제 그런 일이 있었느냐는 듯 부드러운 손길로 최선을 다해 내 머리를 손질해 나갔다.

성숙한 삶의 기본에는 이해와 사랑이 뒷받침되어야 한다는 것을 또 다시 느꼈다. 내 스스로 마음의 울타리를 쳐놓고 있는 동안 다름 사람은 나에게 오고 싶어도 내가 걸어 잠근 마음의 빗장을 풀지 못하여 영영 손을 내밀지 못할 수도 있다. 이것은 교류와 소통의 중단으로 스스로를 고립시키기에 충분하다.

때로는 내 자존심과 체면의 견고한 벽을 허물어 적절히 융화하고

잘못된 응어리를 걸러내 마음속에서 이는 분노와 원망과도 화해해야 하는 부단한 심리 훈련이 필요하다는 것을 처절하게 깨닫는 하루였다. 단정하게 가다듬어진 내 머리를 거울 속에 비추어 본다. 유연한 사고의 날개가 하늘 높이 자유롭게 날아가는 영상이 그려진다. 다소 겸연쩍고 부끄러운 미소를 뒤로 한 채 단골 이발소를 유유히 빠져나왔다.

황성하 수필집

가슴으로 쓰는 생활기록부

　교육환경이 참 많이 변했다. 교육과정도 변하고, 학생과 학부모들의 학교에 대한 인식도 예전과는 다르다. 교육수요자가 교육의 중심에 서게 되면서 요구사항도 다양하고 그 내용 면에서도 벅찰 만큼 까다롭고 예민한 사항들이 많이 숨어 있다. 그런 것들을 잘 수렴하고 만족시켜주어야 하는 위치에 서 있는 선생님들의 고충도 그만큼 늘어나게 마련이다.

　교직에 첫발을 내 디뎠던 1980년대만 해도 미흡하고 부족한 점에 대해 서로 이해하고 덮어두고 감싸주는 분위기가 여전했다. 온정주의가 싹트는 교실 분위기에서 학부모도 학생들도 선생님들을 존경스러운 눈으로 바라보고 선생님들의 입에서 쏟아내는 수 없이 많은 말들을 진리로 받아들이며 그것을 실천하려는 아이들의 모습에서 큰 보람도 느끼고 선생님들의 교직에 대한 애착도 강했다.

　그런 환경이 점차 지극히 계산적이고, 마치 수요와 공급의 시장원리에 의해 값이 매겨지는 상황으로 전개되면서 학생들도 더 이상 선생님들을 존경의 대상으로만 여기는 것이 아니라 나에게 줄 수 있는 정보의 양에 따라 선생님들을 평가하는 혹독한 세상으로 변했다. 줄것은 주고, 받을 것은 받고야 말겠다는 냉철한 시대상을 그대로 반영한 셈이다. 교실이든 사회 구석구석이든 이러한 계산법은 쉽게 발견되고 그것을 받아들이는 기분이다. 삭막하다.

　한 가지 주목할 점은, 세상이 이토록 날카롭게 변하고 이해 타산적으로 변할지라도 한결같은 마음으로 아이들을 돌보고 그들 속에서 삶의 보람을 찾아가는 선생님들이 많다는 것이다. 참 고무적이다. 그리고 아름답다.

담임을 하면서 가장 가까이에서 아이들을 대할 때면 가슴으로 생활기록부를 정리하는 경우가 참 많다. 현재의 생활기록부 양식에는 학생들의 인적사항에서부터 시작하여 봉사활동, 수상기록, 근태상황, 체험활동 상황, 교과 특기 사항 기록란은 물론 행동특성까지 모든 것을 총망라하여 누가기록하게끔 되어 있다. 그래서 상을 많이 받고 봉사활동을 많이 한 학생의 경우는 생활기록부가 무려 10페이지 가깝게 되는 아이들도 있다. 그것을 받아든 본인도 세세하게 기록된 학교생활 현황을 단번에 읽어 볼 수 있지만, 대학 진학이나 취업의 기초자료로 활용하는 곳에서도 학생들의 면면을 자세히 들여다 볼 수 있다. 과거에 잉크를 묻혀 펜으로 쓰던 시대에 비하면 무척이나 세밀해진 것은 사실이다.

그런데 이와 같은 누가기록의 제도적 장치가 있음에도 불구하고 벙어리 냉가슴 앓듯 할 말을 다 못하는 게 선생님들의 마음이다. 어떤 학생을 지도하는 데 서류로만 남겨서는 한계점을 드러내는 것이 많기 때문이다. 50년이 넘는 세월 동안 보존되는 생활기록부에, 지나치게 부정적인 말로 어떤 학생의 진로를 가로막을 만한 명분도 없는 것 같다. 이를테면, 지각과 결석을 밥 먹듯 하고 공동체 생활의 참뜻을 이해하지 못해 학교생활에 적응을 못해 학교 친구들에게 보이지 않는 피해를 주고, 규범을 어겨 공동체 생활의 틀을 깨는 학생들에게 서류로만 정리하고 넘어가기에는 너무나 안타까운 현실에서 선생님들만의 훈육은 눈물을 쏟을 만큼 처절한 경우도 많다. 험준한 산맥을 넘으면 그보다 더 위험한 산이 가로 놓여 있듯, 교직 수행의 과정에서 발생하는 변수는 이루 다 헤아릴 수 없는 것이다.

심지어는 아이들을 지도하다 속병을 앓아 몸져 눕는가하면, 과도한 스트레스와 신경성으로 약봉지를 달고 사는 선생님들도 많다. 이러한 고달픈 상황을 직업의식으로 다스리고 단지 돈벌이 수단의 일환에서 파생되는 질병쯤으로 생각한다면 너무나 서글픈 일이 아닌가. 아이들을 위해 참고 기다리고 인내하며 먼 훗날의 미래를 위해 자기 자신을 낮추고 겸손함을 잃지 않은 선생님들은 그야말로 가슴으로 생활기록부를 쓰고 있다. 그저 낱낱이 미주알고주알 아이들의 부정적 상황까지 다 생활기록부에 기록하지는 못한다. 그 아이의 미래를 위해서라도 학교생활에 적응하지 못한 부분을 신랄하게 적어 놓는다는 것은 참으로 힘든 일이다. 그것은 가슴으로 묻어두고 가야 할 선생님들만의 고충으로 여겨진다.

선생님들만의 고귀한 사랑과 자애심 같은 것이 밑바탕에 깔려 있지 않고서는 세차게 몰아치는 폭풍우와 같은 아이들 지도의 영역을 넘어서기 어렵다. 세월이 지나면 지날수록 아이들 지도는 더 어려워지고 유해환경은 날로 늘어나고 있는 현실을 감안하면 가슴앓이를 해야 할 선생님들의 숫자는 그만큼 늘어날 게 뻔하다. 선생님도 한 인간으로서 평범한 봉급생활자이고 하루 일과에 맞게 시간만 지나면 그만이라는 생각을 갖고 있는 선생님도 계실지 모르지만, 아이들을 진정으로 사랑하고 그들이 미래의 희망으로서 꿈을 키워가야 한다고 믿는 선생님들이라면 가슴으로만 써야 할 생활기록의 양은 상당히 늘어날 수밖에 없다.

그렇게 해서 가슴으로 생활기록부를 쓰다가 뜻하지 않는 질병에 시달리고, 직업병 아닌 직업병으로 종국에 교직수행을 못하여 천직으로

여기던 교단을 떠나야만 하는 슬픈 사연을 지켜 본 일도 있다. 많은 사람들이 인정해 주고 존경의 눈으로 바라보지 않더라도 확고한 스승의 상을 그려 놓고, 흔들림 없이 걸어가는 선생님들이 있기에 학교는 아직도 그 어느 조직보다 신성한 배움의 전당으로 여기고 평가해 주는 사람도 많다. 참 다행스러운 일이다.

요즘 일부에서는 사랑의 매가 다시 등장한다고 한다. 학부모님들이 직접 그것을 만들어 주고, 교육활동 과정에서 어쩔 수 없는 상황에 놓이게 된다면 유효적절하게 그 매를 사용하라는 뜻이다. 내 자식만큼은 허물이 없을 것으로 믿었던 많은 부모들도 이대로 놓아두어선 안 된다는 위기의식의 발로에서 그와 같은 사랑의 매를 선생님들 손에 직접 들려주게 된 결과로 작용했는지도 모른다.

학생과 학부모, 그리고 선생님들이 예전의 모습으로 되돌아가기 위해 지금부터라도 조금씩 신뢰의 싹을 길러 갔으면 한다. 그 싹이 자라서 튼튼한 나무가 되었을 때, 학교는 믿음과 사랑과 희망 그리고 꿈을 실현시키는 성스러운 곳이라고 굳게 믿게 될 것으로 생각한다.

잃어버린 나이

주렁주렁 포도송이처럼 딸린 식솔, 내가 아이를 네 명씩이나 두었다는 게 믿어지지 않을 때가 있다. 그래서 퇴근하고 집에 들어와 한참 정신없이 뭔가에 몰두하거나 그냥 평소처럼 저녁을 먹다가 돌연 이상하다 싶어 주위를 둘러보면 애 하나가 빠져 있다. 그제야 아이의 행방을 묻곤 한다. 어찌 보면 즐겁고 신나는 일인지도 모른다. 자식을 많이 둔 대가가 괴로움과 시련을 동반한다고 하지만, 하루에 삼백 번 이상의 웃음을 유발한다는 아이의 웃음 세계에 푹 빠져 버릴 수 있다는 사실을 알고부터는 아이들이 더욱 사랑스럽다. 밥을 먹다가도 밥상에서 아이와 시시콜콜한 이야기를 나누다 보면, 나도 금방 어린애가 돼 버린다.

정상적인 성인의 하루 웃는 횟수는 불과 열여덟 번밖에 안 된다니, 이것을 수치상으로만 놓고 봐도 나는 한결 젊어질 수 있는 환경적 요소를 갖고 있는 셈이다. 아니, 나의 경우 불상처럼 가만히 앉아 업무를 보는 스타일이라면 하루에 웃는 횟수가 전혀 없는 날도 있으니, 아이로 인해 퍽 수지 많은 삶을 가꾸어 가고 있다.

한번은 아내가 집 앞 뷔페의 서양음식을 먹고 남산만 한 배를 내밀며 자랑스러워한다. 내가 워낙 전통적인 한국음식, 된장찌개나 김치찌개 아니면 깻잎무침이나 멸치볶음의 범주에서 서성거리고, 그것도 평생 된장 뚝배기만 끌어안고는 외식 한번 하자는 소리도 하지 않는 사람이기에 먹는 것에 관한 한 아내도 진력이 난 게 뻔하다. 어디 한번 새롭고 싱싱한 음식을 먹어보려 해도 남편이 뒷짐만 지고, 밖을 나가려 하지 않으니, 이제 아예 포기하고 아내가 스스로 먹을 것을 찾아 나서는 형국이 되어버린 셈이다.

난 정말 특이한 체질이다. 집에서 먹는 음식 말고, 밖에서 행사를 치르고 난 음식을 먹고 나면 꼭 배탈이 난다. 그러니 새로운 음식에 대한 설렘이나 즐거움, 도전의식도 없다. 오히려 음식으로 인한 고통스러운 기억이 자꾸 발목을 잡고, 사람을 허탈하게 만든다. 이러한 상황에서, 솔직히 내가 음식 이름을 외우는 것은 몇 가지 되지도 않고 별 의미도 없다. 다양한 음식을 먹지 않으니, 그 음식 이름을 외우려 노력도 하지 않고, 또 신경을 쓴다 해도 잘 외워지지 않는다. 더구나 서양 냄새나는 간판은 더욱 입술에서만 발음이 맴돌고 만다. 어쩌다 길거리 간판에 좀 격조 있는 음식 이름이 쓰여 있으면, 그 이름 위에, 자꾸 김이 모락모락 나는 김치찌개가 환영처럼 덧씌워지고 따끈한 국물에 국수 한 그릇이 아롱거리니, 난 지금도 5일장의 시장 틈바구니에서 손때 묻은 순대를 쓸고 있는 아줌마가 더 그립다. 솔직히 직장에서 아니면 어떤 모임에서 내 의지와 상관없이 뷔페에서 음식을 먹어야 할 경우, 호박죽으로 배를 채운 기억이 더 많다. 이쯤 되니 사회생활에도 지장이 있다. 이것저것 잘 먹는 만큼 다양한 사람과 어울리고 생각이 교환되고, 친숙함이 뒤따르는데도, 그것이 안 되니 참으로 지긋지긋한 외로움에 갇히게 된다.

된장찌개며 김치찌개의 벽에 파묻혀 해방될 기미가 보이질 않자, 외출을 선언하고 먹을 것을 찾아 헤매는 한 마리의 어린 짐승처럼, 아이 넷을 데리고 뷔페 음식 장에 들어서는 아내의 심정을 헤아리니, 애처롭기도 하다. 아이의 나이대로 음식 값을 지불하려 하니 우리 살림으로는 뷔페식 식당의 근처에도 가질 못하겠다는 슬픈 푸념을 쏟은 지가 얼마나 오랜가. 초등학교 아이의 나이는 유아원으로, 중학교에 입학한 큰딸은 다시 초등학생으로 얼버무려 나이를 적게 계산하고 음식을 먹였다는 사실에 왠지 가슴이 뭉클해지기까지 하는데도, 아내는 헤헤거린다. 그 모습이 오히려 당당하기까지 하다. 내 마음은 한 없이 가라앉는다. 그 기분을 아는지 모르는지 상상을 초과하는 음식의 양을 먹기 시작한 아내는 거동조차 불편할 정도의 음식을 먹고, 벌렁 드러누워 버린다.

이 음식을 먹기 위해 아침은 물론 점심까지 먹는 둥 마는 둥, 허기진 배를 억지로 만들어 그렇게 폭식을 한 아내를 물끄러미 바라본다. 아이의 나이를 속이고 눈덩이만한 음식 값을 콩알로 만들어 이 정도 먹었으면 남는 장사가 아니겠냐며 나름대로의 셈법을 들먹이며 자랑을 하는 아내에게 나는 무안을 준다.

이 사람아, 이렇게 과식을 하면 오히려 건강에 해로운 것 아니야, 사람이 한 끼에 먹을 수 있는 음식의 양도 있는데, 이런 폭식은 건강을 오히려 해치는 거야. 그리 좋아할 것도 못돼. 그리고 아이들 나이는 제대로 찾아 주어야지 아무리 돈이 궁하다고 해도, 아이 나이까지 속이면 어쩌나. 아, 지난번에 버스 탈 때도 아이의 나이를 제대로 계산하지 않고, 에버랜드 입장식 때도 그렇고.

이렇게 좀 못마땅한 표정으로 농담 섞인 제스처를 취하자 아내는 어떻게 그 많은 돈을 정상적으로 주고 즐길 수 있냐며 오히려 답답해 하는 표정을 짓는다. 나의 경제능력까지 지적을 하니, 나로서도 어쩔 수 없는 일. 이게 다 나의 능력부족이려니 하고 결국은 쓴웃음을 짓는다.

이건 대한민국 아줌마의 힘, 그것은 우리 집 아내로부터 찾는다. 줄이고 깎고, 핏대를 세우면서까지 물건 값을 흥정하며 묻어온 세월, 이

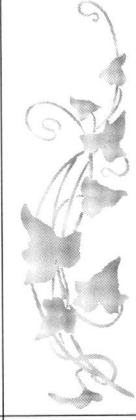

런 아내의 숨 막히는 전쟁에 내가 해 줄 수 있는 게 뭐가 있는가. 일순 의기소침해진다. 이럴 때면 내가 아주 작아져 막걸리 한 사발을 마시려 해도, 당신 돈이나 있어, 하고 슬그머니 곤궁한 주머니 사정이 고개를 든다. 한층 초라한 내 모습이다. 그러니 돈이 아니고도 우리네 삶을 살찌울 있는 실마리를 찾으려는 나의 애타는 줄다리기는 계속된다.

그나저나 아이들의 잃어버린 나이는 언제나 찾을까.

사람을 지배하는 과목 증후군

똑같은 상황을 놓고도 보는 시각에 따라 사물이 달리 보이기도 하고, 접근 방식도 다른 것 같다. 같은 강물을 보고도 자연과학을 전공한 사람들은 저 물 속의 생태계가 어떻게 생겼는가를 먼저 떠올릴 것 같고, 공학을 전공한 사람은 저 물 밑바닥의 잔모래를 건져 올려 얼마나 높은 건물을 지을 수 있을까를 생각해 봄직하고, 문학을 전공한 사람은 흐르는 물에 지나온 세월을 묻어 시 한수 읊고 싶은 마음도 있을 법하다.

교직생활을 통하여 각 전공별로 학생을 지도하고, 오랜 세월 각 전공의 풀밭에 누워 생각하고 뒹굴고, 음식으로 말하면 지지고 볶고 데치고 끓이고, 수없이 이런 가공을 되풀이 하는 동안 자기 자신도 모르게 그 전공의 분위기에 젖게 되고, 은연중에 말 한마디 행동 하나하나에도 과목이 가지고 있는 향기가 잘 나타난다.

이를테면 수학을 전공한 사람들은 아무래도 철저한 계산과 논리로 결과를 산출해야하는 과목상의 특징으로 약간 직선적인 면이 강하고, 딱 부러지지 않으면 일처리가 잘 안 된 것으로 생각하기 쉽다. 자연을 관조하고 깊은 수상 끝에, 장문의 글을 옮겨 행간의 의미를 파악하는 것에는 싫어하는 면이 있지나 않을까 생각한다면, 오해로 여길까. 어쩐지 이과 계열 선생님들에게 글 쓰실 것을 부탁하면 많은 분들이 난색을 표한다. 그도 그럴 것이 수학책을 보면 한글보다 아라비아 숫자가 많고, 그 숫자에 친숙한 분들이라 오히려 한글이 낯설지도 모른다.

인문학을 한 사람들의 생각은 약간 완충지대가 있는 것 같다. 에둘러 표현하고, 사람의 세세한 감정을 요리하여 판별하는 데 민감하지 않으면 글쓴이의 깊은 뜻과 의도를 파악하기 어려울 때가 있다. 그러

므로 눈을 부릅뜨고 많은 작품들의 다양한 해석과 감정들에 충실하고, 그 감정을 파악하는 데 주력한다. 다시 말하면 특히 국어를 많이 가르치신 분은 단어 하나에도 무슨 뜻이 담겨 있는지 세밀히 살펴보는 경향이 있다. 사람의 감정을 다루는 학문이 아마도 인문학이 아닌가 생각한다. 변화무쌍한 상황에 맞물려 사람의 감정을 내포하고 그 감정을 헤아리는 연습과 훈련을 하는 게 국어 선생님들의 일정한 몫이다. 지금 이 순간에도 누군가에 의해 작품들이 구상되고 인쇄되어 세상 밖으로 던져지면, 그것은 모두 언어 영역의 범주에서 기다리며, 사람들의 입을 통하여 평가 받기를 희망하고 있다. 글을 쓰는 사람은 분명 그 글이 많이 읽혀져 작가가 의도하는 바대로 움직여 주기를 은근히 바라고, 그 전도사 역할을 국어 선생님들이 하는 면도 있다.

어떤 면에서는 다양한 과목들이 갖고 있는 특질에 직면하여 오랫동안 몸담고 생활하다보면 그 냄새가 몸에 배지 않을 수 없다. 꽃밭에 오래 있으면, 그 꽃향기를 옮을 것이요, 책을 많이 읽으면 독서량만큼의 지혜가 따라 올 것이요, 시장 통 옆에 집을 둔 사람들은 상인들의 활발한 모습에 아무래도 상술에 눈을 뜨지 않을까 생각을 해 본다. 본 대로 느끼고, 느낀 대로 행동에 옮길 수 있는 개연성이 높기에 말이다.

그래서 국어를 오래 가르친 분을 보면 왠지 그 몸에서 사랑의 시가 우러나오고, 옛 작가들이 정성을 쏟아 부은 많은 작품들을 섭렵하고 음미한 덕에 작가의 사상과 행동이 간접적으로 표출되기도 한다.

그런데 그림을 그리는 화가 내지는 미술에 정열을 쏟는 분들로부터는 왠지 좀 내성적인 면을 많이 발견한다. 자기의 감정을 조용히 화폭에 담는 연습 탓인지 긴 침묵을 유지하기도 한다. 좀 서운하게 느낄지

모르지만, 차가운 인상을 주기도 한다. 아마도 수다를 떨고 많은 말을 하고 싶은 사람들에게는 그 오랜 침묵이 강한 거부감으로 와 닿을지도 모른다. 그들은 언어로 표현하는 것이 아니라 그림으로 말하기 때문이다.

딱 어떤 분위기, 어떤 성격이 좋다기보다는 과목에 따라 성격도 조금씩 변하는 것 아닌가 생각을 한다. 이왕이면 좀 부드럽고 온화한 성격으로 인도해 주는 분야의 과목을 가르치면 좋겠다는 생각을 해본다. 분명 과목의 특성이 사람의 성격을 어느 정도 바꾼다는 논리에 나는 강한 믿음을 갖고 있고, 또 애초에 적성이나 성격이 그 과목에 맞았기 때문에 밤늦도록 공부하고 어느 정도의 성과물을 갖고 있기에, 그 과목이 갖고 있는 나름대로의 성격을 닮아간다고 믿고 있다. 의도적이든 후천적 환경이든 말이다.

한 예로, 중학교에서 도덕을 가르치고 있던 총각 선생님이 계셨는데, 맞선을 보면, 여자들이 좀 싫어하는 기색이 있고, 아예 맞선 상대로 여기는 것조차 꺼려 한다는 푸념을 늘어놓는 것을 보았다. 선생, 하면 그 느낌부터가 고루하고, 변화를 싫어 하는, 생각의 폭이 좁다고 여기는 사람도 있는 것 같다. 그런 시각에다 도덕 과목이 갖고 있는 사람의 도리, 지켜야 할 윤리성을 떠올리면 머리부터 아파올 게 뻔하다. 사람이 융통성이 없고, 곧이곧대로만 살아가는 것 아닌가 하고, 의심의 눈초리를 보낼 법도 하다. 그래서 맞선 상대로 거리감을 갖는 것은 아닌지 모르겠다.

사실 도덕 선생님들은 길에 침을 한번 뱉더라도 다른 사람들보다도 더 양심의 가책을 받을 개연성이 있다. 신호등 규칙을 어기고 성성 달

리는 자가용이 있다 해도, 도덕 선생님들은 그 신호를 지켜야 하는 것은 아닐까. 그렇지 않다면, 수업시간에 수 없이 아이들에게 들려주었던 사회 윤리들이 산울림처럼 되울려 귓전을 맴돌 것이기에 스스로가 괴로울지도 모른다. 다른 사람이 양심의 가책을 받는 것보다는 한층 더 심한 타격을 받을지도 모른다. 일단 학교 교실에 들어오면 학생들에게 양심을 논하고 규칙과 원리를 이야기하며 공중도덕과 윤리를 가르치며 아이들에게 행동의 변화를 기다리는 도덕 선생님들이 갖고 있는 또 하나의 부담인지도 모른다.

자기의 영역에서 오랜 세월, 학생들을 항해 열정을 쏟아 붓는 선생님들의 천성적인 특징도 있겠지만, 과목이 갖고 있는 나름대로의 독특한 향기를 얻는다는 차원에서 남들이 공감하고 호감어린 눈빛으로 보는 아름다운 향이 있다면 얼마나 좋을까 생각을 해 본다. 그 향을 아주 오랫동안 맡고 싶다.

응급실에서

"진료를 하는 거예요, 안 하는 거예요? 지금 여기에 도착한 지가 이렇게 시간이 많이 지났는데, 응급실의 기능이 도대체 뭡니까? 빨리 좀 해 주어야 할 것 아닙니까?"

"지금 다들 뭔가 하고 있잖아요."

"아니, 애의 배가 이렇게 탱탱하게 불러오고, 죽겠다고 데굴데굴 구르고 있는데, 이렇게 동작이 굼뜨면 어떡합니까? 무슨 설명이 있어야 할 것 아니에요? 아, 응급실이라는 게 응급환자를 신속히 진료하고 대처해야 하는 것 아닙니까?"

"……"

응급실 벽에 걸린 시계의 초침 소리만 찰칵찰칵 들려온다. 졸리는 듯 눈을 비비는 의사, 게슴츠레한 눈빛, 조금은 귀찮은 듯한 표정, 모든 게 내 눈에 거슬린다.

새벽 두 시, 모두가 잠든 고요한 새벽녘에 여섯 살배기 막내아들이 뭘를 잘못 먹었는지, 임신한 사람처럼 아랫배가 불러오고 식은땀을 흘리며 초주검이 다 되어 갔다. 놀란 가슴에 애를 둘러업고 뛰어간 응급실에서, 의사들은 제각각 무표정한 얼굴로 자기의 할 일만 하는 것 같다. 간호사를 포함하여 열 명 정도가 의자에 앉아 서류를 뒤적이면서도, 우리 애한테로 달려오거나 어떤 반응을 보이는 사람이 없다. 마치 거대한 회사 사무실에 서류 정리를 하는 것처럼 보여, 의료기기만 없다면 분명 이곳은 무역회사와 다름없다.

한 의사가 마지못한 표정으로 우리 곁에 다가 온다. 아이는 사색이 되어 데굴데굴 구르고 있는데, 이것저것 다 묻고는 진료 차트를 탁자 위에 놓고 어디론가 나간다. 잠시 후 또 다른 의사가 오더니 같은 질

문을 되풀이하고, 시간은 지연되고, 부모의 마음은 타들어가고, 진료체계가 이렇게밖에 안 되나 하는 생각이 절로 든다.

어찌된 영문이지 알아보니, 자기가 진료할 분야가 아니라 해당 의사를 부르고, 간호사는 자꾸 바뀌고, 영 뒤죽박죽이 되는 느낌이다. 고작 아이의 항문에 관장을 하고 약을 타 가는데 벌써 새벽 4시가 되어 버리고, 두 시간이 훌쩍 지난다.

이제야 아이가 한숨을 돌린다. 여섯 살 난 아이는 무슨 큰 수술이라도 하는 줄 알고 지레 겁을 먹고는 흰 가운의 의사만 비치면 자꾸 울먹인다.

아마도 처음에 응급실에 왔을 때, 이 정도의 상황이라면, 조금만 기다리면 된다, 큰 것이 아니니 걱정 하지 말라, 조금의 설명만 있었어도 가슴 쓸어내리는 격한 상황은 피할 수 있었을 텐데 하는 아쉬움이 들었다.

한참 핏대를 올리고 의사들을 향하여 고함을 치자,

"생명에 지장이 없는 환자는 조금 뒤로하고, 더 급한 환자가 있었습니다." 나중에 퉁명스럽게 이런 말을 던지니 화가 더 나게 된 것이다.

"아니, 그럼 죽기 전까지는 이런 고통을 감수하고 기다려야 한다는 뜻이에요? 아, 당신들 큰아버지나 삼촌이 아파서 왔으면 이렇게 느긋하겠어요?"

가슴에 응어리진 것을 토해내고 말았다.

사남매를 키우다 보니, 응급실을 찾는 횟수만큼, 의사들의 초연한 태도에 분통이 터지고 울분을 참지 못할 때가 많다. 그들도 나름대로 진료기준과 원칙이 있고, 때도 없이 몰려드는 환자들을 대하려면 화

황성하 수필집

사한 모습과 친절한 마음으로 한결같이 대하기란 쉽지 않을 것 같기는 하다. 그렇지만 환자의 입장에서는 다르다. 그리고 의사가 되려고 했던 처음의 마음을 그대로 간직하고 있다면, 무뚝뚝하고 처진 어깨로 환자가족들의 애간장을 녹이지 않을 것이다.

그저 사회의 높은 위상, 의사로서의 가지고 있는 특별한 이미지만을, 아니면 경제적 수입을 고려하여 의사가 되려고 했다면 이는 큰 오산이다. 심신이 건강하지 못한 사람들만을 대하는, 되풀이 되는 업무의 일상에서 자기만의 시간은 모조리 빼앗긴 채 고통스럽게 신음하는 환자들을 대하는 의사로서의 삶은 그 어느 직업보다도 수준 높은 인내와 치료 기술을 간직해야 함은 두 말할 나위도 없다. 그래서 힘든 만큼 보람도 큰 게 아닌가.

의사가 정말 얼마나 어렵고도 숭고한 직업인가. 평생을 아픈 환자들을 대해야 한다. 의사의 전공분야에 따라, 어떤 이는 늘 남의 입만 들여다 보아야하고, 또 어떤 사람은 냄새나는 항문을 친구삼아야 하고, 어떤 사람은 사람의 내장을 거리낌 없이 열어 보기도 해야 한다. 어떤 이는 제 정신이 아닌 사람을 대하면서 고통의 굴레에 함께 빠져드는 맛을 보아야 할 때도 있다.

특별히 응급실에서는 수많은 환자들이 죽음의 문턱에서 숨 막히는 순간을 보내고, 그 중에는 불행하게도 우리들 곁에 돌아오지 못하는 사람도 많다. 그런 광경을 일상에서 지켜보는 의사들이 무슨 호들갑을 떨거나 침착하지 못한 행동은 오히려 환자 가족들에게 위안보다는 불안 심리를 더 가중시킬 우려가 있기에, 나름대로 진료 기준과 원칙에 입각해서 환자들을 대할 것이라는 생각은 든다. 하지만, 환자들에

대한 친절한 설명과 마음으로부터의 정성과 봉사의 모습을 보여준다면 환자들이나 가족들도 그런 모습에서 어떤 희망을 갖고 감동을 받게 된다. 그럼에도 의사들은 죽음의 문턱에서 되돌아오지 못하는 사람들을 너무 자주 보아서 그런지, 지나칠 정도의 무뚝뚝함과 초연한 자세에 환자 가족들은 가끔 불필요한 분노를 하게 되는 경우도 있다.

항상 강조하지만, 무슨 일이든 직업적인 사명감이 중요하다. 똑같은 질병으로 병원을 찾아도 어떤 의사들은 환한 미소와 친절함, 다정한 목소리로 환자를 대하는가 하면, 어떤 의사들은 환자의 얼굴을 똑바로 보지도 않고, 진료 기록을 남기기 위하여 컴퓨터 글자판에 시선을 둔 채 환자의 음성만을 듣고 자료 입력만 하는 의사도 왕왕 있다. 환자의 얼굴표정, 느낌, 이런 것도 진료에 상당한 영향을 줄 텐데, 마치 컴퓨터와 대화하는 듯한 모습에서, 정말 의사로서의 자질을 의심케 하고 형식적인 진료라는 생각이 들 때도 있다. 환자는 처방된 약을 먹고 질병에서 벗어나기도 하지만, 친절한 말 한마디와 안정을 불러오는 부드러운 미소에 큰 힘을 얻고 재기의 꿈을 꾸게 된다.

우리는 로봇 같은 의사보다 친절한 의사를 원한다.

무지에서 오는 고통

　모르는 게 약이고 아는 게 병일까. 급변하는 시대에, 정보는 홍수처럼 쏟아지고, 그 정보를 우리 생활에 밀접하게 활용하여 보다 풍요로운 삶을 지향하고 유지하는 것이 자연스런 삶의 방식이 아닐까. 현대인들의 뛰어난 지적 능력과 탄탄한 정보력, 통통 튀는 생활 지혜들은 눈부실 만큼 화려하고 주변에 많이 깔려 있다. 그 화려한 정보들이 어떤 사람들에게는 긴 어둠 속에서 한 줄기 햇살처럼 희망의 아름다운 빛깔로 다가오기도 하지만, 무지의 세계에서 허덕이고 무지가 주는 공포에 가까운 불확실성이 어떻게 다가오는지도 모른 채, 구세주 같은 정보를 흘려보내는 사람도 있다.

　일정한 목표에 도달해야 하고, 그래야만 하루 업무의 종지부를 찍을 수 있는 직장인들에게 업무의 양이나 처리 속도는 상당히 중요하게 생각된다. 이것은 일종의 업무처리 능력을 말하는 것이고, 그 능력은 길게 그 사람의 평가로 이어지기에 더욱 그렇다. 그런데 새롭게 등장하는 최신식 기계 조작 능력에 둔감하고, 겁이 많은 나에게는 정보를 캐는 데 여간 어려움을 겪는 게 아니다. 큰맘 먹고 뭐 하나 시도하려 해도 늘 제자리걸음을 하는 통에, 애를 먹는다. 남들이 컴퓨터 켜 놓고 마우스로 클릭 몇 번만 시도하면 금방 끝날 문제도 며칠씩 끙끙 않다, 남의 손을 빌려야 하는 경우가 종종 있는데, 그럴 때마다 컴퓨터 앞에서 작아지는 내 모습에, 그리고 그 일을 가볍게 처리하고 훌훌 자리를 털고 일어서는 직장동료들의 의연하고 당당한 태도에 자괴감과 열등감이 폭풍우처럼 몰아칠 때가 있다. 이런 때는 축 처진 어깨 위에 '무능'이라는 딱지가 경고판처럼, 아니 '집달리'들이 상습적이고 무능한 채무자의 집안에 군홧발 같은 기세당당한 걸음으로 들어와

'가압류' 딱지를 붙여, 그 물건은 관의 허락 없이 사용할 수 없는 제한된 물건에 지나지 않음을 선포하는 것만 같아, 영 불쾌하다. 그렇지만 별 도리가 없다.

이렇게 급변하는 시대에 새로운 정보를 얻은 능력이나, 그 정보를 얻기 위하여 조작 능력을 요하는 기계 앞에서 무기력해지는 나는, 가끔은 세상이 원망스러워지고 내 자신을 한탄하게 된다. 그러고 보면, 나는 아주 기계와는 담을 쌓고 살아간다. 새로운 기기들에 흥미도 없거니와, 그것에 대한 관찰력이나 어떻게 해 보겠다는 의지도 발현되지 못하고, 머뭇거리는 정도에 해당한다. 그러다 보니, 맨 나중에 어쩔 수 없이 문명의 이기에 접하게 되고, 자연히 뒤떨어진 삶을 받아들여야 하고, 정보에 늦다 보니, 무지의 공포에서 언제 누가 구출해 줄지도 모른 채, 고통스럽게 기다려야만 하는, 날지 못하는 어린 새처럼 둥지 안에 머물러 있는 신세가 되고 만다. 자신이 무지하다는 것을 안다는 그 자체가 더 사람을 주눅 들게 하고, 의기소침하게 만들며, 휴지조각처럼 쭈그러들게 만든다. 무지하다는 사실을 모르는 사람이야말로 무지에서 오는 용맹성과 무지가 주는 편안함을 즐길 수 있다는 역설적 논리가 들어맞는 것은 아닐는지.

특별히 컴퓨터를 활용해서 업무를 추진하고 완성하는 시대에 살고 있는 우리들에게, 이 컴퓨터 활용능력은 곧바로 사람의 업무 능력과 실력을 가늠하는 잣대가 되는 수가 많다. 길을 찾아가는 길눈이 어두운 나에게 컴퓨터로써 어떤 인터넷 사이트를 찾아 접속하는 일은 꽤 부담스러운 고난의 행군에 가깝다. 이제 컴퓨터 하나면 세계 모든 곳을 여행하는 것처럼, 지구 곳곳에서 일어나는 것이며, 그 나라가 갖고

있는 특성이나, 각종 정보들을 알 수 있는 시대가 아닌가. 또, 인터넷 각 사이트에 가득 담겨 있는 새로운 정보들을 언제든지 접근하여 내 것으로 만들 수 있는 정보 경쟁시대에 대처하지 못하고, 수동적으로 변해가는 내 자신에게 심한 꾸짖음과 정신적 충격을 가해 본다. 세상이 좁아지고, 정보의 공유가 일반화되는 시대에는 물질문명의 이기에 마냥 초연해질 수 없다는 것을 잘 알고 있기에, 어수선하고 갑갑한 내 마음을 정리하고 싶거니와, 또 평상심을 회복하는 데 얼마나 시간이 더 필요할까.

모르는 게 약이 될 수 있는가. 몰라서 마음 편하게 지나가는 수도 있지만, 이것은 하나의 요행의 범주에 지나지 않으리라. 알아서 대처하고 대비하고 미래를 준비한다면, 유비무환의 지혜가 주는 한없는 혜택과 안락에 즐거움까지 겹치지 않을까 기대를 하게 된다. 아는 만큼 세상이 보이고, 보이는 만큼 느낄 수 있다는 평범한 명제 앞에서, 그것을 부정하고 인정하지 않으려는 내적 갈등의 충돌이 계속된다면, 내 자신은 늘 방향을 잃은, 망망대해의 조각배에 지나지 않을 것 같아 더 심란하다.

몰라서 당하고, 몰라서 억울함을 뒤집어 쓴 채 살아가는 사람들이 얼마나 많은가. 법을 안다는 사람들이 오히려 법망을 피해가고 편법을 쓰고, 선량함이 얼굴에 잘잘 흐르는 무고한 사람들의 등을 치는 일도 허다한 판에, 당연히 알아야 할 것을 모르고, 잃어버린 자기의 권리조차 찾지 못한다면 이보다 억울한 일이 또 있을까. 좀 안다는 사람들이 정보를 남용하고 오용하여 그럴싸하게 잡탕으로 만들어 비뚤어진 권력으로 다가와 순수한 가슴을 마구 짓밟는 어처구니없는 장면이

연출이라도 된다면, 그 무매한 대중의 일원으로 내가 지목되는 비참함을 고스란히 받아들여야 하는 슬픈 운명에 처해 있는 것은 아닌지, 자꾸 기분이 가라앉는다. 그야말로 무지함에서 오는 고통은 아주 멀리서 오는 것이 아니라, 이렇게 우리의 일상에서 온다는 사실도 더욱 나를 쓸쓸하고 우울하게 한다.

  분명 아는 것은 병이 아니라, 우리의 삶을 즐겁게 하는 희망의 매개체인 것이다. 삶은 단순히 살아지는 것이 아니라 자신이 주체적 행위자로서의 삶을 이끌어 가는 고귀한 리더의 형태로 나가는 짜릿한 맛을 느끼고 싶은, 또 하나의 희망의 촉매제로 규정하고 싶다. 그렇다면, 내가 지금보다 더 행복지려고, 더 평안해지려고 발버둥치고 아등바등하는 모습이 차라리 가련해 보일 때, 더 나아가 다른 사람들의 위풍당당한, 그래서 조금은 뻔뻔스러울 정도로 목소리가 높아질 때, 그들을 미움과 증오의 눈빛으로 맞이할 것이 아니라, 지금 당장이라도 낯선 기기들을 손에 붙들고, 친숙해지려는 숭고한 노력의 자세가 더 필요하다는 것을 다시 한 번 가슴에 새기게 된다.

내 마음의 굴레

수업을 마치고 교무실에 들어서자, 교무실 옆 휴게실 둥근 탁자를 에워싸고 앉아 뭔가를 골똘히 책자를 들춰보는 아이 몇 명이 눈에 들어온다. 이 아이들은 올해 고등학교를 졸업하고 대학에 진학한 아이들인데, 아마 여름방학도 했고 담임선생님이나 교과 담임선생님들이 그리워 학교에 온 것 같았다. 그들을 향해 다가서 몇 마디 건넨다.

알고 보니, 그 아이들은 학생회 활동을 하고 있었다. 향우회 비슷한 지역 동아리 모임의 소속 일원으로서 일정한 임무를 수행하기 위해 학교에 들렀고, 그들의 표정이나 눈짓 그리고 말투가 너무나 자연스러워 오히려 그들을 가르쳤던 내가 당황스러울 정도였다. 오가는 선생님들도 그들을 보고는 반가움에 한 마디씩 툭툭 던지고 지나간다.

이에 앞서 언젠가는 졸업한 지 15년, 그러니까 30대 중반에 들어선 제자가 유유히 교무실에 들어섰다. 그리고 나를 찾았다. 그 졸업생과의 인연은 특별했다. 학업에 대한 열정도 높았고, 학창시절을 그 누구보다 알차게 보낸 그였기에 많은 선생님들이 기억을 하고 있었다. 곱게 입은 회사의 제복에 배지까지 달고, 화장기 진한 얼굴엔 회사의 중견인 냄새가 물씬 배어나오고 있었다. 말투에는 부하 직원을 압도할 만한 제법 중후한 멋까지 우러나와 그를 대하고 있는 내가 자꾸 작아지는 모습까지 느꼈다.

15년이란 세월을 훌쩍 뛰어 넘어, 한순간에 고교시절로 되돌아와 아름다운 추억을 건드려 놓으니 깨알처럼 우수수 그 시절 추억들이 쏟아져 나왔다. 박장대소를 하며 즐거움에 푹 빠져 시간가는 줄도 모르고 퇴근시간조차 놓치는 특별한 경험에 그와 내가 뿌듯해했다.

굳이 이렇게 제자들의 모습을 미주알고주알 일러바치는 데는 특별

한 이유가 있다. 바로 그 아이들이 나의 스승처럼, 내 모습을 투영시키는 맑은 물 역할을 하고 있다. 맑은 물에 얼굴을 비치면, 내 모습이 선연히 떠오르듯, 그 아이들은 어둡고 침침한, 아니면 뭔가에 주눅이 들어 행동도 굼뜨고 말도 어눌한 내 어린 시절의 모습의 어깨를 죽비로 내리치는 듯했다.

가끔 나는 내 자신의 성격이나 행동방식을 놓고 되새김질하고 반성하는 버릇을 갖곤 한다. 그래서 잘된 것은 더 상승의 물줄기를 끌어올리고 아쉬운 점은 고치고 보완하려 노력한다. 그게 보통 사람들의 살아가는 의미인지도 모른다. 오늘보다는 내일이, 내일보다는 모레가 더 좋아질 것이라는 믿음 속에 내 자신을 던져 놓고 때로는 맹렬히 비판하고 스스로를 평가하는 시간을 갖는 것이다.

난 그랬다. 소심했고, 눈치를 많이 보았고, 소극적인 아이였다. 그래서 남 앞에 서는 것이 두렵고, 가슴에 담아 둔 말을 좀처럼 밖으로 꺼내려 하지 않았다. 그래서 고통도 혼자 감수하려 했고, 말수가 적다 보니 오해 아닌 오해를 많이 받기도 했다. 때로는 스스로 담을 쌓는 고립무원의 상태는 아니었는지 회고해 본다.

그 졸업생의 방문은 나에게 새로운 삶의 방식을 제시해 준 일대 사건이었다. 왜냐하면 지금도 나는 옛 스승을 찾지 못하고 있다. 용기와 자신도 잃었다. 그 이유는 너무나도 단순하고 어이없다. 선생님들이 나를 알아보시기나 할까, 빈손으로 어떻게 가나. 이런저런 소소한 핑계 거리에 그토록 보고 싶은 선생님들을 참 많이도 잊고 살아왔다. 이제는 정말 옛 시절로 되돌리기에는 너무나 많은 세월이 흘렀고, 가로막고 있는 장애물도 많다.

그나마 중학교 3년 동안 담임을 해 주셨던 선생님께서 나를 기억하며, 내가 그 선생님을 찾아 볼 수 있었던 것은 나에게 유일한 학창시절의 아름다운 추억으로 남아 있다. 아마 그 선생님과의 인연도 산골 학교에 몇 명 되지 않는 학생 수에, 사방이 첩첩 산으로 둘러싼 특별한 자연환경이 만들어 준 것이지, 내 스스로 선생님과의 인연을 만들려고 노력한 것은 아니었던 것 같다. 그러고 보면 나는 참 많은 제약을 스스로 만들어 놓고, 굴레 아닌 굴레를 쓰고 살아간다.

　전통적 유교 관념이 강했던 우리 아버지 어머니의 영향을 받은 것도 사실이다. 지금도 우리 어머니께서는 스승의 그림자조차 밟지 않는다는 옛 교육 존중 사상을 그대로 간직하고 계신 분이다. 그래서 아주 한참 손아래의 선생님을 보아도 깍듯한 존칭과 대우를 하고 계신다. 아마 그런 어머니의 영향에 내가 지금의 교직을 선택했는지도 모른다. 교직이 그 어느 분야보다도 신성하고 존중받을 수 있는 대안이라고 생각하신 어머니의 말 없는 가르침의 산물인지도 모른다.

　아주 긴 인생은 살아오지는 않았지만, 이제라도 좀 자유스러워지고 싶다. 마음의 벽을 쌓고, 남의 체면만을 염두에 둔 탓에, 내가 한 걸음도 움직일 수도 없다면, 그것은 창살 없는 감옥 생활의 연속이고, 내 행복을 스스로 테두리 안에 가두는 모순을 만들어 가기에 그런 것들로부터 자유스러워지고 싶은 것이다.

　또 지나치게 내가 격식을 차리고, 상대방에 대해 필요 이상으로 경계심과 체면만을 앞세운다면, 그들도 나를 대하는 것이 그만큼 어렵고 신경 쓰일 수밖에 없다. 그것은 곧 서로의 벽을 만들어 가고, 그렇게 해서 단단해진 벽은 내 자신을 옴짝달싹하지 못하는 영어의 몸처

럼 만들어 버릴지도 모른다.

　이 세상의 존재하는 모든 것들은 나의 스승이 될 수 있다. 하물며 만물의 영장이라고 일컫는 인간은 오죽하겠는가. 내가 가르치고 한때나마 내 품안에 있었던 졸업생들이 나에게는 보배처럼 여겨진다. 그렇게 큰 부담 없이 학교 문을 드나들면서 꾸준하게 스승과 제자의 연을 이어간다면, 얼마나 멋지고 소중한 재산인가. 꼭 눈에 보이는 것만이 재산으로서의 가치가 있는 아닐 것이다. 이렇게 제자들과의 어우러짐 속에서 삶의 환희를 느끼고, 가르침에 대한 보람을 일깨워 준다면 참으로 대단한 일이 아닐 수 없다.

　원탁 책상을 에워싸고 앉아 있는 졸업생들을 향해 나는 들리지 않는 소리로 뭔가를 읊조리고 있었다.

　그래, 너희들은 나의 스승이야. 그리고 영원한 보배야. 부디 떳떳하고 당당한 사회인으로 거듭나기 바란다. 또 놀려오렴. 아주 자연스럽게. 이렇게.

글을 맺으며

올해로 교직생활 20주년을 맞이한다. 숱한 세월 속에 기쁨과 즐거움과 보람도 많았지만, 때로는 마음속 깊이 파고드는 갈등과 고뇌에 잠 못 이루는 밤도 많았다. 그러나 그런 갈등조차도 어쩌면 오늘의 내가 있게 한 원동력과 아름다운 삶의 추억을 만들어가는 과정이었음에, 오히려 행복이라는 단어를 떠올려 본다.

그 행복이라는 것이 20년 동안 줄곧 교직에만 몸담고 가르치는 일에만 전념할 수 있도록 해준, 사랑하는 가족, 나를 둘러싼 환경에 감사를 드리게 만든다. 내가 근무하고 있는 경기도 파주여자고등학교의 모든 선생님들, 봄이면 교정의 하얀 목련, 월롱산에서 불어오는 시원한 바람, 아카시아 향기, 학교 앞 기차소리, 밤늦게까지 환하게 켜져 있는 학교 도서관의 불빛들, 이 모두가 오늘의 나를 만들어주었고 20년 동안 교실에서 아이들과 꿈꿀 수 있게 해 준 위대한 힘이었다.

하루하루를 감사하는 마음으로 살고 싶다. 감사한 마음을 갖고 보니, 모두가 소중해 보이고 새삼스러워 보인다. 그리고 모락모락 피어오르는 행복의 골짜기에 화사한 꽃들이 만발하고 시원스레 흘러내리는 시냇물 소리가 가슴을 적셔주는 것만 같다. 행복은 이렇게 아주 가까운 곳에서 출발하여 마음속에 씨를 뿌리고 열매를 맺고, 넉넉한 웃음과 따뜻한 미소로 온몸을 덮혀준다. 행복은 멀리 있는 것도, 누가

만들어 주는 것도 아닌, 아주 가까운 곳에서 그리고 사소한 것들에서 움튼다는 소박한 진실을 우리 모두가 인식했으면 하는 소망을 다시금 가져본다.

끝으로, 좋은 책이 나올 수 있도록 최선의 노력을 다해 주신 손형국 사장님, 출판사 관계자 여러분, 그리고 독자 여러분에게 깊은 감사를 드리며, 삶의 고비 때마다 힘과 용기와 부드러움을 가르쳐 준 나의 아내 김애진, 나의 딸들 다현, 수현, 서현, 막내둥이 아들 동현이와 기쁨을 나누고 싶다.